阳光少年励志书系（第二辑）

让孩子
学会正面思维的
故事全集

总 主 编 ◎高长梅　张采鑫

本书主编◎赵　伟

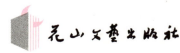

花山文艺出版社

图书在版编目(CIP)数据

让孩子学会正面思维的故事全集 / 高长梅, 张采鑫
主编. —— 石家庄 : 花山文艺出版社, 2009.03 (2021.8 重印)
(阳光少年励志书系. 第 2 辑)
ISBN 978-7-80755-524-7

Ⅰ.①让⋯ Ⅱ.①高⋯ ②张⋯ Ⅲ.①故事 – 作品集
– 世界 Ⅳ.①I14

中国版本图书馆 CIP 数据核字(2009)第 010470 号

丛 书 名：阳光少年励志书系(第 2 辑)
总 主 编：高长梅　张采鑫
书 　 　 名：**让孩子学会正面思维的故事全集**
本书主编：赵　伟

策 　 　 划：张采鑫
责任编辑：卢水淹
责任校对：李　鸥
特约编辑：李文生
装帧设计：大象设计工作室
出版发行：花山文艺出版社(邮政编码：050061)
　　　　　(河北省石家庄市友谊北大街 330 号)
销售热线：0311-88643221
传 　 　 真：0311-88643234
印 　 　 刷：永清县晔盛亚胶印有限公司
经 　 　 销：新华书店
开 　 　 本：720×1020　1/16
字 　 　 数：280 千字
印 　 　 张：21
版 　 　 次：2009 年 3 月第 1 版
　　　　　2021 年 8 月第 2 次印刷
书 　 　 号：ISBN 978-7-80755-524-7
定 　 　 价：78.00 元

Mu Lu · 目录

第 1 辑

思维决定人生

两个青年人到一个陌生的城市发展。到达后,他们发现街头有许多卖水的人。一个想:"太好了,这地方连水都可以卖钱,在这里创业一定可以成功。"另外一个想:"太可怕了,这里连水都要钱,到哪里找这么多钱在这里生活啊。"10年后,第一个青年成了成功的企业家;第二个青年还和当初一样,在街头流浪。

思维方式是一种选择。你可以选择正面思维,即使在逆境中也能收获人生的精彩;也可以选择负面思维,面对大好的人生机遇而白白错过。思维的正面与负面是人生成败的分水岭。

第 2 辑

学会让思维转弯

水葫芦是南方水乡出名的有害植物,它生命力强,繁殖速度快,经常阻断航道,还会传播疾病,治理起来非常困难。但是一位养鹅专家却发现,这是一种很好的鹅饲料,成本低,收效好,在治害的同时,也发展了自己的养鹅事业,可谓一举多得。思维转了个弯,害草就变成了资源。

生活中的难题常使人陷入思维的死角,或在经验中不能自拔,或在沮丧中失去勇气。如果懂得换一个角度来看,不知道会有多少奇迹在等待着你。

目录 · *Mu Lu*

第3辑　用积极的眼光看问题

　　美国汽车界的风云人物李·艾柯卡在担任福特汽车公司总裁时，由于功高震主，被老板解雇。许多人认为他从此会结束自己的职业生涯，艾柯卡却出人意料地接手了濒临破产的克莱斯勒汽车公司。上任之初，他发现这家公司的实际情况更糟糕，他也曾想罢手不做，但他想起了父亲的一句话："越是面临困难，越是需要积极的眼光。"艾柯卡没有逃避，终于开创了人生的第二春。

　　人与人之间的差异仅仅在于心态是积极的还是消极的，但结果往往是成功与失败的大不同。每个人都可以通过积极努力，收获成功人生。

Mu Lu · 目录

第 4 辑

活在当下，把握好今天

有个小和尚，觉得每天清扫寺院里的落叶实在是一件苦差事，便想找个好办法让自己轻松些。一天早上，小和尚使劲摇树，以为这样可以把树上的叶子全部摇下来，他就可以把明天的落叶也一次扫干净了。可是第二天，院子里却如往日一样满地落叶。师父看了，对小和尚说："无论你今天怎么用力，明天的落叶还是会飘下来。"

西方有句谚语："昨天已经进入历史，明天隐藏在神秘的暗处，只有今天才是上天赐予我们的最好礼物。"世上有很多事是无法提前的，唯有认真地活在当下，才是最正确的人生态度。

第 5 辑

永不放弃你的希望

英国首相丘吉尔应邀到剑桥大学演讲，主题是他成功的秘诀。丘吉尔走上讲台，注视观众，沉默了两分钟，然后他才开口说："永远、永远、永远不要放弃！"接着又是一阵沉默，然后他再一次开口："永远、永远、永远不要放弃！"观众先是惊诧，随后掌声雷动，丘吉尔注视观众片刻后悄然回座。

"行百里者半九十"，成功与失败的区别，就在于成功者走了一百步，而失败者只走了九十九步而已。永不放弃希望，坚持到底，成功就会眷顾你。

目录·*Mu Lu*

第6辑　主动人生

美国钢铁大王安德鲁·卡内基18岁时，在铁路上担任电报助理。一次，由于铁路发生故障，两个方向的货车等待停车指令，这时他的上司、唯一有权发出指令的考斯特又不在岗位。卡内基知道如果不及时发出指令，很可能造成火车相撞的事故，于是以考斯特的名义发出了指令，避免了事故的发生。后来，考斯特便把发指令的工作交给了刚成年的卡内基。

亚伯拉罕·林肯说："等事做的人也会有事做，但只是做那些做事快的人剩下的事。"人生路上，只有自己主动去做，才能抓住机会，赢得成功。

第7辑　选择你最需要的

苏格拉底的弟子向他请教怎样才能找到理想的伴侣。苏格拉底让他们从田埂走过，并摘一个最好的麦穗。第一个弟子没走几步就摘了一个麦穗，但他发现前面还有更好的时，却没有机会了。第二个弟子不断提醒自己，后边还有更好的，可当他快到终点时才发现机会全错过了。第三个弟子走过全程1/3时，即分出大、中、小三类；再走1/3时，验证是否正确；等到最后1/3时，他选择了属于大类中的一个美丽的麦穗。

鱼与熊掌不可兼得，因此我们必须学会选择，懂得放弃。选择你最需要的，才能拥有美好的人生和成功的事业。

Mu Lu · 目 录

第8辑　为自己铺路

日本软件银行集团公司总裁孙正义非常注重员工融入团队的能力,对于新入职的员工,他一般都会观察三天。第一天刚接触工作,不下结论;第二天大多人就能适应了,也能和同事协调起来;第三天如果没有起色,就会立即解雇。在软银,一个员工的机会取决于他和另一个员工的关系。

在追求成功的道路上,无论周遭的环境如何,我们都要以积极的态度面对,学会调节自己的心情,懂得关照别人就是关照自己,用合作、沟通代替对立与冷漠,学会为自己铺路。

目录· *Mu Lu*

第9辑

低头也是一种智慧

美国"建国之父"之一的本杰明·富兰克林，年轻时去拜访一位前辈，那时他年轻气盛，挺胸抬头迈大步，一进门，头就狠狠地撞在了门框上。出来迎接他的前辈微笑着说："这应该是你今天拜访我的最大收获。你要记住：要想平安无事地生活在人世间，你就必须时时记得低头。"

生活中，有时为了得到，我们必须先付出；为了成功，我们必须学会低头。低头并不是忍让、退缩，更不意味着失败，而是一种弹性的生存方式，是一种生活的智慧。

第10辑

最优秀的人是你自己

苏格拉底晚年时，对自己最器重的学生说："我需要一位优秀的继承者，你帮我寻找一位吧。"他的学生不辞辛劳，四处物色人选，可他领来的人，苏格拉底都不满意。半年后，学生难过地说："我对不起您，令您失望了。"苏格拉底说："失望的是我，对不起的却是你自己。本来，最优秀的就是你自己，只是你不敢相信自己，才把自己给忽略、耽误了。"

其实，每个人都是优秀的，差别就在于如何认识自己。一个人只要有足够的自信，相信自己，你就能成为最优秀的人。

Mu Lu · 目录

目录·*Mu Lu*

第 一 辑

思维决定人生

　　两个青年人到一个陌生的城市发展。到达后,他们发现街头有许多卖水的人。一个想:"太好了,这地方连水都可以卖钱,在这里创业一定可以成功。"另外一个想:"太可怕了,这里连水都要钱,到哪里找这么多钱在这里生活啊。"10年后,第一个青年成了成功的企业家;第二个青年还和当初一样,在街头流浪。

　　思维方式是一种选择。你可以选择正面思维,即使在逆境中也能收获人生的精彩;也可以选择负面思维,面对大好的人生机遇而白白错过。思维的正面与负面是人生成败的分水岭。

思维决定人生

在通往成功的路上每个人的机会都是均等的，每个人都可以成为自己生命中的"贵人"，关键便是思维问题。

这是一个寓言故事。

上帝想改变一个乞丐的命运，就化成一个老翁前来点化他。他问乞丐："假如我给你 1000 元钱，你如何用它？"乞丐马上回答说："这太好了，我可以买一部手机呀！"上帝不解，问他为什么。"我可以用手机同城市的各个地区联系，哪里人多，我就可以到哪里去乞讨。"乞丐回答说。

上帝很失望，又问："假如我给你 10 万元钱呢？"乞丐说："那我可以买一部车，这样我以后出去乞讨就方便多了，再远的地方也可以很快赶到。"

上帝很悲哀，这次他狠了狠心说："假如我给你 1000 万元钱呢？"乞丐听罢，眼里闪着光亮说："太好了，我可以把这个城市最繁华的地区全买下来。"上帝听完很高兴。这时乞丐突然又补充了一句："到那时，我可以把我领地里的其他乞丐全部撵走，不让他们抢我的饭碗。"上帝无奈地走了。故事中的乞丐，面对机遇，始终改变不了一个乞丐的思维，他想到的只是如何更好地为行乞创造条件，而想不到有了钱还用行乞吗？这注定他无法改变行乞的命运。故事说明了一个道理：思维决定人生。

在我们现实生活中，因不肯或不善改变思维而影响成功的例子实在是不胜枚举。比如有的人总是说现在工作难找，埋怨用人单位条件苛刻，而不肯降低自己的就业门槛;比如有的商家产品推销不出去,总是怪推销员工作不力,而不是从商品的价格、款式、市场上找原因;比如有的人到哪里工作都得不到重用,便总是怪领导有眼无珠,而不是从自己身上找原因。

其实,在通往成功的路上每个人的机会都是均等的,每个人都可以成为自己生命中的"贵人",关键便是思维问题。

成功总是垂青于那些善于思考、随时准备迎接它的有心人。

文 丹

思维悟语

> 决定你是乞丐还是富翁的不是命运,而是你自己。如果一个人以乞丐的思维看待所有能够改变命运的机遇,那么他的一生都注定是一个乞丐。唯有相信自己能够有更好的明天,有改变命运的能力,学会从不同的角度灵活思考,抓住每一个机会,才能书写成功的人生。
>
> (采 露)

我的捡砖头思维

如果你心中没有一个造房子的梦想,拥有天下所有的砖头也只是一堆废物。

小时候我父亲做的一件事情到今天还让我记忆犹新。父亲是个木工,常帮别人建房子,每次建完房子,他都会把别人废弃不要的碎砖乱瓦捡回来，或一块两块，或三块五块。父亲有时候在路上走，看见路边有砖头或石块，他也会捡起来放在篮子里带回家。久而久之，我家院子里多出了一个乱七八糟的砖头碎瓦堆。我搞不清这一堆东西的用处，只觉得本来就小的院子被父亲弄得没有了回旋的余地。直到有一天，我的父亲在院子一角的小空地上开始左右测量，开沟挖槽，和泥砌墙，用那堆乱砖碎瓦左拼右凑，一间四四方方的了小房子居然拔地而起，干净漂亮地和院子形成了一个和谐的整体。父亲把本来养在露天到处乱跑的猪和羊赶进了小房子，再把院子打扫干净，我家便有了全村人都羡慕的院子和猪舍。

　　当时我只是觉得父亲很了不起，一个人就盖起了一间房子。等到长大以后，才逐渐发现父亲做的这件事给我带来的深刻影响。从一块砖头到一堆砖头，最后变成一间小房子，我的父亲向我阐释了做成一件事情的全部奥秘。一块砖没有什么用，一堆砖也没有什么用，如果你心中没有一个造房子的梦想，拥有天下所有的砖头也只是一堆废物；但如果只有造房子的梦想，而没有砖头，梦想也没法实现。当时我家穷得几乎连吃饭都成问题，自然没有钱去买砖，但我父亲没有放弃，日复一日地捡砖头碎瓦，终于有一天有了足够的砖头来造心中的房子。

　　后来的日子里，这件事情凝聚成的精神一直在激励着我，也成了我做事的指导思想。在我做事之前，我一般都会问自己两个问题：一是做这件事情的目标是什么，因为盲目做事情就像捡了一堆砖头而不知道干什么一样，会浪费自己的生命；第二个问题是需要多少努力才能够把这件事情做成，也就是需要捡多少砖头才能把房子造好。之后就要有足够的耐心，因为砖头不是一天就能捡够的。

　　我生命中的三件事证明了这一思路的好处。第一件是我的高考，目标明确：要上大学。第一年第二年我都没考上，我的"砖头"没有捡够；第三年我继续拼命地"捡砖头"，终于考进了北大。第二件是我背单词，目标明确：成为中国最好的英语词汇老师之一。于是我开始一个一个背单词，在背过的单词不断遗忘的痛苦中，我父亲捡砖头的形象总能浮现在我眼前，最后我终于背下了两三万个单词，成了一名不错的词汇老师。第三件事是我做新东方，目标明确：要做成中

国最好的英语培训机构之一。我给学生上课，平均每天给学生上6~10个小时的课，很多老师倒下了或放弃了，我没有放弃。十几年如一日，每上一次课我都感觉像是多捡了一块砖头，梦想着把新东方这栋"房子"建起来。到今天为止我还在努力着，并已经看到了新东方这座房子能够建好的希望。

金字塔如果拆开了，只不过是一堆散乱的石头；日子如果过得没有目标，就只是几段散乱的岁月。但如果把一种努力凝聚到每一日，去实现一个梦想，散乱的日子就累积成了生命的永恒。

俞敏洪

思维悟语

梦想并非遥不可及，人生精彩与否在于奋斗的过程。没有目标和计划的人每一天都是在混沌中度日，有目标的人每走一步都是为梦想铺路。有良好思维方式的人会确定好目标，将实现目标的过程分解成很多步，并持之以恒地走好每一步，最终收获成功。而无数次的为梦想奋斗，无数次实现的目标，便构筑了一个精彩的人生。

（采露）

让思维转个弯

让思维转个弯,让思路变个道,一念之差,一步之遥,常常柳暗花明,曲径通幽,从而化解不少灾害,解决不少问题。

看了两则关于水葫芦的新动态,让笔者忍不住又要"有感而发"一下。

浙江省奉化市有位汪姓养鹅专业户,在他看来,水葫芦是大白鹅最好的饲料,简直就是宝葫芦,他家养的几千只白鹅吃的就是这个玩意儿。他养出的鹅,肉质鲜美,上市后供不应求,比吃其他饲料的鹅,每斤鹅肉的价格还高出 0.5 元,成本低、收效好,可谓一举多得。据说当地的不少专业户都在争相仿效。

无独有偶。在浙江省海宁市同仁发电站,水葫芦也摇身一变,成为一种用来发电的辅料。这让联合国粮农组织技术官员大为惊讶,这些官员实地考察之后,当即表示要在发展中国家大力推广这种水葫芦综合技术治理。

我为这种"脑筋开窍,废物变宝"的做法啧啧称奇,此种"化腐朽为神奇"的创新让人遐思良多。

水葫芦是上个世纪 60 年代从国外引进的一种饲料,当时曾做出过很大的贡献,如今却成了一灾——阻断航道,破坏航道生态环境,为血吸虫和脑炎流感等病菌提供滋生地,破坏饮用水资源,繁殖速度快,大有野火烧不尽之势。就是这样一种让人头痛的植物,眼下却可以变废为宝,再立功劳,这是让不少人喜出望外的事。

有害的生物,在人们合理运用之下,"脱胎换骨,变废为宝",是十分可喜的事情。其实,自然界许多看似有害的生物,经人类智慧的魔杖点击,往往就能化腐朽为神奇。蝎子有毒,浙江绍兴却有不少农民靠这爬虫发家致富;眼镜蛇咬人,我国不少地方的养蛇专业户提取蛇毒,收获"黄金";诸如"一枝黄花"和"大米草"这些植物泛滥开来,致使"我花开后百花杀",造成许多树木花草和鱼虾贝类死亡,科技工作者却用它们作为浆料造纸,作为原料提取植物油,作为木质材料的替代品。

"脑瓜开了窍,到处都见宝。"所有这些告诉我们,在灾害、困难、矛盾、危机面前,让思维转个弯,让思路变个道,一念之差,一步之遥,常常柳暗花明,曲径通幽,从而化解不少灾害,解决不少问题。如果总是用一成不变的思维看待问题,以陈旧的眼光看待事物,甚至把问题看死,头撞南墙不回头,一条道走到底,往往就跳不出框框,迈不开新步。

行文至此,刚好又看到一则野猪一口咬出千万富翁的新闻。一个浙江人下岗了,到皖南地区种草莓,损失惨重;一天在林中又不幸被野猪咬了。伤愈后,有人请他吃饭,点了个野猪肉,还开玩笑:野猪咬你,我们吃它。他忽然灵机一动,能不能用野猪和家猪杂交一和新型猪呢?经过 3 年努力,他成功了,成了千万富翁。这位浙江人的成功,就在于思路一新,找到了财路。

一种生物历经千万年的进化,总有其固定的生物链条,有其存在的合理性。关键在于,我们应尊重科学规律和自然规律,在改造资源、节约能源的实践中,善于用脑,开阔眼界并合理地加以利月。事实证明,干工作、谋发展、破难题、思进取,换个思路是多么重要。这样,我们就能一破"抱瓮区区老此身"的陈旧观念和过时模式,怀揣一根理性清醒和思维放达的标尺,弃旧图新,锐意创造,去收获踏平坎坷的种种甘甜。

🌸 朱国良

受到惯性思维影响的人,他的思维方式已是固定的,很难有创新和发展。只有学会打破常规思维,尝试从不同的角度去看待事物,才能从好的东西中发现不足,从不好的东西中发现有用的地方;也唯有创新思维,我们才能在学习中有所突破。 （王　倩）

凡事先往好处想

"凡事先往好处想。"看来,牢记这句充满人生智慧的格言,养成采用正向思维的习惯,确应成为我们创造成功人生的重要诀窍。

车建新原本只是乡间的一个小木匠,靠 600 元借款起家,经过 15 年奋斗,如今已成为江苏红星家具集团的董事长,并拥有 12 家家具装饰材料全国连锁大卖场,在全国民营企业 500 强排行榜中名列第 16 位。2002 年"五一"劳动节前,集团被授予江苏省"五一劳动奖章",这是全省唯一一家获此殊荣的私营企业;车建新同时被评选为"江苏省十大杰出青年"。看到这里,读者朋友自然会问,车建新是如何取得成功并走到这一步的? 他的回答有许多特别值得思索的内容,但令人最感兴趣的,却是下面一段话:

"早年干木工活是很苦的,每天干十几个小时只赚 8 毛工钱。周围的同事总是唉声叹气,但我只要看到那些杂乱的木料在手中变成一件件漂亮的家具，我的内心就充满快乐，于是我就拼命地干。空闲时别人出去玩了，我还是在干活，实干加巧干，所以我的手艺提高很快。"车建新把这看做是积极心态的体现，并且解释说："所谓积极心态，就是人的潜能开发中的光明思维技术，培养你一种乐观向上地观察世界、处理事物的正确方式，让你去寻找生活中光明的一面；再通俗一点说，就是凡事先往好处想。"

"凡事先往好处想！"这是一句充满人生智慧的格言，我们可以把它看做是一种积极的人生态度的写照。如果进一步推究，它更包含了一种积极的思维方式，它要求人们从正面来观察事物、思考问题；换句话说，它是一种从肯定、积极的角度去看事物想问题的思维方式，有学者称它为正面思维。不仅仅是车建新，考察一下那些成功者的人生历程，你就会发现，他们不同于常人的地方有许多，但有一点却是肯定的，那就是他们都是习惯于首先进行正向思维的人。大发明家爱迪生是经历了两万多次实验失败才将电灯发明成功的，但他把每一次实验失败都看做是成功地排除了一种不能使用的材料。由此可见，习惯于首先进行正向思维的人即使碰到挫折，也能看到成功的希望；即使遭遇失败，也能找到正确的办法；即使处于黑暗或忧患之中，也总是能够看到光明并及时抓住奋起的机会。

总是习惯于负向思维的人则与此相反。同样是挨了上司、领导或老师的批评，前者会认为是对自己的关心，后者则会认为是跟自己过不去。采用不同的思维方式不仅会引发不同的心理情绪和处世态度，还直接影响着人们聪明才智的正常发挥，从而影响到你能否最终取得成功。当然，重大成功的取得，如同重大问题的解决一样，不仅需要采用全方位的立体思维，还需要得力的措施和相应的客观条件。但是，如果不善于首先从正面去思考问题，那也是很难达到目的的。

"凡事先往好处想。"看来，牢记这句充满人生智慧的格言，养成采用正向思维的习惯，确应成为我们创造成功人生的重要诀窍。

张福乾

"凡事先往好处想"是一种正面思维。以一种肯定的积极的思维方式去看待问题和事物,人便会少了抱怨,少了消极,少了自卑,把挫折看做成功的前提,把磨难看做成功的动力,把失败看做成功的考验。可以说,正面思维让人与众不同,让生活充满阳光,更让人生充满希望。

(采 露)

把玉米变成黄金

这个农民依靠智慧的魔法,把普通的玉米变成了"黄金"。

考泽是美国艾奥瓦州的农民,和美国西部其他农民一样,考泽主要以种植玉米为主。虽然美国是发达国家,但种田的农民也是很艰辛的。为了有个好收成,考泽要像照顾孩子一样伺候自己的庄稼。年复一年,他在田间风里来雨里去,常常是落得一身泥巴点,累得佝了腰,生活却没有什么变化。

种玉米,卖玉米,再种玉米,再卖玉米,几十年来,考泽一直在农田里重复着这个周而复始的轮回。在每年秋收时,考泽总会出神地看着那些堆积如山的玉米,那时,他常常幻想着这些金色的玉米会变成金灿灿的黄金。

玉米作为一种普通的粮食,它的价格是最低廉的,这是小孩子都知道的,但考泽却不这样认为。他在那些玉米中捕捉着灵感,寻找着希望。他相信,那些玉米粒中一定潜藏着人们未发现的价值,如果改变了玉米的命运,就会改变自己的命运。

考泽开始查阅有关玉米的各种资料。有一天,考泽在互联网上看到一则消息:德国和日本生产出了燃烧乙醇的汽车。他立刻把这条消息和玉米联系在了一起。当时,人们意识中的玉米只是一种粮食,没有人想到蕴藏在玉米中的乙醇是可再生的能源,但考泽却产生了用玉米来加工乙醇的念头。考泽还了解到,石油资源的逐年减少,导致国际原油价格逐年上涨,这使各国对能源的争夺越来越激烈,人类迫切需要一种新的能源,来替代那些日益缺少的不可再生的能源。用玉米加工出乙醇将会是一种新的能源获得方式。

新的发现让考泽兴奋不已,他找到周围的农民,希望他们能和自己一道来实现这一梦想。但是,很多农民听了之后都认为不可行,因为他们认为玉米里根本不可能含有汽车燃料。考泽后来找到了一家科研机构商谈合作事宜,机构的负责人对考泽的想法很感兴趣。于是,他们和考泽共同成立了林肯威能源公司。2006年5月,林肯威能源公司开始利用玉米生产乙醇汽油。玉米脱胎换骨为乙醇汽油后,其附加值开始成倍增长,考泽那个玉米变黄金的愿望终于成为现实。

乙醇既可以减少温室气体的排放,又可减少美国对外国石油的依赖,所以,玉米提炼乙醇将成为解决美国能源饥渴的新的办法之一。凭着这种创新,农民考泽成为美国《时代》杂志评出的2006年年度最具影响力的人物之一。

《时代》杂志对他的评价是:这个农民依靠智慧的魔法,把普通的玉米变成了"黄金"。

🌹 感 动

思维悟语

思考和付出决定明天的收获。只一味地埋头苦干的人,只能重复别人走过的路;善于思考的人则不满足于现状,勤于动脑,挖掘和创造事物的深层价值。时刻渴望改变创新,为自己获取更大的财富,为人生找到更好的出路。

(王 倩)

一个低智商的园艺家

终有一天,你会发现自己的特长。到那时,你就会让你的爸爸妈妈骄傲了。

少年琼尼·马汶的爸爸是木匠,妈妈是家庭主妇。这对夫妇节衣缩食,一点一点地在存钱,因为他们准备送儿子上大学。

马汶读高中二年级时,一天,学校聘请的一位心理学家把这个16岁的少年叫到办公室,对他说:

"琼尼,我看过了你各学科的成绩和各项体格检查,对于你各方面的情况我都仔细研究过了。

"我一直很用功的。"马汶插嘴道。

"问题就在这里,"心理学家说,"你一直很用功,但进步不大。高中的课程看来你有点力不从心,再学下去,恐怕你就浪费时间了。"

孩子用双手捂住了脸:"那样我爸爸妈妈会难过的。他们一直希望我上大学。"

心理学家用一只手抚摸着孩子的肩膀。"人们的才能各不相同，琼尼，"心理学家说，"工程师不识简谱，或者画家背不全九九表，这都是可能的。但每个人都有特长，你也不例外。终有一天，你会发现自己的特长。到那时，你就会让你的爸爸妈妈骄傲了。"

马汶从此再没去上学。

那时城里活计难找。马汶替人整建园圃，修剪花草，因为勤勉，很是忙碌。不久，顾主们开始注意到这小伙子的手艺，他们称他为"绿拇指"——因为经过他修剪的花草无不出奇的繁茂美丽。他常常替人出主意，帮助人们把门前那点有限的空隙因地制宜地精心装点；他对颜色的搭配更是行家，经他布设的花圃无不令人赏心悦目。

也许这就是机遇或机缘：一天，他凑巧进城，又凑巧来到市政厅后面，更凑巧的是一位市政参议员就在他眼前不远处。马汶注意到有一块污泥浊水、满是垃圾的场地，便上前向参议员鲁莽地问道："先生，你是否能答应我把这个垃圾场改为花园？"

"市政厅缺这笔钱。"参议员说。

"我不要钱，"马汶说，"只要允许我办就行。"

参议员大为惊异，他从政以来，还不曾碰到过哪个人办事不要钱呢！他把这孩子带进了办公室。

马汶步出市政厅大门时，满面春风：他有权清理这块被长期搁置的垃圾场地了。当天下午，他拿了几样工具，带上种子、肥料来到目的地。一位热心的朋友给他送来一些树苗，一些相熟的顾主请他到自己的花圃剪用玫瑰插枝，有的则提供篱笆用料；消息传到本城一家最大的家具厂，厂主立刻表示要免费承做公园里的条椅。

不久，这块泥泞的污秽场地就变成了一个美丽的公园，绿茸茸的草坪，清幽幽的小径，人们在条椅上坐下来还听到鸟儿在唱歌——因为马汶也没有忘记给它们安家。全城的人都在谈论，说一个年轻人办了一件了不起的事。这个小小的公园又是一个生动的展览橱窗，人们通过它看到了琼尼·马汶的才干，一致公认他是一个天生的风景园艺家。

这已经是 25 年前的事了。如今的琼尼·马汶已经是全国知名的风景园艺家。不错，马汶至今没学会说法国话，也不懂拉丁文，微积分对他更是个未知数。但色彩和园艺是他的特长。他使渐已年迈的双亲感到了骄傲，这不光是因为他在事业上取得的成就，而且因为他能把人们的住处弄得无比舒适、漂亮——他工作到哪里，就把美带到哪里！

黄　晓

思维悟语

你不懂什么叫微积分，但是你写的诗动人心魄；你不会弹琴跳舞，但你的歌喉堪比黄莺；你不太会与人打交道，但你有一颗善良美丽的心……人的特长各有不同，百花齐放，才能组成一个和谐圆满的世界。发掘自己的优点并把它放大，你也一样能够拥有自信、成功的人生。

（王　倩）

你的脚边有钻石

机遇就在你的脚边，正确地讲，是在你的心里。

印度流传着一位生活殷实的农夫阿利·哈费特的故事。

一天，一位老僧拜访阿利·哈费特，这么说道：

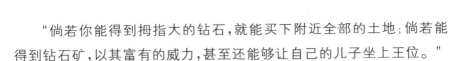

"倘若你能得到拇指大的钻石，就能买下附近全部的土地；倘若能得到钻石矿，以其富有的威力，甚至还能够让自己的儿子坐上王位。"

钻石的价值深深地印在了阿利·哈费特的心里，从此，他对什么都感到不满足了。

那天晚上，他彻夜未眠。第二天一早，他便叫起那位僧侣，请他指教在哪里能够找到钻石。僧侣想打消他那些念头，但无奈阿利·哈费特已听不进去，执迷不悟，仍死皮赖脸地缠着他，最后他只好告诉他："你去很高很高的山里寻找淌着白沙的河。倘若能够找到，那白沙里一定埋着钻石。"

于是，阿利·哈费特变卖了自己所有的地产，把家人寄放在街坊家里，自己出门去寻找钻石。他走啊走，始终没有找到要找的宝藏。他终于失望了，在西班牙尽头的大海边投海自杀了。

可是，这故事并没有结束，可以说还只是刚刚开始。

一天，买下阿利·哈费特的房子的人，把骆驼牵进后院，想让骆驼喝水。后院里有条小河，骆驼把鼻子凑到河里时，那人发现河沙中有块发着奇光的东西。他立即挖出那块闪闪发光的石头，把那块珍奇的石头带回家，放在炉架上。

不多会儿，那位老僧又来拜访这户人家。老僧走进门就发现炉架上那块闪着光的石头，不由奔跑上前。

"这是钻石！"他惊奇地嚷道，"阿利·哈费特回来了！"

"不！阿利·哈费特还没有回来。这块石头是在后院小河里发现的呀。"向阿利·哈费特买房的人这样答道。

"不！你在骗我！"僧侣不相信，"我一走进这房间，就知道这是钻石啊。别看我有些念念叨叨，但我还是认得出这是块真正的钻石！" 于是，两人跑出房间，到那条小河边挖掘起来，接着便露出了比第一块更光泽的石头，而且以后他们又从这块土地上挖掘出了更多的钻石。献给维多利亚女王的有名的钻石也是出自这里，净重达 100 克拉。如果阿利·哈费特不离开家，挖掘自家的后院或麦田，这埋有钻石的土地自然就是他所拥有了。

事实不正是如此吗?在生活中我们常常会舍近求远,到别处去寻找自己身边已有的东西;而往往,机遇就在你的脚边,正确地讲,是在你的心里。

那是由掌握蕴藏着巨大潜力的内心——你的思考方式带来的。

思维悟语

不同的思考方式决定不同的行动方向,不同的心态决定不同的人生。机遇常常站在人的旁边,但是人却望着远方幻想机遇的所在,因此往往和机遇擦肩而过。与其舍近求远,不如先从自己身边的东西下手,以良好的心态、积极的思维方式和有效率的行动去把握任何可能打开成功大门的钥匙。

(王 倩)

瓶瓶罐罐与木桶

这个世界处处有哲学,瓶里有歌,罐里有歌,桶里也有歌。

一

如果花瓶碎了,怎么办? 大多数人的做法是,把碎片扔掉! 大家都一扔了事,干脆利索,全然不曾思考与之有关的规律。

　　那么，这里头有规律吗？有。这就是，将碎片按大小排列并称过重量后即可发现：10~100 克的最少，1~10 克的稍多，0.1~1 克的和 0.1 克以下的最多！尤其有趣的是，这些碎片的重量之间有着严整的倍数关系，即：最大碎片与次大碎片的重量比为 16∶1，次大碎片与中等碎片的重量比是 16∶1，中等碎片与较小碎片的重量比是 16∶1，较小碎片与最小碎片的重量比也是 16∶1。于是，发现这一倍比关系的人便将此规律用于考古或天体研究，从而由已知文物、陨石的残肢碎片推测它的原状，并迅速恢复它们的原貌！

　　这位极善思考的聪明人，就是丹麦科学家雅各布·博尔！

　　可是，我们做到了吗？没有。打碎瓶子的经历，我们肯定有过，可是，当包含其间的规律从我们的身边淘气地溜走时，我们拥抱过它吗？

　　没有！就因为迟钝！

　　如此看来，花瓶碎了并不可怕，可怕的是：千万别一不留神，把我们的聪明打碎了！

二

　　烦恼肯定是一种邪恶。它败坏着人的情绪，影响着人的健康，在人的生活中投下一个深深的阴影。

　　及时走出这个阴影，不仅必要，而且必须。

　　《资治通鉴》中有一个这样的故事：汉灵帝时，太原孟敏出行，途中不慎失手打碎瓦甑(瓦罐)，他掉头不顾，径直前行，名士郭泰奇之，问其故，他答曰："瓦甑已破，不复能用，顾之何益？"

　　请注意，打碎了瓦罐，的确是件让人烦恼的事，但故事中的孟敏却偏偏"掉头不顾，径直前行"，这说明他特别聪明特别理智。原因是，他极善于权衡利弊，深知悲悲切切远不如轻装前进，这才不再计较已有的损失，而是干脆利索，只管向前！从而也就给了我们一个重要的启发：在前进的征程中，我们也应该学会权衡利弊，并认定豁达开通远胜于苦恼烦闷——正如那孟敏，如果打碎瓦甑后便自怨自艾，便可怜兮兮，哭哭啼啼做黛玉葬花状，他能径直前行吗？

换言之，既然烦恼极像那只"打碎了的破瓦甑"，毫无用处，凭什么不扔掉它！

三

有位奥地利医生叫奥斯·布鲁格，他父亲是个卖酒的，为了判明高大的酒桶里还有没有酒，这位父亲经常用手在桶外头敲敲，然后由声音判定桶里还有多少酒，或是满桶还是空桶。父亲的这一做法启发了他，他便由此推论，人的胸腔腹腔不也像只桶吗？既然父亲敲敲酒桶能知道酒的多少，那么，医生敲敲病人的胸腔腹腔并细心听听，不就可以由声音判明他的病情了吗？于是细细钻研，认真总结，终于发明了著名的诊病方法——叩诊。

有人更聪明，由木桶而提出了著名的"木桶理论"，即：一只木桶盛水的多少，并不取决于桶壁上最高的那块木板，而恰恰取决于桶壁上最短的那块木板；只有桶壁上的所有木板都足够高，那木桶才能盛满水，反之，只要有一块不够高度，木桶里的水就不可能是满的！怪不得人们常常大声疾呼要补缺补差抓落后环节，原来其意盖出于此。

更有趣的是关于木桶的诸多提法。

比如，想知道一个人的水平究竟如何吗？像观察木桶似的研究研究他吧，这将有助于找到他最短的"那块木板"！像敲敲桶似的敲敲他吧！你会由此发现他的水平境界究竟如何？正所谓"满桶不响，半桶晃荡"。这"响"与"晃荡"，不就是对一个人的评价吗？

如此看来，这个世界处处有哲学，瓶里有歌，罐里有歌，桶里也有歌。

张玉庭

思维悟语

一朵花,一般的人用来观赏,香水师拿来炼制香水,生物学家拿来研究植物,画家拿来临摹……不同的思考角度赋予了花不同的价值,关键在于你怎么想。其实生活中哪怕再细小平凡的小事,善于思考的人总能从中得到伟大的发现,并因此成为杰出的人。

(王 倩)

换一种眼光

不要把所有的人都放到你的对立面,而应该换一种眼光,把他们看成你的朋友。

那年,我在一家图书馆当管理员,经常会发生图书不翼而飞的事情。为防止这种偷书现象的继续发生,我在图书馆的墙上挂起了一块告示牌:凡偷窃书籍者,罚款 200 元。可偷书现象仍时有发生。

一次,朋友来看我,我向他诉苦。朋友看了一眼墙上的告示,笑着说:"凭你一双眼睛,怎么能看得过来呢?"

"但图书馆不可能再增加管理员了。"我说。

"你可以借助读者啊,让读者帮助你参与管理。"

"读者?偷书的就是这些读者,让他们参与管理这怎么可能呢?"

"偷书的只是个别人,你不要把所有的人都放到你的对立面,而应该换一种眼光，把他们看成你的朋友，充分相信他们，让他们和你一起参与管理。"

朋友要我拿来纸和笔，写了一条新的告示：凡检举偷窃书籍者，奖励 200 元。新告示贴出后，图书馆再也没有出现丢失书籍的现象。

"不要把所有的人都放到你的对立面，而应该换一种眼光，把他们看成你的朋友。"——这句话让我终生受益。换一种眼光，不是与人为敌，而是与人为友，这样，你才能变被动为主动，事事顺心起来。

🌸 **黄小平**

思维悟语

与人为善，别人才能以同样的方式来善待你。让思维拐个弯，是一种智慧的表现。当一种思维方式陷入误区，让我们无法达到目的的时候，何不换一种思维方式，寻找另一种解决的方法呢？

（海　星）

在空地上种草

每一个走在这些道路上的人都说：这几条路，是比大楼更伟大的杰作。

一位著名的建筑师为某单位设计建造了一组现代化的办公大楼。这是三幢建设在一大片空地上遥遥相望的漂亮的大楼，建筑师超人的艺术素养得到了淋漓尽致的体现。大楼轮廓初具的时候，看到的人都已经赞不绝口了。

工程快竣工时，工人们问他："三幢大楼之间的人行道如何铺设？"

"在大楼之间的空地上全种上草。"建筑师回答。

大楼主人和工人们都感到纳闷儿，但这是著名的建筑师的话，他们不好反对，就在这些空地上全种上了草。

一个夏天过后，在三幢大楼之间，和三幢大楼通往外面的草地上，已经被来来往往的行人踩出了若干条小路。这些小路有些因为走的人多，就宽些，有些因为走的人少，就窄一些，但他们蜿蜒伸展，错落有致，就像是几条树林间的小道。到了秋天，建筑师又带着工人们来了，他让工人们沿着人们踩出的路痕铺就了大楼之间和通向外面的人行道，然后在道路两旁种上了树木和花草。

每一个走在这些道路上的人都说：这几条路，是比大楼更伟大的杰作。

胡 光

思维悟语

一些原本难以解决的问题，换一个角度去想，就能迎刃而解。让行人选择路线比铺好路后让行人走更加科学、巧妙、人性化。这种善于换位思考的思维方式，是一种智慧的表现。在学习中尤其要学会换位思考，结合不同的方法，从多个角度切入问题的要点处，你会发现，难题原来如此简单。

(王 倩)

逆 向 思 维

满市场都是漂亮娃娃,为何没有一种"丑娃娃"呢?

　　某市一名时装店经理在吸烟时不小心将两条高档裙子烧了一个小洞,使该裙子无人问津。按通常的做法,请一名技艺高超的缝补工把洞补上就可以使之蒙混过关。但该经理却反其道而行之,在小洞的周围又挖了许多洞,并精心饰以金边,为其取名"凤尾裙"。此后,该裙子不仅卖出了个高价,而且消息一传开,还有不少女士专门前来购买"凤尾裙",生意异常红火。

　　按惯例,在商场柜台出售的玩具娃娃都很美丽,玩具商们为使自己的玩具娃娃更漂亮都煞费苦心。然而却有一玩具商从反面来思考:满市场都是漂亮娃娃,为何没有一种"丑娃娃"呢?于是他大胆地生产出一种"丑娃娃"的布绒玩具,谁知一上市竟然格外畅销,而且购买者多是国外游客。

思维悟语

　　很多时候,常规性的思考或者惯性思维不但不能解决问题,反而使问题更为复杂,花费了更多的时间和精力。在学习或生活上遇到难题无法解决时,不妨倒过来思考,运用逆向思维,从全新的角度去寻求解答,答案也许就在转念间浮现。　　(王　倩)

从来没有真正的绝境

只要心灵不曾干涸，再荒凉的土地，也会变成生机勃勃的绿洲。

智利北部有一个叫丘恩贡果的小村子，这里西临太平洋，北靠阿塔卡玛沙漠。特殊的地理环境，使太平洋冷湿气流与沙漠上的高温气流终年交融，形成了一种多雾的气候。可浓雾丝毫无益于这片干涸的土地，因为白天强烈的日晒会使浓雾很快蒸发殆尽。

一直以来，在这片干旱统治的土地上，看不到绿色，没有一点生机。

加拿大一位名叫罗伯特的物理学家在进行环球考察时经过这片荒凉之地。他住进村子，不久便发现一种奇怪现象：这里除了蜘蛛没有其他任何生物。蜘蛛四处繁衍，生活得很好，蛛网处处密布。为什么只有蜘蛛能在如此干旱的环境里生存下来呢？这引起了罗伯特极大的兴趣。借助电子显微镜，他发现这些蜘蛛网具有很强的亲水性，极易吸收雾气中的水分；而这些水分，正是蜘蛛能在这里生生不息的源泉。

在智利政府的支持下，罗伯特研制出了一种人造纤维网，选择当地雾气最浓的地段排成网阵，这样，穿行其间的雾气被反复拦截，形成大量水滴，这些水滴滴到网下的水槽里，经过过滤、净化，就成了新的水源。

如今，罗伯特发明的人造蜘蛛网平均每天可截水 10580 升，而在浓雾季节，每天可截水 13.1 万升，这不仅满足了当地居民的生活用水问题，而且可以用来灌溉土地，让这片昔日满目荒凉、尘土飞扬的荒漠长出了美丽的鲜花和新鲜的蔬菜。

在这个世界上，从来没有真正的绝境，有的只是绝望的思维。只要心灵不曾干涸，再荒凉的土地，也会变成生机勃勃的绿洲。

🌹感 动

思维悟语

善于思索，善于观察，是发现和创造新事物的前提。麻木而顺从地接受现状，是不可能享受到充满希望和生机的生活的，唯有积极思考才能改写历史。有了智慧的滋润，沙漠也会变成绿洲。只要从正面出发，生活即使陷入黑暗，我们也能为它带来光明。

（采 露）

你也能当总统

假如谁能把 3 岁时想当总统的愿望保持 50 年，那么他现在一定已经是总统了。

有个叫布罗迪的英国教师，在整理阁楼上的旧物时，发现了一沓练习册，它们是皮特金幼儿园 B(2) 班 31 位孩子的春季作文，题目叫："未来我是——"

他本以为这些东西，在德军空袭伦敦时，在学校里被炸飞了，没想到，它们竟安然地躺在自己家里，并且一躺就是 50 年。

布罗迪顺便翻了几本，很快被孩子们千奇百怪的自我设计迷住了。比如：有个叫彼得的小家伙说，未来的他是海军大臣，因为有一次他在海中游泳，喝了 3 升海水，都没被淹死；还有一个说，自己将来必定是法国的总统，因为他能背出 25 个法国城市的名字，而同班的其他同学最多的只能背出 7 个；最让人称奇的，是一个叫戴维的小盲童，他认为，将来他必定是英国的一个内阁大臣，因为在英国还没有一个盲人进入过内阁。总之，31 个孩子都在作文中描绘了自己的未来，有当驯狗师的，有当领航员的，有做王妃的，五花八门，应有尽有。

布罗迪读着这些作文，突然有一种冲动——何不把这些本子重新发到同学们手中，让他们看看现在的自己是否实现了 50 年前的梦想。

当地一家报纸得知他这一想法后，为他发了一则启事。没几天，书信向布罗迪飞来。他们中间有商人、学者及政府官员，更多的是平凡的人，他们都表示，很想知道儿时的梦想，并且很想得到那本作文簿，布罗迪按地址给他们一一寄去。

一年后，布罗迪仅剩下一个作文本没人索要。他想，这个叫戴维的人也许死了。毕竟 50 年了，50 年间什么事都会发生的。

就在布罗迪准备把这个本子送给一家私人收藏馆时，他收到了内阁教育大臣布伦克特的一封信。他在信中说，那个叫戴维的就是我，感谢您还为我们保存着儿时的梦想。不过我已经不需要那个本子了，因为从那时起，我的梦想就一直在我的脑子里，我没有一天放弃过；50 年过去了，可以说我已经实现了那个梦想。今天，我还想通过这封信告诉其他的 30 位同学，只要不让年轻时的梦想随岁月飘逝，成功总有一天会出现在你的面前。

布伦克特的这封信后来被发表在《太阳报》上，因为他作为英国第一位盲人大臣，用自己的行动证明了一个真理：假如谁能把 3 岁时想当总统的愿望保持 50 年，那么他现在一定已经是总统了。

刘燕敏

数十年如一日地努力着向梦想靠近，需要有坚定的信念和顽强的毅力，还有对生活永不停息的热爱。别把渴望当做幻想，当我们对未来充满期待，对自己充满信心，以良好的心态面对实现梦想之前的考验时，终有一天，想要的会掌握在我们的手中。　　(史宪军)

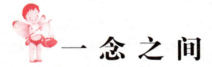

一 念 之 间

有两名囚犯从狱中向窗外望，一个看到的是泥巴，一个看到的是星星。

　　二战期间，一位住在美国中部的女人，跟随她的丈夫驻防加州，他们住在靠近沙漠的营区里。营区的生活条件很差，先生原本不想让太太跟着一起吃苦，但太太坚持一定要跟他一起去。他们只找到了一间靠近印第安村落的小木屋。这里闷热难当，就连阴凉一点儿的地方都有华氏115°（摄氏46°），风又总是呼呼吹个不停，尘土到处飞扬，而且旁边住的全是不懂英语的印第安人，住在那里日子实在是很难熬。

　　一次，她的丈夫必须外出两周去参加部队的演习，一个人在家的妻子更是寂寞至极。于是她写信给母亲说她想要回家。母亲很快回信给她，信中写道："有两名囚犯从狱中向窗外望，一个看到的是泥巴，一个看到的是星星。"

她将母亲的话看了又看,觉得很惭愧。"好吧!"她想,"我就去找那星星吧。"于是她走出屋外,和邻近的印第安人交朋友,并请他们教她如何织东西和制陶。刚开始时彼此还有些生疏,但是当他们了解到她真的是对这些有兴趣时,他们才真诚相待,并热情地接受了她。她也因此迷上了印第安文化、历史、语言以及所有有关印第安的事物。不仅如此,她还开始研究起沙漠来,很快地,沙漠在她眼中也从荒凉之地变成了神奇迷人的地方。最后她成了一名沙漠专家,出版了有关这方面的专著。她同印第安人相处得也很好,她的生活比原来在中部时更加丰富多彩。

[美]玫琳凯·艾施

思维悟语

有人认为平凡的生活没有一丝波澜与生机,但是为什么不换一种思维方式来思考呢? 其实,每天的生活都是新鲜的,我们应该善于从平凡的生活中找到乐趣,做自己喜欢做的事,有积极向上的追求,每一天都朝气蓬勃,生活也会变得充实而快乐。 (采 露)

创造奇迹的一句话

一句鼓励的话语,就是给对方的一个免费却珍贵的礼物。

多克是一个信差,他始终坚信自己的使命就是给人们传递快乐,因此,他的口袋里总是装着许多小纸条,上面写着一些鼓励性的话。他将信件和电报送到人们手中的同时,也留给他们一张小纸条告诉他们"今天是美好的一天"、"要笑口常开"、"别再烦恼"等。

第二次世界大战期间,多克因为年龄太大而没能入伍,但他自告奋勇地到野战医院做了一名志愿者,协助医院的医生和护士们救死扶伤。

有一天,他突发奇想,在医院的墙上写了一句话:"没有人会死在这里。"他的行为引起了大家的注意,医院的人说他疯了,也有些人认为这句话无伤大雅,不必擦掉。

多克写的那句话一直没有人去管,也就一直留在了那面墙上。后来,不但伤员,就连医生、护士,包括院长,都渐渐地记住了这句话。

伤病员们看了这句话都坚定了活下去的勇气;医生和护士为了这句话,尽力地给予病人最精心的治疗和护理。这个医院逐渐变成了一个特别坚强的医院,每个人的脸上都有了一种盼望和坚毅的神情。

有时候,创造奇迹的不是巨人,也许只是一句傻傻的话语。而一句鼓励的话语,就是给对方的一个免费却珍贵的礼物。它在我们的生命里,虽然微不足道,却往往重如千钧。

凡 商

思维悟语

心灵的力量是巨大的,积极的信念很多时候能够驱散消极的阴影,带来意想不到的效果。创造奇迹的不是一句话,而是那句话给你带来的信心和决心,它犹如一剂良药,让我们的心灵重获希望。

(采 露)

第 二 辑

学会让思维转弯

水葫芦是南方水乡出名的有害植物,它生命力强,繁殖速度快,经常阻断航道,还会传播疾病,治理起来非常困难。但是一位养鹅专家却发现,这是一种很好的鹅饲料,成本低,收效好,在治害的同时,也发展了自己的养鹅事业,可谓一举多得。思维转了个弯,害草就变成了资源。

生活中的难题常使人陷入思维的死角,或在经验中不能自拔,或在沮丧中失去勇气。如果懂得换一个角度来看,不知道会有多少奇迹在等待着你。

学会让思维转弯

让思维转弯，是一种大智慧，有了这种智慧，四两可以拨动千斤，付出最少的代价能够收获到最大的成功。

一位国王有洁癖，他最害怕自己的鞋底会沾上泥土，于是命令大臣，把整个国家的道路都用布覆盖上。大臣开始组织人力丈量全国的道路，之后他做了精细地计算，全国所有的路覆盖上布，需要 20 万工匠不停地工作 50 年，而全国的人口也不过 50 万。大臣心急如焚，向国王痛陈利弊，说弄不好会亡国。国王一怒，将大臣处死了。国王又派另一个大臣来办此事，结果这个大臣很容易就解决了此事——用布给国王做了一副鞋套。想一想，后一个大臣只不过是把自己的思维从路转到了国王的脚上，天大的难题就迎刃而解了。

我小时候住在内蒙古的一个农村，那时候狼比较多，就是白天里，也有狼在村边出没。家禽家畜被狼叼走的事件屡屡发生，使得村里的人们"谈狼色变"。一个夏天的上午，一个男孩在村边割草时被两只狼围困住了。两狼一前一后，虎视眈眈。男孩很害怕，他想求救，但他知道,此时求救是徒劳的,因为村里的青壮男女都到田里干活去了,只剩下一些老人和孩子。如果喊"狼来了",喊破喉咙他们也不敢出来。于是孩子在危急中开始大声喊道:"耍猴了,耍猴了!"那时候农村没有什么娱乐活动,耍猴是非常盛行的,颇受村民们的喜爱。

结果,听到有人喊耍猴,村子里的老人和孩子们都向村子边跑过来。两只狼一看这阵势,马上夹着尾巴落荒而逃。那个男孩是我哥哥,他现在和我提到这件事时还心有余悸:如果当时喊狼来了,他肯定就成了狼的午餐。但聪明的他让思维拐了个弯,就成功地化解了自己面临的危机。

我在做语文教师时,曾给学生们留了一篇赞美妈妈的作文。作文交上来时,我发现几乎全班的同学都饱蘸笔墨写妈妈如何勤劳善良,如何忘我工作,如何关心子女成长,例子举了很多,但我总感觉这些文章似曾相识,跳不出老套套。翻到最后,终于有一位同学让我眼前一亮,他的作文题目叫《爸爸下厨房》。他用爸爸走进厨房、手忙脚乱的一些闹剧衬托出妈妈平日里举重若轻、任劳任怨的精神和勤劳俭朴的品质。仅仅只是思维转了个角度,这个同学就把文章写得别具一格了。

让思维转弯,是一种大智慧,有了这种智慧,四两可以拨动千斤,付出最少的代价能够收获到最大的成功。

🌹 感 动

思维悟语

我们在生活中,谁都有可能会遇到麻烦。有些麻烦是我们按常规思维解决不了的,怎么办呢?学学故事中的后一个大臣,学学喊耍猴的孩子,学学写《爸爸下厨房》的那个同学,他们思维的与众不同之处,就在于他们是从另一个角度来思考问题的。我们也尝试一下吧,从崭新的角度看世界,世界会更加精彩。

(海 星)

把杂草当做玫瑰

任何职业都可以成为你心中的至爱，任何工作岗位都可以成为"歌唱"的舞台，只要试着去爱它，视它为你花园中的玫瑰。

前些时候，我去长春看花展，为了快捷，便租了辆"捷达"。开车的是位 30 岁出头的小伙子，一路上神色黯然，精神恍惚，车开得极不稳。临近市郊，路上的行人多起来，偶遇横穿马路者耽误车行，年轻人便从车窗探出头去吼："找死啊！"几乎可以用气急败坏来形容他当时的心情。

"开了十几年的车，每天听发动机的隆隆声，烦死了。"年轻人抱怨。

看来，他并不热爱他的职业。

谁都喜欢唱歌，天赋好的自然去当歌唱家；五音不全者也愿意在田间地头或酒吧里高歌一曲，哪怕仅仅只是喊几嗓子。这种热爱用不着培养，是埋压在人性骨子里面的东西，就像原始人喊劳动号子也要踩个调儿门一样，它们更接近人的本真与天性。

然而，并非所有的工作都是歌唱。为了生计，大多数人从事着他们原本并不喜欢的职业。热爱是一码事，职业是另一码事，就像旧时的包办婚姻一样，婚姻和爱情是两个原本未必重合的圆。

看花展时，听到这样一则故事。

一个人为自家花园的杂草发愁，想尽办法也除不掉它们。一位著名

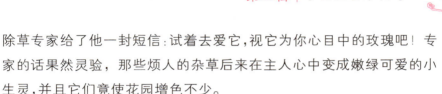

除草专家给了他一封短信：试着去爱它，视它为你心目中的玫瑰吧！专家的话果然灵验，那些烦人的杂草后来在主人心中变成嫩绿可爱的小生灵，并且它们竟使花园增色不少。

原来，热爱是可以培养的。只需变通一下思路，更换一种思维方式，任何职业都可以成为心中的玫瑰。就像原本不涉及爱情的婚姻也会碰撞出爱的火花，生成爱的结晶一样。

初涉数学的人，一定会觉得数学是无比单调与枯燥的。然而，陈景润却在 1+1 这单调与枯燥的数字间跋涉了几十年。由热爱而至痴迷、由痴迷而至忘我、由忘我而至成才，他是把"杂草"看成"玫瑰"的人，用几个简单的数字谱成了最丰富的生命乐章。

公元前古希腊数学家阿基米得对数学的热爱更是达到比生命更珍贵的程度。当敌军攻陷城池，刺刀指向他鼻尖时，他正在沙盘上画着几根单调的几何线条。他抬起头，镇定地说："请先不要杀我，再给我几分钟时间，让我把这道题做完……"这是何等圣洁、博大、忘我的热爱啊！显然，他是把简单的几何线条作为琴弦来弹，并为之歌唱的人，那个沙盘便是他花园中的玫瑰。

是的，任何职业都可以成为你心中的至爱，任何工作岗位都可以成为"歌唱"的舞台，只要试着去爱它，视它为你花园中的玫瑰。

既然选择了这份工作，或者工作选择了你，而且可能是与你相伴终生的职业，是你的柴米油盐甚至全部生活，为何不加进热爱这道"美味"呢？

不热爱不单苦了自己，耽误人生行程，也会影响到他人的生活。开"捷达"的年轻人就是个例子。

把"杂草"当成"玫瑰"吧，像聆听美妙悦耳的歌一样，欣赏发动机的声音，一路歌唱，那是仅属于你独一无二的男中音。

林伯春

既然我选择了这份职业,那我就要去干好;既然我已经在学习,那我就努力去学好;既然我决定出来旅游了,那我就玩得开心点!玩要玩得潇洒,学要学得开心,工作要工作得投入,这样的人生路,难道会不快乐吗?

(高 洁)

给心插上翅膀

踏踏实实走好现在的每一步,享受现在点点滴滴的美好,岂不是给心插上了翅膀,重获自由了吗?

早在上大学的时候就读过古希腊大力士西西弗的故事:他因触怒了神祇(qí),被罚以一项苦役,将一块巨石从奥林帕斯山下推到山上;但由于诅咒的力量,巨石抵达山顶的刹那,就会自动落到山底。他走下山,再次向上推,周而复始,没有尽头。这就是他的命运。

我至今还能记起读到这个故事时的悲怆感。那时大学即将毕业,前途未卜,对生活的感觉就像被诅咒的巨石一般,不推,会被石头压垮;推,何处是尽头?毕业晚会上,我曾将这个故事讲给全班同学听,并悲壮地与他们共勉:推!只要生命在,就努力地,永无止境地推,绝不让它压垮。

转眼间,毕业十几年了。十几年的跋涉中,感觉自己就像西西弗,日日推那愈滚愈大愈沉重的石头，有时候感觉很悲凉，不禁仰问苍天："我犯何戒律？竟受此惩罚？"神无言，我只能抱怨着，咬着牙，推那"巨石"。

前几日，乱翻书时又看到了这个故事，也读到了一个让我释怀的结局。一天，西西弗在搬运巨石的途中，忽然觉得自己搬动巨石的每一个动作都那么美。他专注地观察自己全力以赴的每一刻，感觉都具有独一无二的尊贵感。这时，所有的劳苦、疲惫、绝望忽然消失了，他开始全身心享受这份美感，不再抱怨，奇妙发生了，诅咒竟在这一刹那解除，巨石不再滚下，西西弗从永无止境的苦役中重获了自由。

读到这里，我如醍醐灌顶：原来是我们自己诅咒了自己，我们给自己加重了惩罚。细细想来，如果无论在怎样的环境下，什么样的位置上，怎样的生活中，我们总是心怀不满，情生抱怨，并且总是不情愿地裹在生活的欲流中走着，那我们就会在不知不觉中为自己套上枷锁，等于是自设诅咒啊！

生活无处不苦，但倘若能放下与苦对峙的念头，在苦里安心，视劳苦为美、为创造、为尊贵，踏踏实实走好现在的每一步，享受现在点点滴滴的美好，岂不是给心插上了翅膀，重获自由了吗？

如今，我真想握住西西弗的手，对他说：谢谢。

王瑞春

思维悟语

西西弗的石头本是恶毒的诅咒，却在西西弗开始懂得欣赏这份诅咒时化为乌有，这是怎样一种智慧的较量！和命运搏击时，无论处于怎么恶劣的境地，都应该学会安享，安享邦份忙碌的充实，安享那份竞争中存在的希望。

（王　倩）

思 维 死 角

一位参加夏令营回来的同学问了我一个问题：假如在登山的时候，下起了暴雨，你该马上下山还是等待救援？

我说："应该马上下山。"同学说："错了，应该继续前进。"我奇怪地问："山上的风雨不是更大吗？"

那位同学告诉我，那天早晨，他们登一座高山，刚行至半山腰就遇上了大雨。他们要下山，带队老师却不同意，反而要他们赶快往山上走。结果，他们一鼓作气冒着风雨登上了山顶。傍晚下山的时候，他们发现那条道路被雨水冲刷过了，路上残留着许多石块、泥沙，而且越往下走，泥沙堆积的厚度越高。所有人都明白过来了：往山顶走，风雨可能更大，但不足以危及生命；如果往山下走，却有可能遇到山洪置人于死地。

🌸 流 沙

思维悟语

登山的时候，下起暴雨，你会选择往山上走，还是往山下走呢？往山下走，可能更容易找到避雨的地方，但是却有被山洪冲走的危险。看来有时解决难题，退让并不是最好的选择，迎难而上更能取得成功。

（海 星）

别在经验中转圈

客人先点鸡,就先有鸡;客人先点蛋,就先有蛋。

生活中,我们做一件事往往会陷入个人的经验之中,习惯用经验来看待身边的人和事。经验会掩盖我们的视线,以致我们总不能看清事实的真相。

有一次在课堂上,爱因斯坦问学生:"有两位工人,同时修理一个老旧的烟囱,当他们从烟囱里爬出来的时候,一位身上很干净,另一位却满脸满身的煤灰,请问,他们谁会去洗澡呢?"一位身上学生说:"当然是那位满脸满身煤灰的工人会去洗澡喽!"爱因斯坦说:"是吗?请你们注意,当干净的工人看见另一位工人满脸满身的煤灰,他会觉得从烟囱里爬出来真是太脏了。另一位看到对方很干净,就不会这么想了。我现在再问你们,他们谁会去洗澡?"有一位学生很兴奋地发现了答案:"噢!我知道了!干净的工人看到肮脏的工人时,会觉得他自己必定也是很脏的;但是当肮脏的工人看到干净的工人时,却觉得自己并不脏,所以一定是那位干净的工人跑去洗澡了。"似乎所有的学生都同意这个答案。只见爱因斯坦慢条斯理地说:"其实这个答案是错的。两个人同时从老旧的烟囱里爬出来,怎么可能一个是干净的,另一个却是脏的呢?这就叫做'逻辑'。"是的,当一个人的思路受到经验的牵绊时,往往就不能十分清晰地寻找到事理的根源。

有一家酒店经营得特别好,而正在这个时候,酒店的老总却准备开展另外一项业务,由于他没有太多的精力管理这家酒店,便打算在现有的三个部门经理中物色一位总经理。于是老总问第一位部门经理：
"你说是先有鸡还是先有蛋？"第一位部门经理不假思索地答道："先有
鸡。"老总接着问第二位部门经理："是先有鸡还是先有蛋？"第二位部
门经理胸有成竹地答道："先有蛋！"这时，老总向最后一位部门经理说
道："你来说说，是先有鸡还是先有蛋？"第三位部门经理认真地答道：
"客人先点鸡，就先有鸡；客人先点蛋，就先有蛋。"老总笑了。他决定将
第三位部门经理升任为这家酒店的总经理。

李 琛

思维悟语

不要让经验把我们局限在一个狭窄的圈子里，因为经验有
时候往往让人惰于思考，慢慢地就跳不出某种思维模式，难以
找到处理问题的方法了。别在经验里转圈，碰到问题的时候，试
着换个角度，让脑子转个弯。

（海 星）

骂出来的发明

我们日常使用的便笺，这一发明竟是由"失败"而被骂出来的。

1986 年，美国有十大发明，其中有一件便是我们日常使用的便笺。
这种便笺的纸是用一种不太黏的胶粘住的，使用时稍一用力便可撕下

来，是办公室里必不可少的书写用具。

说来非常有趣，这一发明竟是由"失败"而被骂出来的。便笺的发明者原在一家生产胶片的公司研究合成胶，可搞来搞去，研制出来的胶总是不黏，经理为此将他狠狠地骂了一顿。但他不服气，赌气说不黏的胶也会有它的用途。经理被他如此顶撞，又将他臭骂了一通。发明者却越挨骂越来劲，下决心要将经理认定的"废胶"变成有用的商品。

为了实现这种反常规的念头，他在特殊对象的特殊要求上苦苦求索，终于有了新创意：用"废胶"黏合办公用纸！他利用业余时间，自己花钱做了许多小本子，又把这些小本子送到几十个经理的手中。几个月后，用过那些本子的经理居然一个个找上门来，问还有没有"方便本子"。事实证明，"方便本子"很有开发前景。发明者便根据人们的不同习惯和爱好，设计了好几种颜色、规格的方便本子，一推上市，立即风靡全世界。

这个发明的诞生，实质上采取的是"逆向思维"的方法。一般的人都认为胶水就一定要黏才行，但便笺发明者却从"胶水不黏也有用途"的观点进行反向思考，结果找到了人们的其他需求。将问题反过来想一想，有利于摆脱习惯思维，激励创新思想的产生。

曹　峰

思维悟语

便笺的发明竟然是被经理骂出来的。发明者在被骂后不服气，采取"逆向思维"的方法，竟然化腐朽为神奇。在我们的学习生活里，也常常会遭到父母和老师的批评，我们也曾不服气过，但我们不服气后，能不能也化腐朽为神奇，证明我们是对的呢？

（海　星）

弯　　路

当捷径上人满为患的时候，不妨绕点弯路，这样也许能更快
地到达目的地。

美国的哈佛大学要在中国招一名学生，这名学生在美国的所有费用都由美国政府全额提供。考试结束了，有 30 名学生成为候选人。

考试结束后的第十天，是面试的日子。30 名学生及其家长云集在上海的锦江饭店等候面试。当主考官劳伦斯·金在饭店的大厅一现身，立刻被学生们围了起来。考生们用熟练的英语向他问候，有的甚至还迫不及待地向他做自我介绍。

这时，有一名学生，不知是站起来晚了，还是什么别的原因，总之，没来得及围上去。

他站在那儿，不知如何是好。这时，他看到了被冷落在一旁的劳伦斯·金的夫人，于是就走向前去和她打招呼。他并没有做自我介绍，也没有打听面试的内容，而是问她对上海的感觉如何。就在劳伦斯·金被围得水泄不通、不知如何招架的时候，他俩在大厅的一角，却聊得非常投机。

这名学生在 30 名候选人中，成绩不是最好的，可是，最后他被劳伦斯·金选中了。这件事曾引起不小的震动。有的说，他太幸运了；有的说，他太有计谋了；还有的说，劳伦斯·金简直是个傀儡。然而，不论世人如何看待这件事，在这个世界上有这么一种现象，谁都无法否认和

忽视,那就是,当捷径上人满为患的时候,不妨绕点弯路,这样也许能更快地到达目的地。

刘燕敏

思 维 悟 语

　　捷径走的人多,弯路走的人少。当众人都在捷径上竞争时,有人却已经通过弯路,实现了自己的人生价值。当然,弯路上更会遇到困难和麻烦,但我们不要急躁,要冷静地面对,说不定解决困难、麻烦后,你就会获得想不到的收获。

（海　星）

换一种思维方式生存

这些虫子死不足惜，但如果它们中的一只能够越出雷池半步，命运也会迥然不同。

　　法国著名科学家法伯发现了一种很有趣的虫子,这种虫子都有一种"跟随者"的习性,它们外出觅食或者玩耍,都会跟随在另一只同类的后面,而从来不敢换一种思维方式,另寻出路。发现这种虫子后,法伯做了一个实验,他花费了很长时间捉了许多这种虫子,然后把它们一只只首尾相连放在了一个花盆周围,在离花盆不远处放置了一些这种虫子很爱吃的食物。

一个小时之后，法伯前去观察，发现虫子一只只不知疲倦地围绕着花盆转圈。一天之后，法伯再去观察，发现虫子们仍然在一只紧接着一只地围绕着花盆疲于奔命。7 天之后，法伯再去看，发现所有的虫子已经一只只首尾相连地累死在了花盆的周围。

后来，法伯在他的实验笔记中写道：这些虫子死不足惜，但如果它们中的一只能够越出雷池半步，换一种思维方式，就能找到自己喜欢吃的食物，命运也会随之迥然不同，最起码不会饿死在离食物不远的地方。

其实，该换一种思维方式生存的不仅仅是虫子，还有比它们高级得多的人类。

一个非常著名的公司要招聘一名业务经理，丰厚的薪水和各项福利待遇吸引了数百名求职者前来应聘。经过一番初试和复试，只剩下了 10 名求职者。主考官对这 10 名求职者说："你们回去好好准备一下，一个星期之后，本公司的总裁将来亲自面试你们。"

一个星期之后，10 名做了充分准备的求职者如约而至。结果，一个其貌不扬的求职者被公司留用下来，总裁问这名求职者："知道你为什么会被留用吗？"这名求职者老实地回答："不清楚。"总裁说："其实，你不是这 10 名求职者中最优秀的。他们做了充分的准备，比如时髦的服装、娴熟的面试技巧，但都不像你所做的准备那样务实。你用了一种超常规的方式，对本公司产品的市场情况及其他公司同类产品的情况做了深入的调查与分析，并提交了一份市场调查报告。你没被本公司聘用之前，就做了这么多工作，不用你又用谁呢？"

世上的事情有时就是这么简单得让人难以置信：如果你墨守成规，等待你的只有失败；相反，如果你稍微动一下脑筋，对传统的思维方式进行一番创新，就能获得成功。比如，那种具有"跟随者"习性的虫子为什么就不能动动脑筋，对自己固有的习性进行一下创新——不跟在别人身后漫无目的地奔跑，而像那个其貌不扬的求职者一样换一种思维方式呢？

当然,让虫子摈弃自己固有的习性难免苛求,虫子毕竟是虫子;但是,人呢?

🍂 王学亮

思维悟语

虫子已经不大可能改变固有的习性了,但我们人类却可以。只要我们多动脑筋,敢于挑战传统的思维方式,摈弃墨守成规的做法,多角度地思考,就能获得意想不到的成功。在我们面对问题束手无策的时候,不妨从另一个角度来考虑问题,说不定你会发现解决问题的新方法!

(海 星)

"如果"和"幸好"

不幸发生以后,最最重要的是:莫想"如果",尽想"幸好"!

有个孩子,在一场车祸中不幸丧生。他的母亲日夜悲泣,脑子尽在千百个"如果"上回转:"如果当日我不答应让他出去……如果我自己开车送他去……如果司机不那么粗心鲁莽……"越想越悲伤,几乎要精神崩溃,每天都要靠强力镇静剂来过活。

有个女人,婚姻美满,衣食无忧,然而,某天早上,她的丈夫忽然因心脏病暴发而猝然去世。她身无一技之长,家里又有两个稚龄孩子,然

而，她不怨天尤人，不消沉自卑，而是勇敢地站起来，很快便找到一份推销员的工作，立志要把孩子抚养成人。别人慰问她，她坚强地说："幸好我还有两个健康聪明的孩子，日子一定可以过下去的。"

同样是灾祸，但是，"如果"这念头使人坠入痛苦的深渊而难以自拔；"幸好"这想法却使人从不幸中迅速地振作起来，重新适应调整生活。

另有个幽默的外国小故事，是我一直念念不忘的：某人外出，家里被小偷偷窃一空。他发现后立即自己安慰道："幸好贼人只偷去财物，没有伤害到人。"想了想，他又说："幸好做贼的是他而不是我。"被窃者的悲哀和愤怒，顿时被这两句"幸好"减轻了许多。

在人生漫长的旅程里，或多或少总会有不幸的事情发生，而不幸发生以后，最最重要的是：莫想"如果"，尽想"幸好"！

——幸好事情没有想象中那么糟，所以，微笑吧！

[新加坡]尤　今

思维悟语

我们在一生中，谁没有烦恼和忧愁，谁没有伤心和痛苦，但是，过去的已经过去，我们无法改变。不如乐观地生活，勇敢地面对。在事情发生之前，多想想"如果"，少想想"幸好"；在事情发生之后，多想想"幸好"，少想想"如果"。

（李　珊）

有多少奇迹在等待着你

同样的种子,不同的想法,导致了完全两样的结局。

两颗相同的种子一起被抛到了地里。

一颗这么想:我得把根扎进泥土,努力地往上长,要走过春夏秋冬,要看到更美丽的风景……于是,它努力地向上生长。

在又一个金黄的秋天,它变成了很多粒成熟的种子。

另一颗却这样想:我若是向上长,可能碰到坚硬的岩石;我若是向下扎根,可能会伤着自己脆弱的神经;我若长出幼芽,可能会被蜗牛吃掉;若开花结果,可能被小孩连根拔起,还是躺在这里舒服、安全。于是,它瑟缩在土里。有一天,一只觅食的公鸡过来,三啄两啄,便将它啄到肚子里去了。

思维悟语

同样的种子,不同的想法,导致了完全两样的结局。我们在生活中又何尝不是如此?有时候我们能否取得好成绩,获得成功,关键就在于我们的思维。如果我们能积极面对,相信自己能够成功,并为之去努力,就一定会梦想成真。反之,消极地对待只能令人一无所获。

〔王 倩〕

第一个被录取的人

那老头儿笑了："很好！你第一个被录取了，因为我急于知道——我的表演为何失败。"

某大公司招聘人才，应者云集，其中多为高学历、多证书、有相关工作经验的人。

经过三轮淘汰，还剩下 11 位应聘者，最终将留用其中的 6 位。因此，第四轮总裁亲自面试，将会出现十分"残酷"的场面。

奇怪的是，面试考场出现了 12 个考生。总裁问："谁不是应聘的？"坐在最后一排最右边的一个男子站起来回答："先生，我第一轮就被淘汰了，但我想参加一下面试。"

在场的人都笑了，包括站在门口闲着的老头子。总裁饶有兴趣地问："你第一关都过不了，来这儿还有什么意义呢？"男子说："我掌握了很多财富，我本人即是财富。"

大家又一次笑得很开心，觉得此人不是太狂妄，就是脑子有毛病。男子说："虽然我只有一个本科学历，一个中级职称，但我有 11 年工作经验，曾在 18 家公司任过职……"总裁打断他："你的学历、职称都不算高，工作 11 年倒是很不错，但先后跳槽 18 家公司，太令人吃惊了。我不欣赏你这种做法。"

男子站起身："先生，我没有跳槽，而是那 18 家公司先后倒闭了。"在场的人第三次笑了。一个考生说："你可真是倒霉蛋！"男子也笑了：

"相反,我认为这就是我的财富!我不倒霉,我只有31岁。"

这时,站在门口的老头子走进来,给总裁倒茶。男子继续说:"我很了解那18家公司,我曾与大伙努力地挽救那些公司,虽然不成功,但我从那些公司的错误与失败中学到了许多东西,很多人只是追求成功的经验,而我,更有经验避免错误与失败!"

男子离开座位,一边转身一边说:"我深知,成功的经验大抵相似,而失败的原因各有不同。与其用11年学习成功的经验,不如用同样的时间研究错误与失败;别人的成功经历很难成为我们的财富,但别人的失败过程却是我们可以拥有的财富。"

男子就要出门了,忽然又回过头:"这11年在那18家公司的经历,培养和锻炼了我对人、对事、对未来的敏锐洞察力,举个小例子吧——真正的考官,不是您,而是这位倒茶的老人。"

全场11个考生哗然,惊愕地盯着倒茶的老头。那老头儿笑了:"很好!你第一个被录取了,因为我急于知道——我的表演为何失败。"

张小失

思维悟语

人在成长的过程中,不可能一帆风顺。我们应该如何面对人生路上的失意呢?有人在经历了挫折后一蹶不振;但也有人则以此为契机,把失败当做经验,愈挫愈勇,最终走出一条金光大道。别怕失败,只要积极面对,成功也许就在这一次失败之后光临。

(赵　航)

换一个思路

他请所有与会者全闭上眼,听他的口令,同样是喊"一、二、三",在"三"字上一齐睁眼。

有个摄影界的朋友,给大会拍集体照也有些年头了。

他照着照着就出现了新问题,开会的人都上了年纪,一排排坐的站的,时间稍长不免犯困,即使不是闭目养神,也不时会眨眼睛。几十个

人,甚至上百人,"咔嚓"一声照下来,有睁眼的,有闭眼的。闭眼的人看见照片,自然不高兴:我90%以上的时间都睁着眼,你为什么偏让我亮一副没精打采的相?这不是歪曲我的形象吗?

就拍照而言,形象是头等大事,全靠修版也很难改变。于是在每次照相前都喊"一!二!三!",但坚持了半天以后,恰巧在"三"字上坚持不住,上眼皮找下眼皮,又是做闭目状。真难办。

这位朋友于是换了一个方法,大获成功。他请所有与会者全闭上眼,听他的口令,同样是喊"一、二、三",但他要求是在"三"字上一齐睁眼。果然,照片冲洗出来一看,一个闭眼的也没有,全都显得神采奕奕,比本人平时更精神。

这真是让人们皆大欢喜。

思维悟语

　　面对几十个人,想照出一张理想的照片真的很难,其中难就难在众人的不统一上。可是,故事中的这位朋友却另辟蹊径,终于拍出了一张皆大欢喜的照片。我们一般人只想着如何睁大眼睛解决问题,就没想过,有时候"闭上眼睛"似乎也是一个解决问题的好办法。

(海 星)

咒 语 疑 云

转一个角度,换一种思维,活着就该有大无畏的精神。

　　我在北京上学时,有一回在学校附近碰见一个老妪站在大树底下兜售布袋,那是一种长方形单面有图案的纯棉购物口袋,价钱相当便宜,只售一元五角。于是我一气买了 6 个。

　　布袋拿回宿舍,同学都说值,不料一位细心的同学蓦然惊呼:"怎么上面有个'死'字!"

　　定睛一看,布袋印着的图案四周原来还环着一圈外文,几个较长的单词不认识,字典里也没有,中间一个"die",却触目惊心!再细看图案本身,几个简单而形状怪异的色块拼凑在一起,谁也辨不出那究竟是什么。

　　"我说这么便宜呢!"

"准是邪教的图腾！"

"巫婆！"

"咒语！"

同学们大呼小叫。

虽说我向来不信邪，照用不误，但挎着口袋上街时还是小心地把有图案的一面向里，以免引来旁人注目。有次我要寄衣物回家，那些口袋是再好不过的包裹，但瞅着那个碍眼的"die"，心里仍有些别扭，总不能往家里寄去一份不祥吧？后来我想出个好主意，用同色的彩笔在"die"后面加上"t"，成了"饮食、节食"之意。自忖破去一劫，顿时心安理得。

直至一年后，我认识了一个外语学院的朋友，"咒语"之谜方水落石出：那句奇怪的外文其实是德语，"die"是德语中一个再普通不过的冠词，发音为"地"，用法相当于英语中的"the"，专用以修饰阴性名词，"咒语"全句的意思是"保护世界环境"。

当我恍然大悟之后再回头看那神秘的图案，原来竟是世界七大洲的板块！有时想想，生活中的诸多禁忌，纯属世人作茧自缚。基督徒避讳数字"13"尚有宗教传说之情可原，因为发音而遭人唾弃的"4"多少有点"比窦娥还冤"，要知道在音乐简谱中，"4"的唱名正是如假包换的"发"，这是不是比辅音相异的"8"来得少一分牵强呢？

转一个角度，换一种思维，活着就该有大无畏的精神。"死"就"死"吧，有"咒语"傍身，说不定还能以毒攻毒，一保平安。

飞　飞

思维悟语

换一种思维看问题，"咒语"变"环保"。成长中很多困难和障碍，其实并没有我们想象的那么巨大。阻碍我们前进的不是困难本身，而是我们面对困难的态度。思维决定成败！　　　（海　星）

换一种交通工具

换一种交通工具,一样可以赶上人生的幸福班车。

朋友到北京出差,临回来的时候提前两个小时从颐和园打车到北京火车站,本以为很宽裕的时间却因路上堵车给耽误了,到达车站的时候,他要乘坐的车次已经开走了。

朋友懊悔不已,他说他对北京的堵车状况估计不足。不到一个小时的车程却因堵车两个小时还没赶到。另外,更令他后悔的是,他没有想到及时更换交通工具,当时如果他从出租车上下来,换乘地铁就会很快到达车站的。

换乘地铁,就一定能赶上那列火车。

人生好多时候也是如此。我们曾把高考当做实现人生梦想的唯一交通工具,只有考上大学才可以登上美满人生的列车,但如果我们换一种工具,不通过考大学这座独木桥,而是通过自身不懈地努力,一样可以实现人生的理想和价值。

面对机关里的升迁,身在其中的人很容易把提职当做实现人生价值的唯一途径,一旦升迁无望,便以为天塌下来了,人生便从此没有了希望。其实只要换一种思维,换一种途径,一样可以施展自己的才华,一样可以实现自己的人生目标。

我们常以为只有财富才是通往幸福的唯一工具,所以绞尽脑汁占有更多的钱财,费尽心机甚至不惜生命和健康去赚取更多的金钱,一旦钱财失去，便以为幸福也随之失去了。其实金钱与幸福并不完全成正比，如果我们换一种工具，比如追求健康、追求和睦、追求平安等，这些都是通往人生幸福和快乐的工具。

凡此种种，如名利、如婚姻、如家庭、如事业，只要我们都能换一种工具、换一种思路、换一种想法、换一种角度，我们一样可以享有幸福美满的人生。

换一种交通工具，一样可以赶上人生的幸福列车。

🖐王宪中

思维悟语

如果有一天,你的幸福,你的快乐,距离你所认定的标准,还有很长的距离,你会怎么办? 你要考虑换一种方式去获取。因为之前采取的行动不是实现你幸福、快乐的唯一途径。说不定,换一个思维,换一种途径,你就会觉得更幸福,更快乐! (海　星)

 # 绕开思维陷阱

多点创新精神,多角度地思考对策,你会发现,一切都很简单。

我曾看到这样一条国外的新闻，有一个匪徒闯进一家幼儿园，以要引爆炸药相威胁，向政府勒索钱财。整个社会都在为孩子们的生命安全担心，仿佛全世界瞬间就要毁灭似的。在这个非常危急的时刻，该幼儿园里一位年轻的教师却轻松欢快地告诉孩子们，这是一场没有预告的游戏，她甚至把那个匪徒描绘成游戏中的一个角色。结果，在整个过程中，不但孩子们玩得很开心，并且还感染了匪徒的心理和情绪，最终导致事件的和平解决。

谁都知道，女教师无力和匪徒抗争，也无法阻止这场灾难的发生，但她能换一个角度去看问题，从而为孩子们铺展了一场温馨的游戏。孩子们也许并不知道这场游戏的真实意义，也许只有长大后才能领悟到其中睿智的内涵。

康熙皇帝在大臣的陪同下在花园中散步。走在水池旁，忽然心血来潮，问身边的大臣："这水池共有多少桶水？"众臣面面相觑，不知如何作答。康熙说，给你们三天考虑，回答上来重赏，回答不上来重罚。三天过后，大臣们仍一筹莫展。一个小孩走来，声称知道池塘有多少桶水。康熙让他回答。小孩眨了眨眼，从容不迫地回答说："这要看是多大的桶。如果桶和水池一般大，那池里就是一桶水；如果桶只有水池一半大，那池里就有两桶水；如果桶只有水池三分之一大，那水池就有三桶水……"康熙重重地奖赏了那个孩子。

大臣们为什么回答不上来？因为他们陷入了思维陷阱，让水池的大小把思维给捆住了，动弹不得。而那个小孩则撇开了池塘的大小，从桶的角度去思考问题，问题迎刃而解。跳出思维陷阱，换一换思维方式，换了个角度，问题就解决了。

某商店积压大批手表，为了促销，老板想出一招：凡购买一块60元手表者，特赠背心一件。几天过去了，手表仍无人问津。老板苦恼得很。上学的儿子得知后，跟老爸说："这好办，瞧我的！"话说完，他走到外面的牌子前，嚓嚓几笔——好家伙，还未等老爸醒过神来，顾客已里三层外三层地排起队来。时间不长，手表卖光了。原来儿子把他写的话只稍微调换了个位置，变成了"凡购买60元一件背心者，特赠手表一块！"于是"山重水复疑无路，柳暗花明又一村"。可见换一个角度，绕开思维的陷阱,会产生多大的功效!

　　很多人在问题面前不知道绕开思维的陷阱,主要原因是受思维定式的影响,被惯性思维束缚住了,这一点是最可怕的。我们要在变幻万千的世界里立于不败之地,就应该多学些辩证法,多一点创新精神,多角度思考,换一个视点分析,与时俱进,方有利于绕过思维陷阱,创造出更多的奇迹来。

📕 尚建国

思维悟语

　　当一道难题无法解决时,当一场灾难不可避免时,我们有没有想过换一种思维呢?当定势思维在困难面前束手无策时,我们有没有想过用非常规的思维来解决呢?多一些创新精神,多一个角度地思考对策,你会发现,一切都很简单。　　(海　星)

从不幸中找幸

　　要是火柴在衣袋里燃烧起来了,那你应该高兴,幸亏衣袋不是火药库。

　　有人遭到不幸,要么长吁短叹,怨天尤人;要么精神坍塌,一蹶不振;要么咬牙切齿,鱼死网破。这都叫绝对,叫愚蠢,聪明一点就应该做到心胸开阔些,从不幸中找幸。

俄国名作家契诃夫说过:"要是火柴在衣袋里燃烧起来了,那你应该高兴,幸亏衣袋不是火药库。要是手上扎了刺呢,你也应该高兴,幸好刺不是扎在眼睛里。"

美国第 32 届总统罗斯福的家中被盗损失惨重,他倒像没事一般地说:"感谢上帝,第一,贼没有伤害我的生命;第二,贼偷去的只是部分东西而不是全部;第三,最值得庆幸的是,做贼的是他而不是我。"

这些话说得太好了,它绝非戏言谑语,更不是无可奈何的自我安慰。它是从不幸中找幸的高深论述。能如此从不幸中找幸,那才真叫大智。

是的,生活是活的而不是死的,生活中处处有哲理,事事合辩证。人在生活中总会遇到种种情形,也难免会遭到不幸。人应该多些灵气,多些智慧。如果遭到不幸就倒下,那才是真正的悲哀,是彻底的不幸了。

有人把老年人称做"一本无字的书",这正是经过生活磨砺之后的深悟,正是对老年人的看重,是对老年人成熟、练达、饱谙世事的敬佩。不少一生坎坷的老年人之所以修成"正果",不正是因为能够积极思维,善待生活,从不幸中找幸过来的吗?

龙连山

思维悟语

痛苦是在比较中产生的。当我们遭遇不幸的时候,我们要学会逆向思维,从不幸中找幸运。遭遇不幸不是真正的不幸,真正的不幸是被不幸打倒,失去生活的信心和勇气。　　(采 露)

转换思维改变人生

如果这个村庄需要水，其他环境类似的村庄一定也需要水。

有一个奇异的小村庄，村庄里除了雨水没有其他任何水源，为了解决这个问题，村里的长者决定对外签订一份送水合同，以便每天都能有人把水送到村子里。有两个人愿意接受这份工作，于是村里的长者把这份合同同时给了这两个人。

得到合同的两个人中有一个叫艾德，他立刻行动起来，每日奔波于1公里以外的湖泊和村庄之间，用他的两只桶从湖中打水并运回村庄，再把打来的水倒在由村民们修建的一个结实的大蓄水池中。尽管这是一项相当艰苦的工作，但是艾德很高兴，因为他能不断地挣钱。

另外一个获得合同的人叫比尔。令人奇怪的是自从签订合同后比尔就消失了，几个月来，人们一直没有看见过比尔。这点更令艾德兴奋不已，由于没人与他竞争，他挣到了所有的水钱。

比尔干什么去了呢？他做了一份详细的商业计划，并凭借这份计划书找到了4位投资者，并和他们一起开了一家公司。6个月后，比尔带着一个施工队和一笔投资回到了村庄。花了整整一年的时间，比尔的施工队修建了一条从村庄通往湖泊的大容量的不锈钢管道。

此时，比尔却在思考：如果这个村庄需要水，其他环境类似的村庄一定也需要水。于是他重新制定了他的商业计划，开始向全国甚至全

世界的村庄推销他的快速、大容量、低成本并且卫生的送水系统。每送出一桶水他只赚 1 便士，但是现在每天他能送上几千万桶水。无论他是否工作，几十万的人都要消费这几千万桶水，而所有的这些钱便都流入了比尔的银行账户中。显然，比尔不但开发了使水流向村庄的管道，而且还开发了一个使钱流向自己钱包的管道。

从此以后，比尔幸福地生活着，而艾德在他的余生里仍拼命地工作，最终还是陷入了"永久"的财务问题。

多年来，比尔和艾德的故事一直指导着人们。每当人们要作出生活的决策时，这个故事都能给人以启迪。

思维悟语

当一个人接手一项工作后，是立即去做，还是先思考工作的方法后再去做？是用体力去做，还是用智慧去做？我们应该多学学比尔，想好方法再去做，比没有准备去蛮干要好得多。　　（海　星）

换一个角度

他这才发现，不是上帝叫他牵着一只蜗牛散步，而是上帝让一只蜗牛陪他去散步。

换一个角度尝试，很多看似不可扭转的事情会重现生机；换一个角度去感受，人生会看到另一种美丽。

一天，上帝安排一个人牵一只蜗牛去散步，蜗牛慢吞吞的脚步让他烦躁不安。他于是心生埋怨，一路上数落着蜗牛。但后来他因此闻到了花香，听到了虫鸣鸟叫，看见了满天星斗。他这才发现，不是上帝叫他牵着一只蜗牛散步，而是上帝让一只蜗牛陪他去散步。

其实，人生就是一个牵着蜗牛散步的过程，一路上总有不称心的时候，关键是你如何去面对。有时候，我们需要具备忍耐的勇气；有时候，我们需要有一种矢志不移的精神。但更多的时候，我们不妨转换一下角度。我们所处的年代，是一个激烈竞争的年代，一味地只注重人际应酬，只追求高效高速，而摒弃质量和效果，势必会事倍功半。

其实人生最值得珍视的，就是给自己一个充足的时间和一个闲适的空间，静下心来总结和思考。有静心思考作前提，任何艰难困苦，任何坎坷不平，都可能变成最宝贵最值得回味的人生财富。换一个角度，一样的生活际遇里，会有截然不同的人生。

程应峰

思维悟语

上帝给予了我们五彩斑斓的人生，但是很多人只选择了一种颜色，一个步调，并且浑浑噩噩地过了一生。静下心来，想一想我们的生活，除了那一种色调，是不是还有别的更多的选择。懂得思考，懂得欣赏，懂得回味，懂得创新，我们就会找到一个多姿多彩的全新人生。

（海　星）

用积极的眼光看问题

美国汽车界的风云人物李·艾柯卡在担任福特汽车公司总裁时,由于功高震主,被老板解雇。许多人认为他从此会结束自己的职业生涯,艾柯卡却出人意料地接手了濒临破产的克莱斯勒汽车公司。上任之初,他发现这家公司的实际情况更糟糕,他也曾想罢手不做,但他想起了父亲的一句话:"越是面临困难,越是需要积极的眼光。"艾柯卡没有逃避,终于开创了人生的第二春。

人与人之间的差异仅仅在于心态是积极的还是消极的,但结果往往是成功与失败的大不同。每个人都可以通过积极努力,收获成功人生。

谁是我们的上帝

你能感到安宁和幸福,得益于你心态的改变和心灵的觉悟。

有一个人,性格内向,喜好安静,可妻子生性活泼,一天到晚有说不完的话。后来他们有了孩子,孩子的性格与他们的母亲一样,好说好动,一刻也不得安宁。再后来,儿子又有了儿子,个个随祖母的脾气,唧唧喳喳,他真是要被他们烦死了。

无比烦恼的他来到了天堂,祈求上帝帮他解决这一问题。上帝正面对着墙上自己的像祈祷着。他非常纳闷儿:"亲爱的主啊,你是万能的,为什么你也在祈祷呢?"

"自己的问题只能自己解决,你看,我还在祈求自己呢,你还是回去吧!"上帝在自己胸前划了一个十字,回头对他说。

他没有回去,而是和上帝讨价还价:"万能的主啊,快救救我吧,你不知道,全家上下 20 口人,每人嘴里都念叨不停,要是再待上一刻,恐怕我就再也见不到你了。"

"唉!"上帝叹了口气,"除人之外,你家还有没有其他东西?"

"有。"他回答,"有 1 条狗、10 只鸡、20 只鸭。"

"听我的话, 孩子, 把这些东西全关到你的屋里, 一周后再来找我。"上帝说。

为了表示对主的虔诚,他照办了。一周后再次来到了上帝的面前。"怎么样?"上帝问。

"更吵了！"他说，"人言，兽语，禽鸣，人兽、人禽嬉戏的声音，兽禽打斗的声音……真是烦死了，地狱恐怕都不会这样吧？"

"孩子，回去把兽禽都赶出去，打扫一下房间，一周后你再来见我。"

不到一周，他就迫不及待地来到上帝的身边，问："万能的主啊，我十分虔诚地向你表示感谢，现在一切都好了，我感觉世间原来是这样的安宁和幸福。"

"请不要感谢我，孩子。"上帝说，"每个人的上帝只能是自己，你应该感谢自己才对呀！"

他的眼里无比的疑惑。上帝继续说："到我这里之前所处的环境和你现在所处的环境是一样的啊！你能感到安宁和幸福，得益于你心态的改变和心灵的觉悟。"

宗召伟

思维悟语

当我们的生活有了对比的时候，才会觉得原来生活中很多不如意的事情其实很微不足道。抱怨并不能解决问题，依赖别人也不是明智的方法，很多烦恼需要我们自己解决，就连上帝都在祈求自己，我们更要努力帮自己。

（高　洁）

受了挫折的阳光

每当念了一个小时的历史后，我总能体会到，不管目前状况有多糟，还是比过去的历史要好得多。

"妈妈，你看，彩虹！"

"美吗？"

"美！"

"宝贝，你知道吗？彩虹其实就是阳光。"

"阳光？我们平时见到的阳光，为啥没有这么美呢？"

"因为在雨后，空中留存的雨雾把阳光折射了，从而产生了七彩的光芒。这阳光的折射，就像人生的挫折，折射使阳光美丽起来，挫折也会使人生美丽起来。"

"妈妈，我知道了，彩虹就是受了挫折的阳光。"

雨后清新的阳光，照在那位妈妈的身上，照在那个孩子的身上，也照在孩子身下的那张轮椅上。

黄小平

思维悟语

受了挫折的阳光会形成光彩夺目的彩虹，经历风雨的坎坷人生更让人们回味无穷。确实如此，没有那些苦难，怎么会显出我们的坚强和勇敢？没有那些流言飞语的挑战，怎么能让人的不屈和坚定开成一片灿烂的玫瑰？挫折，人生一所最好的大学。　（王　蕴）

一小时内转变为乐观主义者

每当念了一个小时的历史后，我总能体会到，不管目前状况有多糟，还是比过去的历史要好得多。

只要我注意到自己有点消沉时，我总能驱除忧虑，让自己变得乐观。

我是这么做的，我进入书房，闭上双眼，走到只放历史书籍的书架旁，我仍是闭着眼睛伸出手去取书，不晓得会拿到蒲莱斯克特的《征服墨西哥》，还是思维多尼亚的《十二恺撒》。闭着眼睛，我随意翻开书，再睁开眼睛开始阅读一个小时，我读得越多，越能体会这个世界的苦难，人类的文明常常处于摇摇欲坠的存亡之秋。历史的扉页记满了战争、饥荒、贫穷、瘟疫以及残酷的事实。每当念了一个小时的历史后，我总能体会到，不管目前状况有多糟，还是比过去的历史要好得多。这让我更有勇气来面对自己当前的处境，并往好处着眼，因为就整个世界来看，人类还是在不断进步中的。

[美]罗杰·班布森

思维悟语

虽然有时，我们会有一点点的小困难、小烦恼，但是，没有什么比活着更有价值的了。如果把它们放在自己的一生中来看，那这麻烦和烦恼其实都是微不足道的，甚至我们还可以从中品尝到"甜滋味"呢。

（高　洁）

快　　乐

未雨绸缪固然好处无穷，然而，当事情发展不如想象般顺利时，我绝不痛哭忧伤，一如明天是世界末日。

　　这是一则小故事，然而，却令人印象颇深。

　　甲乙二人，同居一室，因经济不景气而同时失业，甚至到了捉襟见肘、米粮渐尽的境地。终于到了坐食山空，缸里只剩一日之米的时候了。甲愁眉苦脸，说："这回完啦，今日一过，我们便会双双饿死。"然而，乙却安之若素地说："幸好还有一日米粮，明天可另想办法。"

　　悲观与乐观，泾渭分明。

　　我并没有"天塌下来当被盖"的那份豁达，但是，我绝不会杞人忧天。未雨绸缪固然好处无穷，然而，当事情发展不如想象般顺利时，我绝不痛哭忧伤，一如明天是世界末日。没听过"天无绝人之路"吗？没听过"山重水复疑无路，柳暗花明又一村"吗？

　　近读一则聊斋故事，一少女因自杀而进入阴府后，终日悒悒不乐。一只老鬼忍不住问她："你不要做人，自绝生命变做鬼，为何还是这般不开心？"她叹气应道："唉，做人不易，做鬼更难！"

　　像这种在阳间忧心忡忡，到了阴府依然满怀悒悒的人，快乐对于她，永生永世，都是遥不可及的！

　　如果说生命苦短，何必自我戕害？如果说灵魂永存，那又何必自苦如此？

始终相信,船到桥头自然直。也因为这样,我心情开朗,我精神快乐。

[新加坡]尤 今

思维悟语

在我们的生活中,有些人总是怨天尤人,自找忧愁。其实,学会换一种思维来考虑问题,对待生活,也许一切都会变得柳暗花明。

(高 洁)

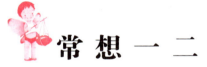

常 想 一 二

问题本身都不是问题,如何对待它才是最大的问题。

想起霍金,眼前就会浮现出这位杰出科学大师那永远深邃的目光和宁静的笑容。世人推崇霍金,不仅仅因为他是智慧的英雄,更因为他是一位人生的斗士。

有一次,在学术报告结束之际,一位年轻的女记者抢先跃上讲坛,面对这位已在轮椅里生活了30余年的科学巨匠,深深景仰之余,又不无悲悯地问:"霍金先生,卢伽雷病已将你永远固定在了轮椅上,你不认为命运让你失去太多了吗?"

这个问题显然有些突兀和尖锐,报告厅内顿时鸦雀无声,一片静谧。

霍金的脸庞却依然充满恬静的微笑,他用还能活动的手指,艰难地叩击着键盘,于是,随着合成器发出的标准伦敦音,宽大的投影屏上缓慢而醒目地显示出如下一段文字:

> 我的手指还能活动,
> 我的大脑还能思维;
> 我有终生追求的理想,
> 有我爱和爱我的亲人和朋友;
> 对了,我还有一颗感恩的心……

心灵的震颤之后,掌声雷动。人们纷纷涌向台前,簇拥着这位非凡的科学家,并向他表示由衷的敬意。

人们深受感动的,并不是他曾经的苦难,而是他直面苦难时的那份坚定、乐观和勇气。人生如花开花谢、潮涨潮落,有得便有失,有苦也有乐;如果谁总自以为失去的太多,并且总受到这个意念的折磨,谁才是最不幸的人。

由此,我不由得想起了"常想一二"这句人生箴言。

民国元老、著名书法家于右任饱经沧桑沉浮,却一生淡泊、荣辱自安。常有友人问及他高寿的养生之道,他总是指指客厅墙上高悬的那幅字画,笑而不言。

那是一幅写意的莲花图,旁边是一副对联。上联:不思八九;下联:常想一二;横批:如意。

常言道:人生不如意事常十有八九。倘若心为物役、患得患失,就只会被悲观、绝望而窒息心智,人生的路途也就注定是如负重登山、举步维艰了。常想一二,就是用心感恩、庆幸、珍惜人生中那如意的十之一二,最终以那份豁达与坚忍去化解并超越苦难。

常想一二。因为境由心生——问题本身都不是问题,如何对待它才是最大的问题。

常想一二吧。毕竟,决定生命品质,塑造人生境界的,不是八九,而是一二。

🌹 陈文杰

思维悟语

"不思八九,常想一二",心胸真是豁达。仔细想想,像这样的人生态度还真有道理,如果我们想自己每天都有一个好心情的话,只想着不如意的事情,是很难实现这个愿望的,只有多想让自己顺心如意的好事情,那才会有快乐。 （高　洁）

财　　富

既然有一双眼睛,你就可以学习;既然有一双手,你就可以劳动。

有位青年人常对自己的贫穷发牢骚。

"你具有如此丰厚的财富,为什么还要发牢骚？"一位老人问。

"它到底在哪里？"青年人急切地问。

"你的一双眼睛。只要能给我一只眼睛,我就可以把你想得到的东西都给你。"

"不,我不能失去眼睛！"青年回答。

"好，那么，让我要你的一双手吧！为此，我用一袋黄金做补偿。"

"不，我的双手也不能失去！"

"既然有一双眼睛，你就可以学习；既然有一双手，你就可以劳动。现在，你自己看到了吧，你有多么丰厚的财富啊！"老人微笑着说。

🌹 占梅姿

放开气球

我会一直准备失去生活中许多不得不失去的东西，然后，准备得到我应该得到的东西。

我的表哥一直那么优秀。初三的时候，他妈妈得了癌症。他平时有些小孩子气，就算是和同学吵了架，他也会流下几滴眼泪。可是这次，他没有流一滴眼泪。尽管每天他的眼睛都是红红的，但是他绝对不在众人面前哭。一直到他的妈妈离开，那天告别时，所有的亲戚哭得没有办法说话，他还是倔强地红着眼睛不哭。

连我的眼泪都流下来了，可是他依然不哭。有人哭喊着骂他："哭

呀,你怎么不哭呀?"他咬着牙,血都流下来了,可是眼泪却没有流下来。难道他不爱他的妈妈吗?有人说他坚强,有人说他没有心肝,但是据我所知,自从那次告别之后,他再也不曾在别人面前流泪。

时间慢慢过去了,他一直优秀下去,考上了大学,现在快当上局长了。后来,我可以和他心平气和地谈到这件事情了。他静静地告诉我:"小的时候,我很喜欢气球。可是我总很粗心,气球常常从我的手里跑掉,我就只能在原地哇哇大哭。那时候妈妈会笑着告诉我:'每个气球都有它应该去的地方,要飞走的时候,是什么都拦不住的,即使看着气球飞走而哭泣的,气球也不会回来了,因为它会有自己要去的地方,什么都没有办法改变的。但是,气球会在天空的某个地方看着你,如果你很轻松地放开气球的话,它就会感激你,因为它不必因为自己的告别而让你难过。'我的妈妈是这么说的,那些日子,她总是对我说:'让我做你手中的气球,轻轻地放开你的手。'我想要让妈妈走得放心些,所以我会一直准备失去生活中许多不得不失去的东西,然后,准备得到我应该得到的东西。"

他别开脸,我知道,他现在仍然记着他妈妈的话。

🌸 朱贵彩

思维悟语

在成长的路上,我们每个人都可能会遇到一些让人伤心流泪的事情,虽然难过,却于事无补。因为,重要的是以后的日子怎么过。沉溺于悲伤,只会让爱我们的人担心、失望和难过。擦干眼泪,不哭,坚强面对生活!

(王 蕴)

塞车时,你在干什么

那稚嫩的童音清脆悦耳,像山间百灵的婉转啼鸣,让还在唉声叹气的人们也不由露出赞美的笑容……

距目的地还有一半的路程时,车被堵在了一处被山体滑坡毁坏的路段上。车窗外正大雨滂沱。

车上开始躁动起来,有牢骚满腹的,有唉声叹气的,也有默然无语的。想到下午可能赶不回去了,我也心烦意乱起来。可焦虑又有何用?不如做点有益的事情。于是,我拿出放在包里一直没来得及读的一本书,坦然地读起来。当我沉醉其间的时候,不觉忘掉了塞车的烦恼。

这时,猛然听到一男子跟司机大吵:"开回去算了,这样等下去真急死人!"司机见大部分人都不愿意回去,只有稍作劝慰。那男子一下子就火了:"我自己找车去!"说完顶着衣服,拿着行李冲进了雨中,颇有英雄气概。可没几分钟就又冲回了车内,淋得像只落汤鸡,狼狈不堪,颓然地坐到了原来的座位上。车内依旧有人骂东骂西,怨愤不已;也有的恬然入睡,非常安静;也有的正悠然地聊天闲侃。特别是我前面的两位年轻男女,初上车时两人还生生涩涩,无话可谈,两个小时过去了,我不仅听到了他们热情洋溢的闲聊,偶尔还能传来两人充满柔情蜜意的笑声,那女孩脸上正挂着幸福的红晕。看来在塞车的时间里,已有段情缘在悄然萌生。而后排那两个大个子男人正一边吞云吐雾,一边紧锣密鼓地洽谈一笔生意呢。车后边的角落里,是一对母女,3岁的小女

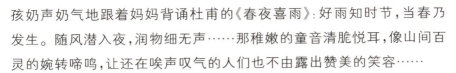

孩奶声奶气地跟着妈妈背诵杜甫的《春夜喜雨》:好雨知时节,当春乃发生。随风潜入夜,润物细无声……那稚嫩的童音清脆悦耳,像山间百灵的婉转啼鸣,让还在唉声叹气的人们也不由露出赞美的笑容……

🌸 桂 芳

思维悟语

塞车时,谁都会感到心烦意乱,但是每个人面对这样的烦恼,解决的方法却各不相同:有人暴躁,有人安闲,有人说起了情话,有人谈起了生意,还有人背起了唐诗。当我们遇到难题,解决不了的时候,不要气恼,不要烦乱,一切消极的情绪在此时都于事无补,还不如转移我们的注意力,做点别的事吧!

(高 洁)

心往好处想

你不过是被命运之船送回到了两年前,现在你又自由自在,无忧无虑了。

有位秀才进京赶考,考试前两天,他连续做了两个梦。第一个梦他梦见自己在墙上种白菜;第二个梦梦见下雨,他戴着斗笠还打着伞。

秀才赶紧去找算命先生解梦。算命先生说:"你还是回家吧。你想想,高墙上种白菜,不是白费劲吗? 戴着斗笠还打着伞不是多此一举吗?"

秀才一听，心灰意冷，回店收拾包袱就要回家。店老板问其缘故，秀才把做梦和算命的情况诉说了一番。店老板一听乐了："我也会解梦，我倒觉得你一定要去考。你想想，墙上种菜，不是高种（中）吗？戴着斗笠还打着伞，不是说明你有双保险吗？"秀才一听，觉得很有道理，精神为之一振，于是充满自信地参加了考试，结果居然中了个探花。

同样两个梦，算命先生使秀才心灰意冷，准备打道回府，差一点儿葬送了前程；而店老板则使秀才精神振奋，满怀信心地走进考场，最后进入了前三名。

一位哲人曾经进过一个故事，说的是一个少女投河自尽，被正在河中划船的老艄公救上了船。

艄公问："你年纪轻轻的，为何寻此短见？"

少女哭诉道："我结婚两年，丈夫就遗弃了我，接着孩子又不幸病死，你说，我活着还有什么乐趣？"艄公又问："两年前你是怎样过的？"

少女说："那时候，我自由自在，无忧无虑。"

"那时候你有丈夫和孩子吗？"

"没有。"

"那么，你不过是被命运之船送回到了两年前，现在你又自由自在，无忧无虑了。"

少女听了艄公的话，心里顿时豁然开朗，高高兴兴地跳上了对岸。

关 邑

思维悟语

任何事情都有两面，一面是悲观的叹息，一面是夺目的美丽，关键看我们如何调整心态，把身边的一切都划入美丽夺目的光环里。不管面对什么样的困难，我们都要保持阳光般的心态，去挑战那些忧郁……拥有积极心态，才会赢得奇迹。　　（王 蕴）

忘掉你的缺点

只有自己不在意，才能够不让这些缺点成为束缚我们的障碍。

罗纳尔多是足球场上的英雄，被称为"外星人"的他是让所有的后卫最头疼的前锋。几乎每一位对手都会被他准确的射门、惊人的启动速度和无时不在的霸气所震慑。但是，很少有人知道的是，这个当今绿茵场上纵情驰骋的英雄，尽管拥有非凡的足球天赋，却并不是一开始就表现得很出色。

而妨碍罗纳尔多表现的，就是他的龅牙。刚刚走上绿茵场的他，认为自己的龅牙很不好看，担心被人们嘲笑。为了能够避免露出自己的龅牙，他常常紧闭着嘴唇，即使是在上场比赛时，他也不肯稍稍松懈。他一直都这样踢球，直到一个细心的教练发现了这一点。教练把他换下了场，拍拍他的肩膀说："罗纳尔多，你在场上时应该忘掉你的龅牙，要知道，你的龅牙并不是你的错。如果你不张开嘴，你就无法自由地呼吸；而且要想让人们忘记你的龅牙，最好的办法不是闭上嘴，而是发挥你精湛的球技。"

从此，罗纳尔多在踢球时不再刻意掩盖自己的龅牙，他终于敢张开嘴自由地呼吸了。他的球技大进，在 17 岁时，他就进入了巴西国家队，并同队员们一起赢得了世界杯。他成为世界球王级的人物，不到 20 岁就获得了"世界足球先生"的称号。

功成名就后的罗纳尔多再也没有为他的龅牙烦恼过，他所有的球迷都将目光盯在了他超凡的球技上。他们不但没有嘲笑他的龅牙,反而认为他的龅牙很性感。如果当初罗纳尔多一直不敢张开嘴巴,足球历史上可能就不会增加一个超级球星,反而会出现一个气喘吁吁也不肯张嘴呼吸的笑料。

任何人都可能成为隐瞒自己"龅牙"的人,可是,人们不知道的是,掩盖反而更能吸引他人的注意。只有自己不在意,才能够不让这些缺点成为束缚我们的障碍。

思维悟语

这个世界没有尽善尽美、毫无瑕疵的人,关键在于我们怎么看待自己的缺陷和不完美。与其盯住那些瑕疵,谨小慎微地生怕被人发现,不如锻造自己的长处,用光彩夺目的另一面遮住那些不如意的地方。

(王 蕴)

两个水罐的故事

能够坦然、微笑面对生命中的缺憾和不足,愉悦地接纳自己,同样会带来"柳暗花明又一村"的美景。

从前,一个农夫有两个水罐,一个完好无损,一个有一条裂缝。农夫每次挑水,完好的水罐总能把水从远远的小溪运到主人家,而有裂缝的水罐回到主人家时往往只有半罐水。这使有裂缝的水罐感到无比痛苦和自卑。

一天，它在小溪边对主人说："我为自己每次只能运送半罐水而感到惭愧。"农夫惊讶地说："难道你没有看见每次回家的路旁那些盛开的鲜花吗？这些花只生长在你那一边，而没有生长在另一只水罐那一边。因为我早就知道了你的裂缝，并利用了它，我在你这一边撒下了花种，于是每天我们从小溪回来的时候，你就浇灌了它们。如今，这些鲜花已经给我们一路上带来了许多风景。"

这个故事告诉人们，在日常生活中，不必过于苛求自己，或总觉得自己不如他人，由此而产生自卑心理(诸如有的因生理上有某方面的缺陷而自卑，有的因学习成绩不如同伴而自卑等)。自卑是一种心理障碍，不仅妨碍个人身心健康，而且影响一个人思想和学习的进步。

俗话说：金无足赤，人无完人。能否接纳自己，是衡量一个人心理状态是否积极和健康的一项重要指标。正确认识自己存在的价值，认同自己的能力，并在行为上表现出一种与环境和他人积极互动的心理定势，并能够坦然、微笑面对生命中的缺憾和不足，愉悦地接纳自己，扬长避短，充分发挥自己的潜力，同样会带来"柳暗花明又一村"的美景。

逸 多

思 维 悟 语

不管什么时候，无论面对什么难题，我们都应该相信自己，肯定自己的优点，同时接纳自己的缺点。从缺点中发现一般人看不到的美好，发现一些反而更能创造奇迹的东西，这是一种能力。拥有这种能力的人会在生活中勇猛无敌。　　(王　蕴)

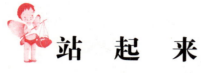

站 起 来

只要站起来比倒下去多一次就是成功。

一位父亲很为他的孩子苦恼。因为他的儿子已经十五六岁了，可是一点儿男子气概都没有。于是，父亲去拜访一位禅师，请他训练自己的孩子。

禅师说："你把孩子留在我这边，3 个月以后，我一定可以把他训练成真正的男人，不过，这 3 个月里，你不可以来看他。"父亲同意了。

3 个月后，父亲来接孩子。禅师安排孩子和一个空手道教练进行一场比赛，以展示这 3 个月的训练成果。

教练一出手，孩子便应声倒地。他站起来继续迎接挑战，但马上又被打倒，他就又站起来……就这样来来回回一共 16 次。

禅师问父亲："你觉得你孩子的表现够不够男子气概？"

父亲说："我简直羞愧死了！想不到我送他来这里受训 3 个月，看到的结果竟是他这么不经打，被人一打就倒。"

禅师说："我很遗憾你只看到表面的胜负。你有没有看到你儿子那种倒下去又立刻站起来的勇气和毅力呢？这才是真正的男子气概啊！"

只要站起来比倒下去多一次就是成功。

何保云

思维悟语

这位父亲用他惯常的思维看待儿子的比赛，所以他看不到孩子表现背后的真正精神所在，看不到孩子努力的结果。我们在看待人和事的时候，一定要走出固有的思维误区，不仅看外在的表现，更要看内在的实质——把事情往好处想，把人往好处看。

（王　蕴）

摆脱烦恼困扰

人们的痛苦与欢乐，并不是客观环境的优劣决定的，而是由自己的心态决定的。

面对金黄的晚霞映红半边天的情景，有人叹息："夕阳无限好，只是近黄昏。"也有人想到："莫道桑榆晚，微霞尚满天。"

对同一件事，不同的人因为心态不同，会导致截然不同的结果。

心理学上运用心理调节的方法常常能使人战胜沮丧，从不良情绪中解脱出来。人生在世，难免遇到些伤心事、苦恼事，有时也会使人痛苦不堪。如果此时你能转变思维，从不幸中挖掘、寻找出积极因素，就能转"忧"为喜，开拓出一片新的天地，从"山穷水尽"转入"柳暗花明"。

在很多情况下，人们的痛苦与欢乐，并不是客观环境的优劣决定的，而是由自己的心态决定的。遇到同一件事，有人感到痛苦，有人却感到快乐，这完全是不同的心情使然。美国成功教育家卡耐基说："如果我们有着快乐的思想，我们就会快乐；如果我们有着凄惨的思想，我们就会凄惨；如果我们有着害怕的思想，我们就会害怕；如果我们有着不健康的思想，我们还可能会生病。"对这个问题，英国文学家萧伯纳讲得更为明确。一名记者问萧伯纳："请问乐观主义者与悲观主义者的区别何在？"萧伯纳回答："这很简单，假定桌子上有一瓶只剩下一半的酒，看见这瓶酒的人如果高喊：'太好了，还有一半。'这就是乐观主义者；如果有人对着这瓶酒叹息：'糟糕，只剩下一半了。'那就是悲观主义者。"

📖 金　英

思维悟语

对于悲观和乐观的区别，卡耐基和萧伯纳的解释方式各有不同：卡耐基的思想深刻，萧伯纳的比拟形象。他们都是乐观主义者，因为他们深知心态对一个人有多重要。在我们的学习生活中，我们也应用乐观的心态，从容地面对挫折和困难，奋斗青春，快乐一生。

(高　洁)

给自己一个笑脸

给自己一个笑脸好吗？让来自于心底的那份执著，鼓舞着自己插上长风的翅膀过尽千帆。

那天，看到妻面对衣柜上的镜子微笑，无意中我感到妻的笑是那么妩媚动人。其实,我对妻的笑是再熟悉不过了，而今天看来却觉得有些陌生的美好。想来想去顿有所悟:原来,这一笑是妻子为她自己而笑的，是她自己给自己的一个笑脸。于是,我也尝试着给自己一个笑脸，于是自己的笑便也灿烂起来。

是啊,当我们面对困惑面对无奈时,是否该悄悄地给自己一个笑脸呢?

给自己一个笑脸,让自己拥有一份坦然;给自己一个笑脸,让自己勇敢地面对艰险。这是怎样的一种调解,怎样的一种豁达,怎样的一种鼓励啊!

独步人生,我们会遇到种种困难,甚至于举步维艰,甚至于悲观失望。征途茫茫,有时看不到一丝星光;长路漫漫,有时走得并不潇洒浪漫。这时,给自己一个笑脸好吗? 让来自于心底的那份执著,鼓舞着自己插上长风的翅膀过尽千帆;让来自于远方的呼唤,激励着自己带着生命闯过难关。

💗艾明波

思维悟语

人生总会遇到一些不如意的事情，但如果永远把自己埋在这些琐碎的不如意中,那你的生活就会失去乐趣,你的人生也将变得黯淡。试着悄悄给自己一个鼓励的微笑,一个洒脱的理由,向着远方继续前行吧,相信命运也会给我们同样微笑的表情……

(王 蕴)

学 会 玩

当你在某个领域成为小有名气的"玩家"的时候,你会发现,意想不到的机会和故事将改变你原本平凡的生活。

有一次和美国朋友聊天,我谈到中国的大学生往往在玩的时候有一种"罪过感",一边玩一边怪自己"堕落",因为大部分中国学生都经历过漫长痛苦的应试教育阶段,在他们的心中,玩总是有一种负面的色彩在里面,必须节制。美国的朋友大声惊呼,因为这正好和他们的观念相反。他们经常抱怨的是 "I can't believe I haven't gone out for two weeks"(我简直无法相信居然有两周没出去玩了)。

后来我去美国 Tufts 大学和在摩根实习时,都有机会和美国孩子一起同住同玩,即便是在最繁忙的工作和期末考试阶段,大家仍然有一种"work hard,play hard"的精神。我们在实习的时候往往工作到半夜两点下班,然后大家去兰桂坊狂欢到三四点,第二天 9 点继续回来精神抖擞地上班,公司的美国高层就非常欣赏这种"硬朗"的作风。

在我们的大学里,玩的功能就是娱乐消遣;而在美国,玩更重要的功能是社交。结果是,中国大学生交际的圈子比较狭窄、固定,而美国的大学生交际的圈子一直处于高度流动的状态。在西方文化中,玩的一个很重要的目的是去新的地方、认识新的人、和新的人一起体验新的好玩的感觉。尽管这些话听起来很简单,但是一想到毕业的时候,我们一个系里还有那么多的同学之间从来没有说过话或者彼此不认识,我就不由得苦笑。

其实，我们完全应该尝试着改变自己的心态，使"玩"这个事情变成锻炼自己、充实自己的活动。我想，当你在某个领域成为小有名气的"玩家"的时候，你会发现，意想不到的机会和故事将改变你原本平凡的生活。

张 锐

 思 维 悟 语

玩，这样一个常常被家长和老师封锁的词汇，居然成了美国学生的重要活动内容。我们总是认为，玩，就是玩物丧志，就是堕落闲散；却没发现，玩，其实有它的独特之处——锻炼自己，充实能力。如果我们也能把"玩"的独特作用发挥出来，也将"玩"并快乐着。

（王 蕴）

心情的故事

学会用一种超然和从容的态度去看待自己所遭遇的一切，是最佳的人生态度。

有两个秀才一同去赴试，刚上路就遇到出殡的队伍，黑漆漆的棺材擦身而过。其中一个大感晦气，心头愁绪郁结，闷闷不乐；另一个则暗自高兴，因为他觉得：棺材棺材，有官有财，是个好兆头。结果呢？前者，没

有考好名落孙山；后者，上了考场精神爽快，文思泉涌，果然一举成名。

这是一个关于心情的故事。

1965 年 9 月 7 日，世界台球冠军争夺赛在纽约举行。路易斯·福克斯十分得意，因为他远远领先了对手，只要再得几分便可登上冠军宝座了。然而，正当他准备全力以赴拿下比赛时，发生了一件意外的小事：一只苍蝇落在主球上。路易斯起初没在意，一挥手赶走苍蝇，俯下身准备击球。然而，这只苍蝇好像故意要和他作对，他一回到球台，它也跟着飞了回来，惹得在场的观众开怀大笑。路易斯的情绪也受到了影响，失去了冷静和理智，愤怒地用球杆去击打苍蝇，不小心球杆碰动了主球，被裁判判为不击球，从而失去了一轮机会。本以为败局已定的竞争对手约翰迪瑞见状勇气大增，信心十足，最终赶上并超过路易斯，夺得了冠军。被苍蝇击倒的世界冠军——路易斯沮丧地离开了。

这也是一个关于心情的故事。

做什么事情都离不开心情，我们常常听到如"垂头丧气"、"晦气"、"霉气"等词语，都是心情不好的形象说法。其实，很多事情取决于我们对它的态度，这也就是心理学上讲的"投射"作用，你认为它好便好，你认为它不好便可能就不好。因此，学会用一种超然和从容的态度去看待自己所遭遇的一切，是最佳的人生态度。当碰到不顺心的事，要多想想，不幸很快就将过去；或者说，不幸既已发生，我还去想着它，那不是更大的不幸吗?！

学会培养自己的好心情，从现在开始，从自己开始，马上，马上！

郑慧清

思维悟语

心情好时，再困难的事似乎也能顺手拈来，马到成功；心情不好时，平时做起来再顺手的作业似乎处处都在为难我们。其实，面对难题不必抱怨自己倒霉，而应该及时调整心情，用一种从容的心态去看待，如此我们就会越来越"顺"的！　　（王　蕴）

生 正 逢 时

一个人不论是否"逢时",不论遇到什么磨难,都应积极进取,好好生活。

著名戏剧作家吴祖光,生前给人题词留墨,最爱写的四个字就是"生正逢时",前前后后给人写了有上千条之多。不管是达官贵人,还是升斗小民,你要稀罕我的字,对不起,就是这句话。

其实,就吴祖光这一辈子来看,他还真是有点生不逢时。他出生时,正赶上军阀混战,民不聊生;长大了点,又碰上日寇侵华,颠沛流离;到了30多岁,正是才华横溢进入创作高峰时,又被戴上了右派帽子,发配到北大荒,一去就是20多年;到了晚年,本该享享清福吧,又因"国贸案"一篇杂文惹上了官司,好几年不得安宁。认真算算,他这辈子,"逢时"的好日子不多,他却偏偏喜欢"生正逢时"这几个字,也许这就是一种达观的生活态度吧。

民国元老于右任也是个极达观的人,有人问及他的长寿之道,他总是笑而不答,指指客厅墙上那副对联:不思八九,常想一二。横批:如意。这就是古人那句老话:人生不如意事常十有八九。消极悲观的人,就容易被这不如意的"八九"击倒;积极达观的人,却能以一当十,紧紧抓住如意的"一二",活得有滋有味,有声有色,纵有挫折,也无怨无悔。于老与吴老无疑都是这后一种人。

可是,这世界上还是抱怨生不逢时的人比较多,王勃的《滕王阁序》

中提到"冯唐易老,李广难封",就是两个生不逢时的典型。特别是冯唐,历经三代,本事也有,可就是官升不上去,90多岁了,还是个郎官。人问他咋回事? 冯无奈答曰:文帝好文,我却以武见长;景帝爱用老成人,我正年轻;武帝上台搞年轻化,可这时我已经老了。这位还真是够倒霉的,阴差阳错,就这么蹉跎了一辈子,连苏东坡都为他抱屈:"鬓微霜,又何妨?持节云中,何日遣冯唐?"(《江城子·密州出猎》)曹操算生正逢时还是生不逢时? 这要看怎么说了,后人评价他是"治世之能臣,乱世之奸雄",换言之,他是左右逢源,不管生在啥时候,不论是天下大治,还是天下大乱,都是出类拔萃的大人物,都有一番大作为。这也给我们很大的启发,也甭管你是否"逢时",只要有本事,有能耐,肯努力,

肯拼搏,生在啥时候都不会被埋没。

鲁迅呢,从小环境来看,生下来时,正赶上家道中落,祖父坐牢,家产被抄;及长,父亲又病故,肯定是生不逢时。从大环境来看,社会黑暗,国家积弱,官吏腐败,生计艰难,更是生不逢时。可鲁迅就在这样万分险恶的环境中,倔强地长成了一棵参天大树,以文化伟人的身份彪炳史册,如果从"国家不幸诗家幸"的角度来看,迅翁也是生正逢时啊。

其实,是否生逢其时,是有偶然性的,人到世上本来就是很偶然的事情,你根本就没什么挑选的余地,生在哪里,生在何时,父母是谁,都是无法事先预定的,只能接受和适应。佛家有轮回之说,这辈子生不逢时,下辈子再托生个好人家吧,可生命就这一回,既不能"调换",也无法"退赔",要不要都是它。因而,一个人不论是否"逢时",不论遇到什么磨难,都应积极进取,好好生活。以吴祖光老先生"生正逢时"的人生态度激励自己,建功业,写春秋,展抱负,来充分体现自己的人生价值,也不白来人间一遭。

陈鲁民

思维悟语

在我们常人眼里，吴祖光生不逢时，命途多外，一生可谓多灾多难，但他自己却很乐观，认为自己生正逢时，这等心胸，这等处世态度真是让人钦佩不已。每个人遇到一些挫折，是很正常的事情，关键是，我们用什么样的心态来对待。

（李　珊）

重要的是心境

柏拉图说："决定一个人心情的，不在于环境，而在于心境。"

一位哲人单身时，和几个朋友一起住在一间只有七八平方米的小房子里。可每次看他总是乐呵呵的，有人问他："那么多人挤在一起，有什么可高兴的？"哲人说："朋友们住在一起，随时可以交流思想、交流感情，难道这不是值得高兴的事吗？"

过了一段时间，朋友们都成了家，先后搬了出去，屋内只剩下他一个人，但他每天仍非常快乐。又有人问他："你一个人孤孤单单的，有什么好高兴的？"他说："我有很多书啊，每一本书都是一位老师，每天和这些老师在一起，随时请教怎不令人高兴？"

几年后，这位哲人成了家，搬进大楼，住第一层，仍是一副其乐融融的样子，有人便问："你住这样的房子还能快乐吗？"哲人说：'一楼多好啊！进门就是家，搬东西很方便，朋友来访也很方便……特别让我满意的是,可以在空地上养花、种草。这些是多么大的乐趣啊!"

又过了一年,这位哲人把一层让给一位家里有偏瘫老人的朋友,自己搬到楼房的最高层,而这位哲人仍是快快乐乐的,朋友问他:"先生,住顶楼有哪些好处?"他说:"好处多着呢!每天上下楼几次,有利于身体健康;看书、写文章光线好;没有人在头顶上干扰,白天黑夜都安静。"

柏拉图说:"决定一个人心情的,不在于环境,而在于心境。"

阎书春

思维悟语

好心境的人到哪都快乐,到哪人们都喜欢他,因为他不仅自己能找到生活中的快乐,还能把快乐带给别人。快乐是可以分享的,我们不仅要从别人那里得到快乐,同样也要改变自己的心境,善于发现快乐,并把这份快乐带给别人。

(高 洁)

活在当下，把握好今天

有个小和尚，觉得每天清扫寺院里的落叶实在是一件苦差事，便想找个好办法让自己轻松些。一天早上，小和尚使劲摇树，以为这样可以把树上的叶子全部摇下来，他就可以把明天的落叶也一次扫干净了。可是第二天，院子里却如往日一样满地落叶。师父看了，对小和尚说："无论你今天怎么用力，明天的落叶还是会飘下来。"

西方有句谚语："昨天已经进入历史，明天隐藏在神秘的暗处，只有今天才是上天赐予我们的最好礼物。"世上有很多事是无法提前的，唯有认真地活在当下，才是最正确的人生态度。

把握现在最重要

你却不把现在放在眼里,即使你能对过去了如指掌,对未来洞察先知,又有什么具体实在的意义呢?

　　一位哲学家途经荒漠,看到一座古老城池的废墟。岁月已经让这个城池显得满目沧桑了, 但仔细地看却依然能辨析出昔日辉煌的风采。哲学家想在此休息一下,便随手搬过来一个石雕坐下来。

　　他点燃一支烟,望着被历史淘汰下来的城垣,想象着曾经发生过的故事,不由得感叹了一声。

　　忽然,他听见有人说:"先生,你感叹什么呀?"

　　他四下里望了望,却没有人,他疑惑起来。那声音又响起来,端详那个石雕,原来那是一尊"双面神"神像,刚才的声音就是它发出来的。

　　他没有见过 "双面神",所以就奇怪地问:"你为什么会有两副面孔呢?"

　　"双面神"回答说:"有了两副面孔,我才能一面察看过去,牢牢地吸取曾经的教训;另一面又可以瞻望未来,去憧憬无限美好的蓝图啊。"

　　哲学家说:"过去的只能是现在的逝去,再也无法留住,而未来又是现在的延续,是你现在无法得到的。你却不把现在放在眼里,即使你能对过去了如指掌,对未来洞察先知,又有什么具体实在的意义呢?"

　　"双面神"听了哲学家的话,不由得痛哭起来,他说:"先生啊,听了你的话,我至今才明白,我今天落得如此下场的根源是什么。"

哲学家问："为什么？"

"双面神"说："很久以前，我驻守这座城时，自诩能够一面察看过去，一面又能瞻望未来，却唯独没有好好地把握住现在，结果，这座城池被敌人攻陷了，美丽的辉煌都成为过眼云烟，我也被人们唾弃并被遗弃在废墟中了。"

思维悟语

"双面神"几乎无所不能，他可察看过去，又能瞻望未来，几乎没有他不知道的东西；但是他有个致命的弱点，那就是不能把握现在。对我们来说，什么最重要？现在！因为只有现在才是真实的，才是我们可以真真切切感受到的，只有抓住现在，才能拥有成功的明天。

(李　珊)

活在当下，把握好今天

快乐不是花几年、几个月、几个礼拜，甚至几天去找来的，而是从活在当下里面找到的。

西方谚语里有这样一句话："Yesterday is a history. Tomorrow is mystery. Today is a gift！"意思是，昨天已成为历史，明天是神秘的未知的，只有今天才是弥足珍贵的。这反映在人生哲学中就是"活在当下"。

汤尼·布朗是名专业的摄影师,他的作品经常出现在国家的报纸和许多杂志上。当有人问他一些人生的经历时,他这样回忆道:

"那件事情发生在 20 年前。我的工作不顺利,家庭也有问题。有一天下午 4 点左右,我走在市中心的街上,要去一个客户那儿做简报。突然,我听见一长声喇叭和一个女人的尖叫声,我抬起头看见一辆车正对着我冲过来。

"一切仿佛像是慢动作一般,我呆呆地站在那儿,充满恐惧地望着冲向我的车,我脑子快速闪过……完了!我死定了!就在这千钧一发之际,我感觉有人抓住我并把我往后猛拉。几乎就只差几厘米了,我甚至还感觉到车子擦过我的外套。仅仅差一厘米我就会被撞到了,如果那样我肯定必死无疑。我转过身,惊魂未定地看着那个救了我一命的人,是一个矮小的中国老人!

"我真是被那个意外吓倒了,全身发抖地坐在路旁的椅子上。"布朗先生继续说,"那个中国老人也走过来坐在我旁边,还关心地问我伤着没有,我说我还好。'好险!'他说。我说:'我知道,谢谢你救了我一命!'我解释说我过马路时有点儿心不在焉,他说:'在我的国度里有一个说法:安身立命,活在当下!'

"在那一瞬间,我觉得我发现了生活的秘密。秘密不是那一刹那,而是'活在那一刹那'。快乐不是花几年、几个月、几个礼拜,甚至几天去找来的,而是从活在当下里面找到的。"

李书欣

思维悟语

如果你是为昨天不快乐,或者担心将来而不快乐,那你完全没有必要。因为我们是在为现在活着,这个世界没有比现在更重要的了。现在你在做什么?还想着昨天的不愉快吗?还在担心明天的考试吗?先做好当前的事,让现在快乐起来吧! (陈 牧)

明天的落叶还会飘下来

世上有很多事是无法提前的，唯有认真地活在当下，才是最真实的人生态度。

有个小和尚，每天早上负责清扫寺院里的落叶。清晨起床扫落叶实在是一件苦差事，尤其是在秋冬之际，每一次起风时，树叶总会随风飞舞。每天早上都需要花费许多时间才能清扫完树叶，这让小和尚头痛不已，他一直想要找个好办法让自己轻松些。

后来有个和尚跟他说："你在明天打扫之前先用力摇树，把落叶统统摇下来，后天就可以不用扫落叶了。"小和尚觉得这是个好办法，于是隔天他起了个大早，使劲地猛摇树，这样他就可以把今天跟明天的落叶一次扫干净了。为此小和尚一整天都非常开心。

第二天，小和尚到院子里一看，他不禁傻眼了，院子里如往日一样满地落叶。老和尚走了过来，对小和尚说："傻孩子，无论你今天怎么努力，明天的落叶还是会飘下来。"

小和尚终于明白了，世上有很多事是无法提前的，唯有认真地活在当下，才是最真实的人生态度。对此，你可能会说："这有什么难的？我不是一直都活着并与它们为伍吗？"话是不错，问题是，你是不是一直活得很匆忙，不论是吃饭、走路、睡觉、娱乐，你总是没什么耐性，急着想赶赴下一个目标？因为，你总是会觉得还有更伟大的志向正等着你去完成，你不能把多余的时间浪费在"现在"这些事情上面。

魏清月

小和尚用力摇树,希望把落叶统统摇下来,但第二天院子里依旧是满地落叶。就像我们总是希望将痛苦集中在一天忍受,以后就舒舒服服地过日子。其实,有些痛苦,你是无法回避的,即使回避了今天,明天又会接踵而来。既然这样,那我们为什么不好好对待今天的生活呢?

(李 珊)

 # 幽幽玫瑰香

玫瑰开放了,一朵朵争奇斗艳,成为高速公路的一道美丽的风景。

罗斯夫人有一个幸福的家庭,她很爱她的丈夫,丈夫也很爱她。

然而厄运总是不请自来。丈夫在驾车回家的路上,撞上高速公路的护栏,车毁人亡。噩耗传来,罗斯夫人简直不敢相信这是真的,甚至忘记了流泪,整个人像丢了魂似的。警察告诉她,出事地点是事故多发地带,那地方有一个急转弯,这已是今年的第三起车祸了。

没了丈夫,罗斯夫人形影相吊,沉湎在丧夫之痛中难以自拔。三个月后,她慢慢清醒过来,决定要做一些有价值的事。

她在丈夫出事的地方开了一大片土地,全部种上玫瑰,她要让玫瑰陪伴丈夫长眠。

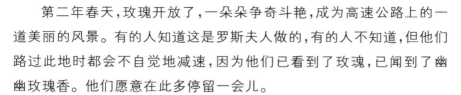

第二年春天，玫瑰开放了，一朵朵争奇斗艳，成为高速公路上的一道美丽的风景。有的人知道这是罗斯夫人做的，有的人不知道，但他们路过此地时都会不自觉地减速，因为他们已看到了玫瑰，已闻到了幽幽玫瑰香。他们愿意在此多停留一会儿。

从此在这个地方极少再发生车祸了。

李中生

思维悟语

在生活中有很多遗憾的事，已经不能挽回，但我们可以种很多的"玫瑰"，把自己的教训告诉别人，让玫瑰的芬芳给他人带来幸福与美好。

（李 珊）

活着就要快乐

人总有一天是要死的，既然如此，在活着的时候应该想些有趣、快乐的事。

在第二次世界大战中，有一位被美军捉到、关入牢里的日本兵，他和很多被俘虏的日本兵都一样深信——"援军迟早会赶来救我们的。"但援军始终都没有赶来，因此俘虏们渐渐焦虑不安，甚至有人因气馁、憔悴不堪而死。

只有他这样想："仔细思考看看，原本我们处于即使战死也不足以

为怪的状态下，现在当了美军的俘虏，至少可以避免战死。当然，既然当了俘虏，就不知道何时会被杀，不过目前应该还没有问题。因为现在我们还好好地活着，而且他们还给我们吃饭，仔细想想还真是值得庆幸的一件事。"

他有了这样的想法：人总有一天是要死的，既然如此，在活着的时候应该想些有趣、快乐的事。

环顾四周，尽是美国人，因此他就产生了——"好吧，在这里能够学点儿英文也好"的想法，他不知不觉中变得能和美军的看守员交谈了。

更令人觉得有趣的是，他和一个看守兵意气相投，特别谈得来，交情好到两人常在深夜大家睡了以后，一起饮酒——尽管双方是处于敌对关系的。

不久二战结束，因为看守兵帮忙说好话，他得以最先从牢中被释放出来。因为他在坐牢的时候，已把英语学得很精通了，所以在回国后，担任了大阪英语实习班的授课老师。

思维悟语

当遇到令我们无法摆脱的困境时，是不是该调整一下自己的心态呢？我的脚受伤了，幸亏伤得不重；我的眼睛近视了，还好有眼镜可以带。摆正心态，烦恼自消。

（李　珊）

心态一变快乐来

不管日子多么平淡无奇，毫无光彩，只要我们举起手中的放大镜，去发现和寻找快乐，相信快乐就会天天围绕在我们身边……

那年，陈小欢还是初一年级的学生，在她的暑假作业本里，有这样一道题目："认识生活——请采访你周围 20 个熟悉或不熟悉的人，请他们说出当天让自己快乐的事，并记录下来。"她用了整整两天的时间，碰见人就问："你快乐吗？"同时手上拿着个小本子，十分认真地做了"采访记录"。

爷爷：去体检，医生说没生什么病。

老爸：被老妈命令洗衣服，结果在老妈的一件衣服里，发现了 50 元钱，高兴地塞进自己的口袋。

老妈：下了一场大雨，发现空气真是太新鲜啦。

我自己：中午吃大闸蟹，特好吃。

我的同学陈浩：打开电视，刚好看到中国队和皇马队的比赛，中国队居然进了一个球。

我的同学梦颖：S.H.E 又出新唱片了。

我的死党丽荷：早上醒来睁开眼睛，想到居然是暑假，而且竟然作业不多。

表哥：追求 N 个月的×小姐终于答应和他约会了。

表姐：出去"血拼"，成果非凡，共收获一件上衣，两条裙子，一个皮包。

表弟：某网游账号成功升上 100 级，并荣登"×帮帮主"。

小叔：受到主任夸奖，被称赞大有前途。

出租车司机：正为塞车烦恼时，收音机里传来好听的歌。

小区门口卖报的阿姨：早上用 10 元钱买报的小伙子，不等自己找钱就走了，傍晚终于被自己碰上，把钱找还给了小伙子。

三轮车夫：下了一场大雨，生意特好，腿都踏酸了。

冰 诚

思维悟语

生活似乎永远都一成不变，没有什么快乐可言，但如果把心态改变一下，去寻找和发现其中的快乐，我们就会发现，原来快乐的事情还真的很多……不管日子多么平淡无奇，毫无光彩，只要我们举起手中的放大镜，去发现和寻找快乐，相信快乐就会天天围绕在我们身边……

(王 蕴)

不要为小事烦恼

我对自己发誓，如果我还有机会再看到太阳和星星的话，我永远不会再为这些小事忧愁了！

这是一名美国青年罗勃·摩尔讲述的故事：

1945 年 3 月，我在中南半岛附近约 84 米深的海下潜水艇里，学到了一生中最重要的一课。

当时我们从雷达上发现了一支日本军舰队朝我们开来，我们发射了几枚鱼雷，但没有击中其中任何一艘军舰。这个时候，日军发现了我们，一艘布雷舰直向我们开来。3分钟后，天崩地裂，6枚深水炸弹在潜水艇四周炸开，把我们直压到海底约84米深的地方。深水炸弹不停地投下，整整持续了15个小时，其中，有十几枚炸弹就在离我们15米左右的地方爆炸。真危险呀！倘若再近一点的话，潜艇就会被炸出一个洞来。

我们奉命静躺在自己的床上，保持镇定。我吓得不知如何呼吸，我不停地对自己说：这下死定了……潜水艇内的温度高达摄氏40度，可我却怕得全身发冷，一阵阵地冒虚汗。15个小时后，攻击停止了，显然是那艘布雷舰用光了所有的炸弹后开走了。

这15个小时，我感觉好像有1500万年。我过去的生活——浮现在眼前，那些曾经让我烦忧过的无聊小事更是记得特别清晰——没钱买房子，没钱买汽车，没钱给妻子买好衣服，还有为了点芝麻小事和妻子吵架，还为额头上一个小疤发过愁……

可是，这些令人发愁的事，在深水炸弹威胁生命时，显得那么荒谬、渺小。我对自己发誓，如果我还有机会再看到太阳和星星的话，我永远不会再为这些小事忧愁了！

这是经过大灾大难才悟出的人生箴言！

在美国科罗拉多州长山的山坡上，有一棵大树，岁月不曾使它枯萎，闪电不曾将它击倒，狂风暴雨不曾将它动摇，但最后它却被一群小甲虫的持续咬噬给毁掉了。人们有时不会被大石头绊倒，却会因小石子而摔倒。

人生短暂,记住不要浪费时间去为小事而烦恼。

思维悟语

在生死存亡的紧要关头,人们才发现,平日那些让人愁眉不展的事情原来只是一些鸡毛蒜皮的小事。和朋友分别时,才知道友情的珍重,那些平日的不快也随之烟消云散。的确如此,生命中有太多不值得计较的琐事,何苦如此去浪费短暂的生命呢? （王 倩）

花儿努力地开

你该欣喜地度过每一天,还是痛苦地挨过每一日,可全在于你自己了。

有一个人想学医,可是又犹豫不决,就去问他的一个朋友:"再过 4 年,我就 44 岁了,能行吗? "

朋友对他说:"怎么不行呢?你不学医,再过 4 年也是 44 岁啊!"他想了想,瞬间领悟了,第二天就去学校报了名。

我的一个朋友,几年前跟人合伙做生意,运货的船突遇风浪翻了,他们所有的财产和梦想也随之坠入了海底。他经不起这个打击,从此变得萎靡不振，神思恍惚。

当他看到另一个跟他一起遭遇变故的人居然活得有滋有味时，就去问他。那人对他说："你咒骂，你伤心，日子一天天地过去；你快活，你欢乐，日子也一天天地过去，你选择哪一种呢？"

人就是这样，当你以一种豁达、乐观向上的心态构筑未来时，跟前就会呈现一片光明；反之，当你将思维囿于忧伤的樊笼里，未来就变得暗淡无光了。长此下去，你不仅会将最起码的信念和拼搏的勇气泯灭，还会将身边那些最近最真的欢乐失去。

对每一个人来说，那些如空气一样充塞在身边的欢乐才是最重要的，它组成我们生命之链上最真实可靠的环节，你一节一节地让它脱落了，欢笑怎么能向下延续呢？

有一首诗这样写道："你知道，你爱惜，花儿努力地开；你不知，你厌恶，花儿努力地开。"是的，花儿总是在努力地开，美好的日子也一天天地在流逝，你该欣喜地度过每一天，还是痛苦地挨过每一日，可全在于你自己了。

🌹 邹扶澜

思维悟语

不管你是不是在意，不管你是不是怜惜，花儿都在默默开放，南瓜都在默默生长……它们不会因为不如意就自怨自艾，它们懂得享受生命的阳光雨露，努力开出自己的芬芳，钻出自己的土壤，寻找自己的方向……做一朵默默开放的花，默默生长的南瓜，延续快乐的同时给我们一个全新的自我。 （王 倩）

烂铁与珠宝

当你满怀着喜悦和激情去憧憬生活时，生活会对你甜甜地笑，会把无数幸运的星星放在你的周遭……

一对年过六旬的夫妇，在退休后，为了屋子问题产生分歧而大吵特吵。

妻子要大肆装修年代久远的老屋，而丈夫执意不肯。丈夫忧虑地说："我们已年过半百了，大兴土木，劳民伤财，最多也只能住上那么区区一二十年，何苦呢？"

妻子意气高昂地反驳："正因为我们只剩下那么区区一二十年，我才要把屋子弄得漂漂亮亮的，让日子过得舒舒服服！"

他们的对话使我想起了曾在《读者文摘》上读及的两句话：

"悲观者提醒我们百合花属于洋葱科，乐观者认为洋葱属于百合科。"

当你"自我践踏"地把日子看成是破铜烂铁时，你的日子，也将是锈迹斑斑，残残缺缺的；但是，当你"珍而重之"地把岁月视为金银珠宝时，那么，你所拥有的每个日子，都是金光灿烂的、圆圆满满的。

像上述那对夫妇，对于人生，便有着截然不同的看法。丈夫将晚年看成是残余的岁月，随便凑合着过，没有目标，没有憧憬，有的，只是消极地等待——等那个永远的约会悄悄来临。然而，妻子呢，却把黄昏岁月看做是人生另一阶段的开始，她要充分地利用、尽情地享受；可以预见的是：她的日子，将是熠熠生辉的——夕阳无限好，黄昏又何妨。

实际上，我们内在的思维，往往能够左右我们的实际生活。

思维悟语

　　当你悲观地对待生活时,生活也会对你苦着一张脸,不愿留下任何幸福的片段;当你满怀着喜悦和激情去憧憬生活时,生活会对你甜甜地笑,会把无数幸运的星星放在你的周遭……对着生活甜甜地笑吧,你会得到同样的回报。　　　　　（王　倩）

完全独立的今天

今天是散发着泥土香味的,混合着这种味道的是你努力的汗水,停滞是今天永远的敌人。

　　不管你地位多么显赫或者多么不起眼,现在你所有的一切都是从头开始,从今天开始,不信——假如今天你大病不起,或者遇到飞来横祸,一切的一切都已不再重要,这时候生命和健康才是最可贵的。假如今天你一鸣惊人,或者用仅有的两块钱买了彩票,恰恰中了大奖,一切的一切都已不再重要,即便昨天你还是个乞丐,现在你却是快乐的。

　　明天又是新的今天的开始,所以明天其实也是不存在的,于是假如你一直在依靠明天,或者倚赖明天的恩惠,那你的今天注定没有激情。

　　有这样一个故事,爱德华·依文斯生长在一个贫苦的家庭里,起先他靠卖报来赚钱,然后在一家杂货店当店员。后来,家里有7口人要靠他吃饭,他就谋到一个当助理图书管理员的职位,薪水很少,他却不敢辞职。8年之后,他才鼓起勇气开创自己的事业。但是,厄运降临了——很可怕的厄运:他替一个朋友背负了一张面额很大的支票,而那个朋友破产了。很快,在这件灾祸之后又来了新的灾祸,那家存着他全部财产的大银行垮了,他不但损失了所有的钱,还负债16000元。他受不住这样的打击,随即生起了奇怪的病;没有别的原因,只是因为担忧所致。有一天,他走在路上的时候,昏倒在路边,以后就再也不能走路了。最后医生告诉他,他只有两个礼拜的生命了。他大吃一惊,写好遗嘱,然后躺在床上等死。挣扎或是担忧都没有了,他放弃了,也开始放松了下来。

几个礼拜之后,他就能拄着拐杖走路了。6个礼拜以后,他又能回去工作了。他以前一年赚过2万块钱,可是现在能找到一个礼拜30块钱的工作,他就已经很高兴了。爱德华·依文斯的进展非常快,不到几年,他已是依文斯工业公司的董事长,多年来,这个公司一直是纽约股票市场交易所的一家公司。如果你乘飞机到格陵兰去,很可能降落在依文斯机场——这是为纪念他而命名的飞机场。可是,如果他没有学会"生活在完全独立的今天里"的话,爱德华·依文斯绝不可能获得这样的成功。

完全独立的今天,其实是生活的哲学。假如你今天递交了辞职报告,说明你今天具有充足的自信;假如你今天被老板炒了鱿鱼,说明你从今天开始可以重新选择一种职业或者一份工作;假如你今天进入了婚姻的殿堂,表明幸福生活已经开始了,但是你要记住,这只是刚刚开始。

今天是散发着泥土香味的,混合着这种味道的是你努力的汗水,停滞是今天永远的敌人;而昨天是臭鱼的腥味,明天的味道还闻不到。

许 锋

思维悟语

今天是什么？今天是活着，今天是幸福，今天是开始。老人喜欢用今天回顾昨天，孩童喜欢用今天憧憬明天，可是昨天已经过去，不会再来；明天尚未开始，还不知道会发生什么。只有今天的自己才是活生生的，也才是幸福的。珍惜今天，愉快地生活吧！

（李　珊）

放下"过去"的包袱

师父吃惊地反问道："我早已经放下了，你还背在心上？"

从前，有一个小和尚，随师父修行。一日，师徒二人需要趟过一条没有浮桥的河流。河边有一位想要过河的妇女，因河流湍急，无计可施，正为如何过河而发愁，见师徒二人，便前来求助。小和尚正狐疑间，只见师父口宣佛号，背起这位妇女，涉水而过，直达对岸。这位妇女谢过之后，便即离去。深受佛教不近女色等清规戒律影响的小和尚，对师父的行为百思不得其解。过了很长一段时间以后，小和尚忍不住，便向师父发问。师父吃惊地反问道："我早已经放下了，你还背在心上？"

师父的行为及对小和尚的回答，内含佛理禅机，非凡世之人所能参悟，但我们从中也可以得到一些启示：不要把过去背在心上，成为一种包袱。

如果注意观察周围的人，我们就会发现，很多人都背着两个包袱，一个包袱装着"过去的烦恼",一个包袱装着"未来的忧虑"。而正是这两个沉重的包袱,让他们无法快乐地活在今天。

张云天

思维悟语

不同的人,承受同样的事情,他们的人生态度是不一样的。有的人从容面对,拿得起,放得下;有的人无奈苦闷,时时刻刻都忧心忡忡。对于昨天的烦恼,你已无法改变;对于未来的忧虑,你也无法左右。既然它们都是你无法掌控的,为什么不轻装上阵,让今天过得快乐而有意义呢? (李 珊)

别为打翻的牛奶而哭泣

这瓶牛奶已经没有了,无论你怎么着急,都没有办法再救回一滴。

一些学生常常为自己犯过的错误而自怨自艾,老是后悔当初做过的事情。有一天早上,全班同学都来到科学实验室。老师把一瓶牛奶放在桌子边上。大家都望着那瓶牛奶,不知道它与这节课有什么关系。然后,老师突然站了起来,一掌把那瓶牛奶打碎在水槽里,在同学们惊讶的叹息声中,老师大声说道:"不要为打翻的牛奶而哭泣。"

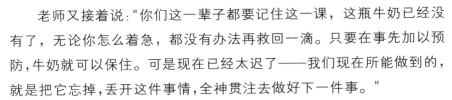

老师又接着说："你们这一辈子都要记住这一课，这瓶牛奶已经没有了，无论你怎么着急，都没有办法再救回一滴。只要在事先加以预防，牛奶就可以保住。可是现在已经太迟了——我们现在所能做到的，就是把它忘掉，丢开这件事情，全神贯注去做好下一件事。"

周云鹏

思维悟语

世界上没有后悔药，已经发生的事情要敢于面对，不能改变的就随它而去，可以改变的我们就努力争取。在我们的学习生活中，有的同学对自己做错的事情，很难放下，而这种情绪又影响了自己去做另一件事情。这样，一件事情接着一件事情地后悔，便形成了恶性循环。我们应该"把它忘掉，丢开这件事情，全神贯注去做好下一件事"。

（李　珊）

清点生活，轻装上阵

清点生活，轻装上阵，潇潇洒洒，坦坦荡荡，真真切切，从从容容。历经沧海桑田，终得返璞归真。

生活中，我们常有许多的烦恼和无奈。有时为了"美好前程"而忙忙碌碌，到头来一事无成，疲惫不堪；有时为了"浪漫爱情"苦思冥想，最后曲终人散，千疮百孔。于是我们学会了掩饰，学会了欺骗。

　　与人寒暄，言不由衷；为人处世，身不由己；在灯光迷离的舞台上，涂脂抹粉衣冠楚楚；在觥筹交错的宴席间，虚与委蛇频频举杯；在步履纷纷的旅途中，面如春色轻轻握手。为了功名利禄而变腔变调，从而丧失了做人的乐趣；为了取悦别人而仰人鼻息，从而丧失了做人的风骨。我们不但低下了高贵的头，也弯下了挺直的腰。直到有一天，倒下了，再也爬不起来了。

　　在现实生活中，我们往往会在各种诱惑下迷失自我。即使有一天"功成名就"，仍会感到空虚，觉得生活竟是如此索然寡味。于是我们开始反思，开始觉醒，最后决定：清点生活，轻装上阵。

　　我们可以选择"采菊东篱下，悠然见南山"的闲适，我们可以选择"江天一色无纤尘，皎皎空中孤月轮"的恬淡，我们也可以选择"清水出芙蓉，天然去雕饰"的高洁。抛开烦恼，任思绪纷飞，在一片无人涉足的原野上纵情驰骋，看黄昏落日，赏万紫千红，面对真实的自我，对生活做一番细细地品味。

　　清点生活，摒弃功名利禄，是是非非，忘却悲欢离合，荣辱贵贱。敞开心扉，听天籁之音，用身感受，用心领悟，做个"登山情满于山，观海情溢于海"的雅士。

　　远离忧愁和世俗，亲近欢乐与自然。宠辱不惊，闲看庭前花开花落；去留无意，漫随天外云卷云舒。让身与心得到恬静的休憩，让情与景得到自然的交融。

　　清点生活，你会发现沙漠很美，因为不知何处藏着一方绿洲；清点生活，你会发现空谷很美，因为有兰花在幽幽绽放；清点生活，你会发现生活很美，因为有亲情、友情、爱情的支撑。

　　一花一世界，一叶一春秋，一沙一天堂，一水一桃源。清点生活，轻装上阵，潇潇洒洒，坦坦荡荡，真真切切，从从容容。历经沧海桑田，终得返璞归真。

文　风

思维悟语

你的心中有过烦恼吗？因为一时的误会，离好友而去；因为缺少沟通，和父母冷漠相对；因为老师的一句错误批评，上课不再专心致志。其实，平心静气地想一想，他们有错，自己是不是也有需要改正的地方？敞开心扉，轻装上阵，做个快乐的人吧！

（赵 航）

昨天的太阳

今天的太阳已经不是昨天的太阳，失去了的事物注定是无法挽回的。

一个人从很远的地方来到一座山上看日落日出。在这山上看日落日出，比在其他任何地方看都更美丽。

遗憾的是，他太疲倦了，一上山便呼呼地睡着了，等他醒来时，天已经漆黑，太阳早就下去了。

他感到十分悲伤，一次又一次地想象落日该是怎样的美丽，一次又一次设想看到落日该是如何地幸运，甚至，他还异想天开地想挽回这一错失——让太阳为他重新落一次。

更遗憾的是，就在他十分悲痛之中，天渐亮，太阳从东边升了起来，果然比其他任何地方所见的日出都要美丽得多。可是他还沉溺在错失落日的悲伤里，根本无心欣赏日出，等他想到该珍惜这日出的美丽时，太阳却已经挂在中天，没有什么特别的美丽可言了。

于是，他悲痛之中更加悲痛，竟忘了还会再有日出，终致绝望，郁郁地走下山去。

今天的太阳已经不是昨天的太阳，失去了的事物注定是无法挽回的。我们中的很多人，都像这位先生，总是极力哀伤甚至想挽回失去了的东西，却不知道珍惜所拥有的和即将拥有的东西——不知道珍惜，注定还将会失去。

📚 黄雪丽

思维悟语

印度诗人泰戈尔说：当你为失去太阳而落泪时，那么你也将失去群星了。文中的那个人因为没看到昨天的日落而后悔，在他后悔的时候，又错过了今天的日出。假如当他错失昨天日落的时候，静下心来等待并珍惜今天的日出，那他就会欣赏到美景，获得快乐。只有珍惜现有的美好，才能拥有真正的快乐。 （李 珊）

第 五 辑

永不放弃你的希望

英国首相丘吉尔应邀到剑桥大学演讲,主题是他成功的秘诀。丘吉尔走上讲台,注视观众,沉默了两分钟,然后他才开口说:"永远、永远、永远不要放弃!"接着又是一阵沉默,然后他再一次开口:"永远、永远、永远不要放弃!"观众先是惊诧,随后掌声雷动,丘吉尔注视观众片刻后悄然回座。

"行百里者半九十",成功与失败的区别,就在于成功者走了一百步,而失败者只走了九十九步而已。永不放弃希望,坚持到底,成功就会眷顾你。

我做到了

他做了一下深呼吸，一切顺理成章，他飞了起来。米奇尔以鹰的威严在翱翔。

他的掌心在出汗，横杆定在 17 英尺，比他个人最好成绩高 3 英寸。米奇尔·斯通面临着他撑竿跳高生涯中最富挑战性的时刻。

米奇尔一直就梦想着飞翔。从 14 岁起，他就开始为之努力了。他的教练即父亲为他细心制订了一项周密详细的训练计划。米奇尔的执著、决心和严格训练都是父亲一手调教的。

母亲则希望儿子的训练能轻松一些，想让儿子仍是那个充满自由自在梦想的小小孩子。她曾试着同米奇尔和丈夫谈论此事，但丈夫马上打断了她，说："想要得到，就必须努力。"

米奇尔为完美而奋力拼搏的精神，除了他的信念，还有激情。时至今日，米奇尔撑竿跳所取得的全部成绩似乎都是对他努力训练的回报。

米奇尔又在为他喜欢的试跳做准备了。每当他一落到气垫上，落到人群的脚下，他就会马上起来重新做。

他似乎忘记了他刚刚以 1 英寸的优势越过他个人的最好成绩，忘记了在这场撑竿跳比赛中，他是最后的两名竞争选手之一。

当越过 17 英尺 2 英寸、17 英尺 4 英寸的高度时，他竟出奇的理智。躺在垫子上，他听到人群的惋惜声，知道另一名选手的最后一跳已经失败。他知道最后的时刻来临了。只要跨过这个高度就可以稳获冠军,而小小的失误又会使他屈居亚军。这并没有什么可羞耻的,然而米奇尔不允许自己失败。

他在草地上翻滚了一下,然后指尖上举,祈祷了三次。他拿起撑竿,稳稳站定,踏上他17岁的生涯中最具挑战性的跑道。

然而这次他感到跑道和以前不同,他感到片刻慌张。横杆被定在比他个人最好成绩高18英寸的位置上,距全国纪录仅1英寸。他这么想着,感到剧烈的紧张和不安。他想放松下来,但无济于事,反倒使他更紧张。他从未经历过这种体验。他内心深处无时不在想着母亲。现在怎么了?母亲会怎么做呢?很简单,母亲常告诉他这样的时候做一下深呼吸。

他照这样做了,紧张从腿上消失。他把撑竿轻轻地置于脚下,伸开胳膊,抬起身体。一道冷汗沿着脊背流了下来。他小心地拿起撑竿,心脏怦怦在跳。他想观众一定也是屏住呼吸,四周静寂。忽然他听到远处几只飞翔的知更鸟的歌声,他飞行的时刻到来了。

他开始全速助跑,跑道与往日一样又变得熟悉起来。地面就像他常梦到的乡间小路,岩石、土块、金色麦田纷纷涌入脑海。他做了一下深呼吸,一切顺理成章,他飞了起来。米奇尔以鹰的威严在翱翔。

不知是看台上人们的欢呼声,还是落地时的重击声,使米奇尔重新清醒。鲜亮的暖洋洋的阳光照在脸上。他知道他只能想象母亲脸上的微笑。父亲也可能在笑,甚至在开怀大笑。米奇尔不知道父亲正在搂着妻子大哭呢。是的,坚信"想得到什么,就必须努力去做"的父亲像孩子似的在妻子怀中抽噎呢,母亲从未见到过丈夫哭得如此厉害,她知道那是自豪的泪水。米奇尔马上被人群包围,人们祝贺他生命中辉煌的成就。他跳跃了17英尺6.5英寸的高度:一项全国乃至世界的青年锦标赛纪录。

鲜花、奖金和传媒的关注将改变米奇尔日后的生活。这一切不是因为他赢得全国青年赛的冠军并打破一项新的世界纪录,也不是因为他把自己的最好成绩提高了 9.5 英寸，而只是因为米奇尔·斯通是个盲人。

[美]戴维·奈斯特

思维悟语

"想得到什么，就必须努力地去做。"正是怀着这个信念，米奇尔·斯通创造了奇迹。虽然我们都很平凡，但只要我们克服内心的懦弱和犹豫，不管外界的嘲讽和质疑，只要坚定自己的目标并不断努力，谁说我们不能创造出属于自己的奇迹呢？　　　　　（黄晶晶）

恒　　心

不论多么难做的事情，多么浩大的工程，只要不间断地去做，总会成功的。

我认识这样一个人，他是一个医务工作者。但是他酷爱文学，他不愿因医务工作而放弃理想。可医务工作又不允许他有大段大段的时间供他支用，他只能利用每天的一小段一小段的零碎时间来写作。

于是他就选择了日记体方式，每天把零碎的时间利用起来写日记。他记的日记什么都有，天气的变化，与友人的交往，读书心得，买书的经历，游记，对时局的评论，人生的感悟，等等。

现在他40多岁了，他从20多岁开始这样不间断地记，有时一天写一两千字，有时写十几个字，20多年下来，他的书斋里已整齐地堆叠起几百册日记本。他又把这些日记分类整理成若干个部分，洋洋十几卷，几百万字。

有人说，他的日记，是目前文坛的第一部长篇记事，也是我们时代的大百科全书。事实上，他的日记体创作，已被文坛所公认，是目前文坛上以日记体创作最有成就的少数作家之一。

他没有多么巨大的创作构想，也没有要成为大作家的奢望，他只是矢志不移地把一天一天的零碎时段拣拾起来，靠一个恒心，做一件不间断的事情，所以他成功了。

所有成功的人，靠的就是"恒心"两个字。不论多么难做的事情，多么浩大的工程，只要不间断地去做，总会成功的。

所有失败的人，都是浅尝辄止、半途而废的人。纵有天大的才气，不能长久坚持，缺乏恒心，也会一事无成。有人瞧不起那些散布在每天中的零碎时间，可生活中永远都不会有整天、整月、整年的时间供你支用的。而把这些零碎的时间集合起来，聚沙成塔，就找到了一座时间的富矿。

因而，恒心是度量一个人是否成功的试金石。不要听他的高谈阔论，也不要为他暂时的光芒所迷惑，只看他是否在矢志不移地去做一件事就足够了。

鲁先圣

思维悟语

古往今来，许多人没有骄人的天赋和过人的智慧，但凭着恒心和不懈的努力仍然获得了成功。想具有恒心并不是很难的事，只要我们在遇到困难、阻碍的时候，在想偷懒、逃避的时候，在想放弃、不愿继续的时候，再坚持一点点，那么水滴能够石穿，梦想也能成为现实。

（黄晶晶）

厄运打不垮的信念

只要厄运打不垮信念，希望之光就会驱散绝望之云。

明朝末年时，史学家谈迁经过20多年呕心沥血的写作，终于完成了明朝编年史——《国榷》。

面对这部可以流传千古的巨著，谈迁心中的喜悦可想而知。然而，他没有高兴多久，就发生了一件意想不到的事情。

一天夜里，小偷进他家偷东西，见到家徒四壁，无物可偷，以为锁在竹箱里的《国榷》原稿是值钱的财物，就把整个竹箱偷走了。从此，这些珍贵的稿子就下落不明。

20多年的心血转眼之间化为乌有，这样的事情对任何人来说，都是致命的打击；对年过花甲、两鬓已开始花白的谈迁来说，更是一个无情的重创。可是谈迁很快从痛苦中崛起，下定决心再次从头撰写这部史书。

谈迁又继续奋斗10年后，又一部《国榷》重新诞生了。新写的《国榷》共104卷，50万字，内容比原先的那部更翔实精彩。谈迁也因此留名青史。

英国史学家卡莱尔也遭遇过类似的厄运。

卡莱尔经过多年的艰辛耕耘，终于完成了《法国大革命史》的全部文稿。他将这本巨著的底稿全部托付给自己最信赖的朋友米尔，请米尔提出宝贵的意见，以求文稿的进一步完善。

隔了几天，米尔脸色苍白、上气不接下气地跑来，万般无奈地向卡莱尔说出一个悲惨的消息：《法国大革命史》的底稿，除了少数几张散页外，已经全被他家里的女佣当做废纸，丢进火炉里烧为灰烬了。

卡莱尔在突如其来的打击面前异常沮丧。当初他每写完一章，便随手把原来的笔记、草稿撕得粉碎。他呕心沥血撰写的这部《法国大革命史》，竟没有留下任何可以挽回的记录。

但是，卡莱尔还是重新振作起来。他平静地说："这一切就像我把笔记簿拿给小学老师批改时，老师对我说：'不行！孩子，你一定要写得更好些！'"

他又买了一大沓稿纸，重新开始了又一次呕心沥血的写作。我们现在读到的《法国大革命史》，便是卡莱尔第二次写作的成果。不错，当无事时，应像有事时那样谨慎；当有事时，应像无事时那样淡定。因为在漫长的人生旅途中，实在是难以完全避免崎岖和坎坷。

只要出现了一个结局，不管这结局是胜还是败，是幸运还是厄运，客观上都是一个崭新的开始。

只要厄运打不垮信念，希望之光就会驱散绝望之云。

蒋光宇

思维悟语

谈迁和卡莱尔之所以能够赢得敬重，正是因为他们具有不被厄运击垮、始终怀着坚定的信念从头再来的精神。这种精神能够鼓舞我们在漫长的人生道路上不畏艰难险阻，即使遇到困难也坚定不移地去实现自己的梦想。

（黄晶晶）

奇迹诞生的途径

每个人都可以摊开一张白纸，敞开心扉，写下 10 个甚至 100 个实现梦想的途径。

1968 年的春天，罗伯·舒乐博士立志在加州用玻璃建造一座水晶大教堂，他向著名的设计师菲力普·强生表达了自己的构想：

"我要的不是一座普通的教堂，我要在人间建造一座伊甸园。"

强生问他预算，舒乐博士坚定而明快地说："我现在一分钱也没有，所以 100 万美元与 400 万美元的预算对我来说没有区别，重要的是，这座教堂本身要具有足够的魅力来吸引捐款。"

教堂最终的预算为 700 万美元。700 万美元对当时的舒乐博士来说是一个不仅超出了能力范围甚至超出了理解范围的数字。

当天夜里，舒乐博士拿出一页白纸，在最上面写上"700 万美元"，然后又写下了 10 行字：

一、寻找 1 笔 700 万美元的捐款

二、寻找 7 笔 100 万美元的捐款

三、寻找 14 笔 50 万美元的捐款

四、寻找 28 笔 25 万美元的捐款

五、寻找 70 笔 10 万美元的捐款

六、寻找 100 笔 7 万美元的捐款

　七、寻找 140 笔 5 万美元的捐款

　八、寻找 280 笔 25000 美元的捐款

　九、寻找 700 笔 1 万美元的捐款

　十、卖掉 10000 扇窗,每扇 700 美元

　　60 天后,舒乐博士用水晶大教堂奇特而美妙的模型打动富商约翰·可林捐出了第一笔 100 万美元。

　　第 65 天,一位倾听了舒乐博士演讲的农民夫妇,捐出第一笔 1000 美元。

　　90 天时,一位被舒乐孜孜以求的精神所感动的陌生人,在生日的当天寄给舒乐博士一张 100 万美元的银行本票。

　　8 个月后,一名捐款者对舒乐博士说:"如果你的诚意与努力能筹到 600 万美元,剩下的 100 万美元由我来支付。"

　　第二年,舒乐博士以每扇 500 美元的价格请求美国人认购水晶大教堂的窗户,付款的办法为每月 50 美元,10 个月分期付清。6 个月内,一万多扇窗全部售出。

　　……

　　1980 年 9 月,历时 12 年,可容纳一万多人的水晶大教堂竣工,成为世界建筑史上的奇迹与经典,也成为世界各地前往加州的人必去瞻仰的胜景。

　　水晶大教堂最终的造价为 2000 万美元,全部是舒乐博士一点一滴筹集而来的。

　　不是每个人都要建一座水晶大教堂,但是每个人都可以设计自己的梦想,每个人都可以摊开一张白纸,敞开心扉,写下 10 个甚至 100 个实现梦想的途径。

 亚 萍

如果从一个角度思考问题，很难实现自己的梦想，那我们就让自己的思维尽可能地发散，从别的角度去寻找实现梦想的途径。换个角度去思考问题，从问题的反面来讨论解决问题的方法，有时候问题就会变得简单，童话也能成为现实，梦想不再遥远。

（黄晶晶）

你尽最大努力了吗

你为什么不是第一名？你尽自己最大努力了吗？

生活中，经常听到一些人叹息："我觉得这件事已经做了努力，可就是……"好像做任何事情都是轻而易举的事，只要稍费一点儿劲，成功就应该属于他似的。诚然，努力是做好事情的前提，但努力也有个程度问题。许多时候，你不做最大努力就不能获得成功。有时，你尽管做出最大努力，也不一定成功，但毕竟"尽志无悔"，总比没有尽力以后再后悔要强得多！请问，你尽自己最大努力了吗？

1946 年，年轻的吉米·卡特从海军学院毕业后，遇到了当时的海军上将里·科费将军。将军让他随便说几件自认为比较得意的事情。于是，踌躇满志的吉米·卡特得意洋洋地谈起了自己在海军学院毕业时的成绩："在全校 820 名毕业生中，我名列第 58 名。"他满以为将军听

了会夸奖他,孰料,里·科费将军不但没有,反而问道:"你为什么不是第一名?你尽自己最大努力了吗?"这句话使吉米·卡特惊愕不已,很长时间答不上话来。但他却牢牢地记住了将军这句话,并将它作为座右铭,时时激励和告诫自己要不断进取,永不自满和松懈,尽最大努力做好每一件事情。最后,他以坚忍不拔的毅力和永远进取的精神登上顶峰,成为美国第 39 任总统!卸任后,吉米·卡特在撰写自己的回忆录时,曾将"你尽最大努力了吗"这句话作为标题。

吉米·卡特的故事,或许给我们一些有益的启迪。其实,细想一下,"你尽最大努力了吗"这句话确实不无道理。俗话说得好,"天不负人",你付出多少,便会得到多少。因此,不要埋怨生活,不要哀叹命运,你尽了最大努力,生活就会给你最丰厚的回报!请问,你尽自己最大努力了吗?

🌸 周洪涛

思维悟语

在抱怨命运对待自己不公之前,请先仔细询问自己:我已经尽到最大的努力了吗?我们的回报总是和付出密切关联,没有无缘无故的成功,也没有毫无道理的失败,只要我们已经全力以赴,努力就不会白费,至少,我们不会在将来后悔。 (毛淑芬)

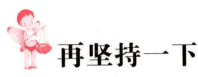

再坚持一下

选择坚持，我们才不会因为最后时刻的放弃而追悔莫及。

　　20世纪70年代是世界重量级拳击史上英雄辈出的年代。已4年未登上拳台的拳王阿里此时体重已超过正常体重20多磅，速度和耐力也已大不如前，医生给他的运动生涯判了"死刑"。然而，阿里坚信"精神才是拳击手比赛的支柱"，他凭着顽强的毅力重返拳台。

　　1975年9月30日，33岁的阿里与另一拳坛猛将弗雷泽进行第三次较量（前两次一胜一负）。在进行到第14回合时，阿里已精疲力竭，濒临崩溃的边缘，这个时候一片羽毛落在他身上也能让他轰然倒地，他几乎再无丝毫力气迎战第15回合了。然而他抖着性命坚持着，不肯放弃。他心里清楚，对方也和自己一样，只有出的气了。比到这个地步，与其说在比气力，不如说在比毅力，就看谁能比对方多坚持一会儿了。他知道此时如果在精神上压倒对方，就有胜出的可能。于是他竭力保持着坚毅的表情和誓不低头的气势，双目如电，令弗雷泽不寒而栗，以为阿里仍存着体力。这时，阿里的教练邓迪敏锐地发现弗雷泽已有放弃的意思。他将此信息传达给阿里，并鼓励阿里再坚持一下。阿里精神一振，更加顽强地坚持着。果然，弗雷泽表示"俯首称臣"，甘拜下风。裁判当即高举起阿里的臂膀，宣布阿里获胜。保住了拳王称号的阿里还未走到台中央便眼前漆黑，双腿无力地跪在地上。弗雷泽见此情景，如遭雷击，他追悔莫及，并为此抱憾终生。

卓　月

思维悟语

黎明到来之前,夜色会更加黑暗。很多时候,当我们感觉自己已经筋疲力尽的时候,千万不要放弃拼搏,只需要坚持一下,再坚持一下,也许不过几分钟,成功就会来到我们身边。选择坚持,我们才不会因为最后时刻的放弃而追悔莫及。 　　(郭月霞)

瞄准一个点

只要能瞄准一个点,就能敲开成功的大门,哪怕力量微小,只要坚持,就一定能够到达胜利的彼岸。

在自然界,不管气候多么恶劣,都有生物在顽强地生存着。在撒哈拉沙漠,一连几个月不下雨,干燥的沙漠在阳光的炙烤下气温越来越高,就是连能耐高温的蛇也得小心翼翼,不然就会有被烤熟的危险。白天,蛇只能躲在沙子里,因为沙子的覆盖能使它避免阳光的直接照射,它还可伺机捕捉猎物。它的猎物都是些耐旱的小动物,有蜥蜴、甲虫,还有一些小型飞鸟。如果必须走动时,蛇就将身子弯成"之"字形迅速前进,这样可以避免皮肤长时间与炙热的沙子接触,蛇就是以这种方式顽强地在沙漠里生存下来的。

可是,令生物学家不解的是,有一种类似于麻雀大小的鸟,它的生命力比蛇更顽强。因为鸟儿要到沙地上找食物,所以也不可避免地成了蛇的猎物。鸟儿不但要面对恶劣的自然环境,还要对付躲在沙子底下的蛇的袭击,它要生存下去,就必须战胜这一切。

美国生物学家克林莱斯有幸拍到了一组这样的精彩镜头。当鸟儿扑扇着翅膀刚刚停在沙地上准备找食物之时，潜伏在沙子里的蛇猛地张开大口蹿了出来。眼看鸟儿就要成为蛇的果腹之物，可是，顷刻间鸟儿便从劣势转为优势。克林莱斯惊奇地发现，鸟儿在用自己的爪子一下又一下地拍击着蛇的头部，尽管鸟儿的力量有限，它的爪子对蛇的拍击似乎构不成什么威胁，并且蛇依然对鸟儿穷追不舍，但鸟儿并没有停止拍击。鸟儿一边躲闪着蛇的血盆大口，一边用爪子拍击着蛇的头部，其准确程度分毫不差。就在鸟儿拍击了一千多下时，蛇终于无力地瘫软在沙地上，再也爬不起来了。蛇口脱险的鸟儿停在沙地上从容地吃了一些甲虫类的食物后，才扑扇着翅膀慢慢地飞走了。

鸟儿和蛇的力量对比是悬殊的，生物学家唯一能得到的答案就是，鸟儿在经过长期的经验积累后，终于掌握了一套对付蛇的办法，那就是瞄准一个点——蛇的头部，并持之以恒地用爪子拍击。鸟儿以自己坚韧不拔的抵抗方式，在这次力量对比悬殊的较量中赢得了胜利。

在现实生活中，很多人之所以失败就是因为没有瞄准一个点，持之以恒地走下去；而成功者则往往是瞄准了这个点，并坚持走到了最后。这个点有时是从脑中一闪而过的灵感，有时是一个稍纵即逝的机遇，有时是恶劣的环境中长期形成的生活积累。是的，只要能瞄准一个点，就能敲开成功的大门，哪怕力量微小，只要坚持，就一定能够到达胜利的彼岸。

小 丑

思维悟语

水滴石穿，柔软的水之所以有这么大的力量，也是因为它总是落在同一个点上，终于击穿了坚硬的石头。我们每个人的精力都是有限的，如果没有一个明确的目标，就很容易在散漫的学习和生活中浪费掉时间和精力。所以，从现在开始，让我们早日发现自己要瞄准的方向和目标，奋力前行吧！

（郭月霞）

坚持的毅力

人生的过程是一样的,跌倒了,爬起来。只是成功者跌倒的次数比爬起来的次数要少一次。

英国前首相丘吉尔是一个非常有名的演讲家,他生命的最后一次演讲是在一所大学的结业典礼上,那次演讲的全过程大概持续20分钟,但是在那20分钟内,他只讲了两句话,而且都是相同的:坚持到底,永不放弃! 坚持到底,永不放弃!

这场演讲是成功演讲史上的经典之作。丘吉尔用他一生的成功经验告诉人们:成功根本没有什么秘诀可言,如果真是有的话,就是两个:第一个就是坚持到底,永不放弃;第二个就是当你想放弃的时候,回过头来看看第一个秘诀,坚持到底,永不放弃。

在成功的道路上要具有敏锐的目光、果断的行动和坚持的毅力。用你敏锐的目光去发现机遇,用你果断的行动去抓住机遇,最后还要用你坚持的毅力才能把机遇变成真正的成功。

人生有两杯水,一杯是苦水,一杯是甜水,只不过不同的人喝甜水和喝苦水的顺序不同。成功者都是先喝苦水,再喝甜水;一般人都是先喝甜水,再喝苦水。坚持的毅力非常重要,面对挫折时,要告诉自己:要坚持,再来一次。因为这一次的失败已经过去,下次才是成功的开始。人生的过程是一样的,跌倒了,爬起来。只是成功者跌倒的次数比爬起来的次数要少一次,平庸者跌倒的次数比爬起来的次数多了一次而已,最后一次爬起来的人我们就叫他成功者,而最后一次爬不起来,不愿爬起来,丧失坚持的毅力的人就叫失败者。

思维悟语

任何一条通往成功的道路上,都不是布满了鲜花和掌声,相反,荆棘和坎坷随时考验着我们的毅力,磨炼着我们的韧性。如果在这些困难面前我们动摇了,放弃了,机遇就会与我们擦身而过,成功也不会到来。屡败屡战,坚持到底,永不放弃,我们一定会品尝到成功的喜悦,到达幸福的终点站。

(郭月霞)

巴尔扎克的手杖

他破费700法郎买了一根镶着玛瑙石的粗大手杖,并在手杖上刻了一行字:我将粉碎一切障碍。

巴尔扎克并非一出世就名扬天下,誉满全球,在成名之前,巴尔扎克也曾困顿过,狼狈过。

他本是学法律的,可大学毕业后偏偏想当作家,全然不听父亲让他当律师的忠告,把父子关系弄得十分紧张。不久,父亲便不再向他提供任何生活费用,他写的那些文章又不断地被退了回来,他陷入了困境,开始负债累累。最困难的时候,他甚至只能吃点干面包喝点白开水。但他挺乐观,每当就餐,他便在桌子上画盘子,在每只盘子上面分别写上"香肠"、"火腿"、"奶酪"、"牛排"等字样,然后在想象的欢乐中狼吞虎咽。

更发人深省的是,这段最为"狼狈"的日子里,他破费700法郎买了一根镶着玛瑙石的粗大手杖,并在手杖上刻了一行字:我将粉碎一切障碍。正是这句气壮山河的名言在支撑着他。后来的事实表明,他成功了。

张玉庭

思维悟语

在成长的道路上,我们一定会遇到别人的不理解甚至批评,这个时候,我们要坚持自己的选择,并且大声对自己说:"我能行!"当经历困境的时候,我们也要大声对自己说:"我能行!"只要我们不动摇对自己的信心,持之以恒,终有一天,世界一定会为我们喝彩。

(郭月霞)

永不言败

一次一次地负伤,一次一次地被击倒,连妈妈的哭泣,也没有使他退缩。最后,海明威终于击败了一个又一个对手。

海明威小时候,在《芝加哥论坛报》上看到一则拳击训练班的招生广告,他高兴极了,想报名参加,便找爸妈商量。爸爸赞成,但妈妈

却极力反对。妈妈认为：海明威花在课外活动的时间太多了，何况拳击又是一项非常危险的运动，她不想让儿子冒这个险。可是海明威说什么也要学习拳击，甚至以离家出走相要挟，没办法，妈妈只好妥协。

海明威就是一个这么倔强的孩子，做什么事情不达目的是绝不罢休的。进拳击场的第一天，教练便叫他出列，然后又叫出一个魁梧的年轻人。这个年轻人是重量级拳击手中的佼佼者，他拍拍海明威的肩膀说："好吧，我就先陪你练两招。"海明威看看拳击手，一句话也没有说，戴上手套冲上去便打。年轻的拳手觉得没必要认真，所以只是左挡挡，右闪闪。可是，没想到海明威却十分认真，拼命地向他攻击，最后，拳击手竟忘了这是一次陪练，真的动手打起来，双方都有一争胜负的劲头。

海明威好像又回到了大森林里，那是一次意外的遭遇。他在玩耍间忽然看到一条不太粗的蛇，正咬住一只比自己的身体粗一倍的蜥蜴往肚子里吞。蜥蜴拼命地往外挣扎，那蛇喘一口气，蜥蜴便挣扎出一段来。可是那蛇一直咬住不放，一点儿、一点儿地往肚子里吞，经过漫长的 15 分钟，终于把一只比自己身体粗大的蜥蜴吞进肚子里。海明威忘了恐惧，他忽然悟到：不论大小，不论强弱，都不是必然的强者和弱者。想起那条蛇，海明威的拳头出击得更加猛烈。但对方毕竟是职业拳手，几个回合下来，海明威便被击倒了，鼻子破了，满脸是血，眼睛也又红又肿。人们都以为海明威会退出拳击场，没想到第二天，他脸上贴着纱布，又站到那位拳击手的面前。

20 个月以后，一起报名参加的同学都纷纷退出了，而他，海明威，仍然在拳击场上苦练。一次一次地负伤、一次一次地被击倒，连妈妈的哭泣，也没有使他退缩。最后，海明威终于击败了一个又一个对手。

思维悟语

失败并不可怕，可怕的是在失败面前丧失了信心和继续前进的勇气。没有人天生就是弱者和失败者。那些经历了失败还始终坚持目标的人，无论最后是否成功，都是真正的勇士，因为他们的这种永不言败的精神就是鼓舞我们战胜困难的最大力量。

（黄晶晶）

永不放弃你的希望

一个人，即使他一无所有，只要他有希望，他就可能拥有一切。

在马来西亚的一个国际心理学会议上，我认识了一个俄罗斯人，他向我大力推荐他所创立的积极心理治疗理论。

他讲了他所做过的一个试验：将两只大白鼠丢入一个装了水的器皿中，它们会拼命地挣扎求生，一般维持的时间是 8 分钟左右。然后，他在同样的器皿中放入另外两只大白鼠，在它们挣扎了 5 分钟左右的时候，放入一个可以让它们爬出器皿的跳板，这两只大白鼠得以活下来。若干天后,再将这对大难不死的大白鼠放入同样的器皿中,结果真的令人吃惊:两只大白鼠竟然可以坚持 24 分钟,3 倍于一般情况下能够坚持的时间。

这位心理学家总结说:前面的两只大白鼠,因为没有逃生的经验,它们只能凭自己本来的体力来挣扎求生;而有过逃生经验的大白鼠却多了一种精神的力量,它们相信在某一个时候,一个跳板会救它们出去,这使得它们能够坚持更长的时间。这种精神力量,就是积极的心态,或者说是内心对一个好的结果心存希望。

当时,我心里想着那两只大白鼠,总觉得不是滋味,就略带反感地对他说,有希望又怎么样,最后它们还不是死了。出乎我的意料,这时,他告诉我:不,它们没有死,在第 24 分钟时,我看它们实在不行了,就把它们捞出来了。

我问:为什么要那么做?

他说:因为有积极心态的大白鼠有价值,更值得活下去,我们人类应尊重一切希望,哪怕是大白鼠内心的希望。

希望就是力量。在很多情形下,希望的力量可能比知识的力量更强大,因为只有在有希望的前提下,知识才能被更好地利用。一个人,即使他一无所有,只要他有希望,他就可能拥有一切;而一个人即使拥有一切,却不拥有希望,那就可能丧失他已经拥有的一切。

曾奇峰

思维悟语

希望是我们肉眼看不到的,但它却实实在在地存在于我们的心中。只要心中拥有了希望,并在任何时候都不轻言放弃,那么我们身上潜在的巨大能量就会被激发,从而获得克服困难的勇气,就有可能超越一切艰难险阻。　　　　　(王　倩)

坚守你的高贵

他始终恪守着自己的原则，给高贵的心灵一个美丽的住所，哪怕是遭遇到最大的阻力，也要想办法抵达胜利。

300 多年前，建筑设计师克里斯托·莱伊恩受命设计了英国温泽市政府大厅。他运用工程力学的知识，依据自己多年的实践，巧妙地设计了只用一根柱子支撑的大厅天花板。

一年以后，市政府权威人士进行工程验收时，却说只用一根柱子支撑天花板太危险，要求莱伊恩再多加几根柱子。

莱伊恩自信只要一根坚固的柱子足以保证大厅安全，"固执"惹恼了市政官员，他险些被送上法庭。莱伊恩非常苦恼，坚持自己原先的主张吧，市政官员肯定会另找设计方案；不坚持吧，又有悖自己为人的准则。矛盾了很长一段时间，莱伊恩终于想出了一条妙计，他在大厅里增加了 4 根柱子，不过这些柱子并未与天花板接触，只不过是装装样子。

300 多年过去了，这个秘密始终没有被人发现。直到前两年，市政府准备修缮大厅的天花板，才发现莱伊恩当年的"弄虚作假"。消息传出后，世界各国的建筑专家和游客云集，当地政府对此也不加掩饰，在新世纪到来之际，特意将大厅作为一个旅游景点对外开放，旨在引导人们崇尚和相信科学。

作为一名建筑师，莱伊恩并不是最出色的。但作为一个人，他无疑非常伟大，这种伟大表现在他始终恪守着自己的原则，给高贵的心灵一个美丽的住所，哪怕是遭遇到最大的阻力，也要想办法抵达胜利。

🍃游宇明

思维悟语

成长是我们学会独立思考的过程，让我们在众多的选择中明白自己所需要的，在周围的质疑中坚持自己的正确选择，不动摇、不从众。也许有的时候我们需要坚持的只是一个与众不同的习题答案，但只要养成了这种坚持原则的习惯，时间会为我们带来一切应得的肯定和尊重！

（郭月霞）

希望是生存的动力

希望，正是我生命不竭的原因所在！

有一个老人，今年刚好 100 岁，不仅功成名就，子孙满堂，而且身体健朗，耳聪目明。在他百岁生日的这一天，他的子孙济济一堂，热热闹闹地为他祝寿。

在祝寿进行中，他的一个孙子问："爷爷，您这一辈子中，在那么多领域做了那么多的成绩，您最得意的是哪一件呢？"

老人想了想说："是我要做的下一件事情。"

另一个孙子问："那么，您最高兴的一天是哪一天呢？"

老人回答："是明天，明天我就要着手新的工作，这对于我来说是最高兴的事。"

这时，老人的一个重孙子，虽然还 30 岁不到，但已是名闻天下的大作家了，站起来问："那么，太爷爷，最令你感到骄傲的子孙是哪一个呢？"说完，他就支起耳朵，等着老人宣布自己的名字。

没想到老人竟说："我对你们每个人都是满意的，但要说最满意的人，现在还没有。"

这个重孙子的脸陡地红了，他心有不甘地问："您这一辈子，没有做成一件感到最得意的事情，没有过一天最高兴的日子，也没有一个令您最满意的孙子，您这 100 年不是白活了吗？"

此言一出，立即遭到了几个叔叔的斥责。老人却不以为然，反而哈哈大笑起来："我的孩子，我来给你讲一个故事：一个在沙漠里迷路的人，就剩下半瓶水，整整 5 天，他一直没舍得喝一口，后来，他终于走出大沙漠。现在，我来问你，如果他当天喝完这瓶水的话，他还能走出大沙漠吗？"

老人的子孙们异口同声地回答："不能！"

老人问："为什么呢？"

他的重孙子作家说："因为他会丧失希望，他的生命很快就会枯竭。"

老人问："你既然明白这个道理，为什么不能明白我刚才的回答呢？希望，也正是我生命不竭的原因所在呀！"

思维悟语

最好的永远在明天，正是这种对未来的美好期待支撑着老人走过百年人生路。希望不仅是老人生存的动力，也是我们每个人成长的动力。让我们都带着希望出发吧，去寻找下一站的美好，去感受更精彩的生活，去创造更不一样的未来。（黄晶晶）

投降的绝不能是我

"必须有一方投降,但投降的绝不能是我!"

参加过大西南剿匪的父亲给我讲过一个他亲历的故事。

父亲端着步枪刚从一座巨岩后拐出来,迎面撞上了一个也端着步枪的土匪。两个人相距只有五六步,同时将枪口对准了对方的胸膛,然后就一动不动了。

要想都保全性命,就必须有一方投降。

双方对峙着,枪口对着枪口,目光对着目光,意志对着意志。

其实总共只对峙了十几秒钟,可父亲感到是那么的漫长。那是他一生中唯一一次对流逝的时光产生刻骨铭心的印象。

父亲不知道他已经咬破了自己的下嘴唇,两条血流濡湿了下巴。他的大脑中一片空白,只有一个念头支撑着他:

"必须有一方投降,但投降的绝不能是我!"

父亲眼睁睁看着那个土匪的精神垮掉——先是脸煞白,面部痉挛,接着是大汗淋漓,最后是双手发抖——枪掉到了地上。

土匪成了父亲的俘虏。

父亲的这个故事永远印刻在了我的脑海里。十几年来,不论遭遇多么大的坎坷与挫折,我总用故事中父亲的那句话鼓励自己:

"必须有一方投降,但投降的绝不能是我!"

  晓　恩

思维悟语

在与敌人的心理战斗中，父亲凭着坚定的意志最终取得了胜利。其实在生活中，我们也要经历许多挑战，小到考试竞赛，大到人生选择，这些都可能成功或失败。但是，只要我们也拥有父亲那样坚持到底的精神和勇敢顽强的意志，就没有困难能够把我们打倒。

（黄晶晶）

坚持的力量

他的眼里没有其他的诱惑和干扰，只有他的水笔，即使在吃饭的时候还握着它。

一个白痴孩子，每个人见了他都会烦，包括他的父母。他整天哭闹，并且做出吓人的模样，整个身体不停地扭动，没有人能够让他停止下来。父母必须 24 小时照顾他，否则他会破坏家里的一切。他每天只睡 3 个小时，而且在这 3 个小时里，还会突然醒来。他的父亲几次想把他送到社会福利院，就是无法下定决心。

孩子 6 岁的时候，还说不好一句话，连背诵一个单词都十分困难。而且他开始不愿见生人。医生诊断后告诉他父母：可怜的孩子，他得了自闭症。没有人能教育他，只得求助于康复中心。于是，父母把他带到一家儿童教养中心。那里的老师也无法管教他，他不停地在课堂上发出尖叫,让其他儿童惊吓不已。他的手不断在玩东西,一刻也不休息,连睡觉的时候也在运动。

老师说这样的孩子没救了,让他自生自灭吧。有一天,孩子发现了地上有一枝水笔,就用它在地上画一道线;然后,他不停地玩着这枝水笔,不断在地上画着线条,没有人阻止他这样做。

第二天起来,他继续画。但是,细心的老师发现了他画的这些线条,惊呼:"天哪,他竟然会画画。"

其实,这些线条并不是画,只是一个白痴儿童能画出圆形、方形的线条足以让人惊讶罢了。

老师再也没有像往常一样夺走他手中的东西,而是在地上铺上白纸,让他在纸上画;又给他不同颜色的水笔,让他尝试着使用它们。

这个白痴孩子就一直抓着他的水笔,除了睡觉之外的时间都在作画。没有人指导他,他的世界里只有他自己和水笔。

10年后,他的画被人拿到了拍卖会上,结果意外地卖出了,而且被许多资深画家看好。

他就这样一举成名,他的名字叫理查·范辅乐,苏格兰人。他的作品在欧洲和北美展出100多次,已卖出1000多幅,每幅的售价是2000美元。现在许多人在感叹一个白痴竟然可以成为画家,但谁都忽略了这样一个细节:他的眼里没有其他的诱惑和干扰,只有他的水笔,即使在吃饭的时候还握着它。这有几个正常人能做到?

刘 沙

思维悟语

白痴能够成为画家,靠的是十多年的坚持不懈,不被外界的诱惑和干扰。也许我们很难像他那样,生活在自己封闭的世界里,但我们同样可以明确自己的目标,不因外界的评价和议论而改变最初的理想,踏踏实实地朝着目标奋斗,这样坚持下去就能够成功。

(黄晶晶)

主 动 人 生

　　美国钢铁大王安德鲁·卡内基18岁时,在铁路上担任电报助理。一次,由于铁路发生故障,两个方向的货车等待停车指令,这时他的上司、唯一有权发出指令的考斯特又不在岗位。卡内基知道如果不及时发出指令,很可能造成火车相撞的事故,于是以考斯特的名义发出了指令,避免了事故的发生。后来,考斯特便把发指令的工作交给了刚成年的卡内基。

　　亚伯拉罕·林肯说:"等事做的人也会有事做,但只是做那些做事快的人剩下的事。"人生路上,只有自己主动去做,才能抓住机会,赢得成功。

20 美元钞票

生命的价值取决于我们本身！我们是独特的——永远不要忘记这一点！

在一次讨论会上，一位著名的演说家没讲一句开场白，手里高举着一张 20 美元的钞票，面对会议室里的 200 个人，问："谁要这 20 美元？"

一只只手举了起来。

他接着说："我打算把这 20 美元送给你们中的一位，但在这之前，请允许我做一件事。"他说着将钞票揉成一团，然后问："谁还要？"

仍有人举起手来。

他又说："那么，假如我这样做又会怎样呢？"他把钞票扔到地上，又踏上一只脚，并且用脚碾它。尔后他捡起钞票，钞票已变得又脏又皱。

"现在谁还要？"

还是有人举起手来。

他慢慢地说："朋友们，你们已经上了一堂很有意义的课。无论我如何对待这张钞票，你们还是想要它，因为它并没有贬值，它依旧值 20 美元。人生路上，我们会无数次被自己的决定或碰到的逆境击倒、欺凌甚至碾得粉身碎骨，我们觉得自己似乎一文不值。但无论发生了什么，或将要发生什么，在上帝的眼中，你们永远不会丧失价值。在他看来，肮脏或洁净,衣着整齐或不整齐,你们依然是无价之宝。生命的价值不依赖于我们的所作所为,也不仰仗我们结交的人物,而是取决于我们本身! 我们是独特的——永远不要忘记这一点!"

[美]梅 尔

思维悟语

我们的价值只取决于我们本身,无论成长的路上曾受到怎样的待遇:被困难阻挡,被逆境围困,甚至被人嘲笑,但只要我们有一颗积极向上的心灵,就不会被困难击倒。让自己勇敢地面对一切困境吧,这就是生命的价值。

(毛淑芬)

主 动 人 生

只有当你主动时,人生才会充满动力和乐趣,在成功的路上才越走越远。

美国工商管理学院的入学能力测试 GMAT 考试中,语法考试有一个特点,就是主动语态和被动语态的对错考试。在一般的英语语法中,主动语态和被动语态都被认为是正确的表达,但在 GMAT 考试中,假如一句话能用主动语态来表达而用了被动语态,就算是绝对的错误。比如说"作业被我做完了"一定要说成"我把作业做完了"才对。只有当

实在找不到主动者时才能用被动语态,如窗户破了又不知道是谁打破的,才能说"窗户被打破了"。

为什么会是这样呢? 其实,这种考试中对主动、被动语态的敏感区别,背后隐藏了一个重大的命题,那就是对考试的人面对所发生的事情用主动思维还是用被动思维的区别。一个习惯于用被动思维的人会不自觉地用被动的方式来回答问题。工商管理学院的学生,毕业后都要进入各大公司或机构做管理工作,管理工作中最重要的素质之一就是要有主动沟通、协调、解决问题的能力。凡是拥有主动心态的人,都比较容易成为出色的管理者。所以,GMAT 考的不是纯粹的语法问题,而是在语法背后隐藏的一个人的心态趋向。

是的,人之所以被动,主要的原因是心中没有真正重大的事情要做或心中没有远大的目标要实现。只有当你主动时,人生才会充满动力和乐趣,在成功的路上才会越走越远。所以,一生中常用主动意识,在生命中是十分重要的。

薛　峰

思维悟语

学会用主动的目光重新打量这个世界, 我们会有许多全新的体验。在"我"的世界里:作业不再枯燥,因为我在为自己汲取知识;考试不再烦恼, 因为我在检验自己的能力;运动不再疲惫, 因为我在为自己锻炼身体……从现在开始主动面对每一件事情,充满新鲜和动力的人生才会越走越快乐! 　　　　(毛淑芬)

吴士宏面试

保持昂扬向上的姿态从容踏步，才不会错过每一处精彩的风景。

经过 1999 年秋季媒体的狂炒，吴士宏已成为现代人耳熟能详的名人。在吴士宏努力向上的过程中，以她初次到 IBM 面试那段最为精彩。

当时还是个小护士的吴士宏，抱着个半导体学了一年半许国璋英语，就壮起胆子到 IBM 来应聘。

那是 1985 年，站在长城饭店的玻璃转门外，吴士宏足足用了 5 分钟时间来观察别人怎么从容地步入这扇神奇的大门。

两轮的笔试和一次口试，吴士宏都顺利通过了；面试进行得也很顺利。最后，主考官问她："你会不会打字？"

"会！"吴士宏条件反射般地说。

"那么你一分钟能打多少？"

"您的要求是多少？"

主考官说了一个数字，吴士宏马上承诺说可以。

她环顾了四周，发现现场并没有打字机，果然考官说下次再考打字。

实际上，吴士宏从未摸过打字机，面试结束，她飞也似的跑了出去，找亲友借了 170 元买了一台打字机，没日没夜地敲打了一个星期，双手疲乏得连吃饭都拿不住筷子，但她竟奇迹般地达到了考官说的那个专业水准。

过了好几个月她才还清了那笔债务，但公司也一直没有考她的打字功夫。

吴士宏的传奇从此开始。

如何抓住转瞬即逝的机会，是任何人、任何教科书都教不会你的，只有你的素质积累到了那个水准，灵感的火花才会迸发。

📖 丽　钧

思维悟语

> 彩虹的美丽，只有经历过风雨仍望向天空的人才能领悟到；在人生这条风雨兼程的路上，保持昂扬向上的姿态从容踏步，才不会错过每一处精彩的风景。从现在开始就积累我们的力量吧，自信而从容，紧紧抓住瞬间就可能错失的机会，才能开启精彩的人生！
>
> （毛淑芬）

面对最困难的问题

只有一个方法，那就是抓稳你的舵轮，让你的船头不偏不倚地迎向暴风圈继续前进。

许多人围着一位退休的老船长，听他讲述一生航海过程中的种种奇遇，其中最引人入胜的，是老船长与狂风暴雨搏斗的惊险历程。

谈到大海上变幻莫测的天气时，有人问老船长："如果你的船行驶在海面上，通过气象报告，预知前方的海面上有一个巨大的暴风圈，正向你的船袭来,请问,以你的经验,你将会如何处置呢?"

老船长微笑着反问发问的人:"如果是你,你又会如何处置呢?"

问者偏着头想了想,回答道:"返航。将船头掉转180°,远离暴风圈。这样应该是最安全的方法吧?"

老船长摇了摇头道:"不行,当你调头回航,暴风圈还是会迎向你的船;你这么做,反而将你的船跟暴风圈接触的时间,延长了许多,这是非常危险的。"

另一人道:"如果将船头向左或向右转90°,试着脱离暴风圈的威胁呢?"

老船长仍是摇摇头,微笑道:"还是不行。如果这样做,船身的整个侧面,就将暴露在暴风圈的肆虐之下,从而增加与暴风圈接触的面积,结果更加危险。"

众人不解,问道:"如果这些方法都不行,那究竟应该怎么做呢?"

老船长肯定地说道:"只有一个方法,那就是抓稳你的舵轮,让你的船头不偏不倚地迎向暴风圈继续前进。唯有这样做,才可以将船身与暴风圈接触的面积化为最小;同时,因为你的船与暴风圈彼此的相对加速度,还可以减少与暴风圈接触的时间。你将会发现,很快地,你已经安然冲过暴风圈,迎接另一片充满阳光的蓝天。"

众人听到这里一阵沉寂,不禁为老船长的智慧所折服。

颜如玉

思维悟语

老船长告诉我们:在海上,战胜狂风暴雨,最好的办法,不是逃避,而是迎接挑战。这似乎有些令人匪夷所思。听了他的讲解后,发现我们都被日常的经验束缚了。是的,面对黑暗和恐惧,最好的解决办法,不是绕开困难,而是在困难中迎接挑战,不退缩,不逃避,勇敢面对。

(赵 航)

素质创造财富

一个收破烂的人，能够想到的不仅是拾，还要改造拾来的东西，这已经不简单了。

一般人眼中，拾破烂的一定是穷人，想靠拾破烂成为百万富翁，几乎是天方夜谭，可是，真就有人做到了。

沈阳有个以拾破烂为生的人，名叫王洪怀。有一天他突发奇想：收一个易拉罐，才赚几分钱，如果将它熔化了，作为金属材料来卖，是否可以多卖些钱呢？他于是把一个空罐剪碎，装进自行车的铃盖里，将其熔化成一块指甲大小的银灰色金属，然后花了 600 元钱在沈阳市有色金属研究所做了化验。化验结果出来了，这是一种很贵重的铝镁合金！当时市场上的铝锭价格，每吨在 14000 元至 18000 元之间，每个空易拉罐重 18.5 克，54000 个就是 1 吨。这样算下来，卖熔化后的材料比直接卖易拉罐要多赚六七倍的钱。他决定回收易拉罐来熔炼。

从拾易拉罐到炼易拉罐，一念之间，不仅改变了他所做的工作的性质，也让他的人生走上了另外一条轨道。

为了多收易拉罐，他把回收价格从每个几分钱提高到每个一角四分钱，又将回收价格以及指定收购地点印在卡片上，向所有的拾荒人散发。一周以后，王洪怀骑着自行车到指定地点一看，只见很多货车在那里等他，车上装的全是空易拉罐。这一天，他回收了 13 万个，足足有

两吨半重。

　　向他提供易拉罐的同行们,卸完货便又回去拾他们的破烂,而王洪怀却彻底改变了。

　　他立即办了一个金属再生加工厂。一年内,加工厂用空易拉罐炼出了240多吨铝锭;三年内,王洪怀赚了270万元。他从一个拾荒者一跃成为一个百万富翁。

　　一个收破烂的人,能够想到的不仅是拾,还要改造拾来的东西,这已经很不简单了;改造之后还能够送到科研机构去化验,就更是具有专业眼光。至于600元的化验费,得拾多少个易拉罐才赚得回来哟,一般的拾荒人是绝对舍不得的,这就是投资者和打工者的区别。

　　虽然是个拾荒人,却少有穷人的心态,敢想敢做,而且有一套巧妙的办法。这种人,不管他眼下的处境怎样,取得成功那只是迟早的事。

鲁　稚

思维悟语

　　思想是一种力量。它可以改变一个人的生活。王洪怀不就是因为一时的突发奇想,最后实现了人生的飞跃吗?保持你的好奇心,不断地追求,或许有一天,我们可能也会因此而实现自己的人生价值。

(赵　航)

掌 握 主 动

无论面对结果多么糟糕的烦恼和痛苦，你都能掌握主动。

上周，我是宾夕法尼亚州委员协会的主旨发言人。每当听完我的演讲，人们情不自禁地告诉我他们自己的故事的时候，我总是感到既自豪又开心。这让我知道我说的事触动了他们的心灵或鼓舞了他们的精神，这正是我的目标。

那天早些时候，一位来自该州与我同地区的先生对我讲了这个故事。他讲到了战争。他曾在德国参战，经历过那段艰难的岁月。但直到他听我讲到"扭转你的逆境，控制显然超出你的控制能力"的情况时，他才想起了这个亲身经历的故事。

"说我们打败了这群德国士兵，其实他们只是放弃了。我站在一旁，几个我们的人让德国人排队集合，一个接一个地收缴德国士兵的私人物品。一些身材高大的士兵毫不挣扎地就听凭没收了手表、戒指和钱包。几个人哭泣着恳求留下他们的结婚戒指和照片，但是没有用，这就是战争。"他用一种谦低温柔的声音说。

"突然，一个站在我身边的德国人回过头，好像在找他认识的人，他抓起我的手，把他的手表放在我的手上。我一时怔住了。在附近所有的美国士兵中他选择了我。"他继续说。

他暂停片刻，看着地板，那一情景重新在他脑海里鲜活起来，他说：

"他掌握主动。知道会有人拿走他的一切——与其让人抢走——那个德国士兵选择了把它作为礼物送给他选中的人,我。"

我们所有的人都清楚战争的残暴,但让我们永远不要忘记每个参战者心中的挣扎和冲突。你现在所经历的,无论面对结果多么糟糕的烦恼和痛苦,你都能掌握主动。我鼓励你像罗伯特·H.舒勒对我们说的那样来做:"把你的伤痕变成勋章。"

[美]鲍勃·伯克思　萧善匀/译

思维悟语

很多时候,我们不能选择周围的环境,但是我们可以选择自己的表情。在最糟糕的处境中,还能给自己一个微笑,那么,我就还不是最难看的失败者!在力所能及时,主动做点什么,就能改变一些什么;我们逐渐地改变了一些什么,也就逐渐地改变了原本是另一种样子的整个人生!

(毛淑芬)

里 根 的 鞋

如果自己遇事犹豫不决,就等于把决定权拱手让给了别人。一旦别人作出糟糕的决定,到时后悔的是自己。

美国前总统罗纳德·里根小时候曾到一家制鞋店做一双鞋。鞋匠问年幼的里根:"你是想要方头鞋还是圆头鞋?"里根不知道哪种鞋更适

合自己,一时回答不上来。于是,鞋匠叫他回去考虑清楚后再来告诉他。

　　过了几天,这位鞋匠在街上碰见里根,又问起鞋子的事情。里根仍然举棋不定,最后鞋匠对他说:"好吧,我知道该怎么做了。两天后你来取新鞋吧。"

　　去店里取鞋的时候,里根发现鞋匠给自己做的鞋子一只是方头的,一只是圆头的。"怎么会这样?"他感到纳闷儿。"等了你几天,你都拿不定主意,当然由我这个做鞋的来决定啦。这是给你一个教训,不要让别人来替你作决定。"鞋匠回答。

　　里根后来回忆起这段往事时说:"从那以后,我认识到一点,自己的事自己拿主意。如果自己遇事犹豫不决,就等于把决定权拱手让给了别人。一旦别人作出糟糕的决定,到时后悔的是自己。"

汪　析/编译

思维悟语

　　人的一生,面临着无数的选择。选择自己想要的,拿定主意开启自己生活的大门,看似简单,实则艰难,因为其间有太多的顾虑和思考,太多的犹豫和辗转。不要把自己人生的钥匙交给别人掌管,而要自己把握好起飞的方向。

(史宪军)

老板与地板

勇于从不起眼儿的小事做起的人,才可能有出息,有所作为。

浙商张文荣做客《天下浙商》电视专栏。作为拥有亿万资产的公司董事长,他向主持人袒露了成功背后的一件举足轻重的"小事"。他说,他要永远感激一个人,他的爷爷。

20年前,张文荣高考落榜,每天为找工作犯愁。"振作起来,孩子,走,出去转转!"爷爷鼓励他。

"去哪儿?"张文荣望着爷爷慈祥的脸,有些茫然。"只要你跟我走就是。"爷爷语气坚定得令人毋庸置疑。

爷爷带他去的地方竟是他再熟悉不过的露天市场。

他们在一位卖棒冰的年轻人身边停下来。三伏天,市场闷热得像个蒸笼,卖棒冰的年轻人大汗淋漓,但一门心思地做着生意,没舍得吃一串棒冰,为自己降降温。张文荣对那年轻人投以不屑的一瞥,年轻人却全然不予理会,过来热情地和他们打招呼:"来两串,爷们!甜脆可口,解暑去温。包你下一次还来买。"话到手到,两串棒冰已举到他们面前。张文荣催爷爷离开,爷爷却意外地买下了两串棒冰:"真是了不起的年轻人,英雄啊!"爷爷发出了一连串"英雄啊"的赞叹。这令张文荣很是诧异。过后问爷爷,为什么如此欣赏他。

爷爷问张文荣:"这活计,你能干吗?"

张文荣摇摇头。

"为什么？怕人家笑话，怕丢面子，是吧？"爷爷说出了张文荣的心思，继而正色道，"然而，这正是他最可贵的地方！他能干得来，你却不屑于去干。他和你一样，也是年轻人，他难道不怕人家笑话吗？"

　　"我要干，就干个项目。找个更体面的事来做！"张文荣雄心勃勃地说。

　　"你错了！"爷爷严厉地反诘道，"那年轻人何尝没有你的想法？何尝不想找个更体面的事做呢？"

　　张文荣沉默了。

　　"记住，这个世界没有什么事做不来。机会不会自动上门来找你。要面子，就不要怕丢面子！况且，那年轻人是靠自己流汗做生意，有什么不体面的呢？"

　　爷爷的话深深刺伤了张文荣的虚荣，深深地震撼了他。他决定也和那年轻人一样去试一试。

　　听说孙子也要卖棒冰，70岁的爷爷高兴得几乎跳起来：

　　"孙子是好样的，将来你会有出息的！"

　　正是爷爷的鼓励和引导，使年轻的张文荣走上了艰苦的经商之路。初起小打小闹，做小本生意。市场是一个老师。悟性较高的文荣，渐渐从市场学到了"你无我有，你有我优，你优我新，你新我转"的经营策略。激烈的市场竞争锤炼了张文荣乐观自信、坚忍不拔的性格。

　　20年后，他发达了，成了拥有亿万资产的公司老板。

　　在接受采访时，他说："人不可能天生就是老板，注定做大事的，勇于从不起眼儿的小事做起的人，才可能有出息，有所作为，温州人当得了老板，也睡得了地板。是爷爷教会我这一切的。"

　　地板、老板，一字之差，意思相去甚远。但二者何尝没有必然的联系呢？张文荣的人生经历不正说明了这一点吗？

林伯春

思 维 悟 语

心高气傲的人梦想一步登天,望不见脚下的路,他的梦想就只能是空想;脚踏实地的人,每一步都留下了一个脚印,他的行程也就越来越远。只有从点滴小事做起,才能完成从无到有的积累、从大到小的发展,才能拥有我们真正的事业! (毛淑芬)

鹰背上的小鸟

只要你愿意,你就可以飞得更高一些!

当我还是一个小女孩的时候,母亲给我讲过一个故事:有几只鸟在争论,谁能飞得更高,最后它们决定来一场比赛。鹰觉得它肯定能飞得最高,它就越飞越高,直到它不能再往上飞了。这时候其他的鸟都已经回到地上,只有鹰高高地飞在天上没有回来。但是它没有想到,在它的背上趴着另一只很小的小鸟。当鹰已经飞不动的时候,这只小鸟从它的背上飞了起来,飞得比鹰还要高。我之所以喜欢这个故事,是因为它像我们的生活,我们每个人都可以飞得更高一些。但是我们能飞多高呢?在很大程度上要依靠我们下面的那只鹰。我想,在我生活中帮助过我的那些人,就像那只鹰,像那只鹰身上的羽毛,每一根羽毛都能帮助我飞得更高。

当我才 10 岁的时候,我有一个疯狂的梦想,想到非洲去。所有的

人都笑话我，只有我的母亲支持我。因为在那个时代，我们家甚至连一辆自行车都买不起，而非洲被大家认为是一个几千英里以外的遥远的地方，谁能想得到我们能有钱到非洲去呢？这是难以想象的事情。但是我母亲说，珍，如果你真的想做到这一点的话，你就应该努力地工作，永远不要放弃，将来总有一天，你能够实现它。我没有走正规的方式从中学到大学，然后毕业以后再到非洲去。我当时用了 5 个月的时间到餐馆去打工，攒够能往返非洲的船票的钱。然后，在 23 岁那一年，我和家里人告别，从此踏上了一条神奇的探险的道路，而这条道路直到今天还没有结束。

菲菲是我从开始研究黑猩猩到现在仍然活着的唯一的一只黑猩猩，现在已经 42 岁了。它有时候会坐下来很悲哀地看着我。早年的日子里那些人那些其他的黑猩猩早都去世了，早年发生的事情只有我和菲菲记得。但有一件事：我永远不知道它内心深处在想什么，我也不知道它是怎么想我的。虽然经过了 40 多年，黑猩猩的内心世界对我仍然是个秘密。

[英]珍·古道尔

思维悟语

  站在巨人的肩头上，才能看得更远；树立高远的目标，我们的追寻才变得不同寻常。如果从一开始，为自己选择的就是一条平庸的道路，即使我们不断努力，也很难拥有非凡的人生。我们的生活就是这样，只要你愿意，你就可以飞得更高一些！　　　（毛淑芬）

有志者,事竟成

没有什么注定不能,只要你从现在就开始去做!

一天,明朝的医学家李时珍出诊归来,渔民老庞又焦急地把他请走了。原来老庞的妻子得了急病,就请江湖医生开了个方子,不料把药服下去后,病情反而更加重了。

到了庞家,李时珍把江湖医生开的药方看了几遍,没有发现什么问题,便倒出药渣查看,结果发现药渣里面竟有"虎掌",这是药方上没有开的药,而在药方上开了的"漏篮子",药渣里面却又没有。于是李时珍断定,这是药铺发错了药。

老庞一听,大骂药铺老板。可李时珍却说:"这要怪旧《本草》书,《日华本草》说'漏篮子又名虎掌',这是错的,所以药铺老板才配错了药。"

回到家里,李时珍一直琢磨这件事,决心要自己编写一部新"本草"。他父亲听了,说:"重修本草,只靠私人的力量是办不到的。许多旧'本草',都是官方修成的。"李时珍想,等待官家修订"本草",不知要等到何年何月,不知还会有多少人因发错药而受害。于是下定决心:一定要编出一部新本草来。他重新研读旧"本草",在研读过程中,他摘引资料,写了大量的读书笔记。

公元 1552 年,李时珍 35 岁,开始了编写《本草纲目》的工作。他

"搜罗百氏"，"访采四方"，常常头戴斗笠，肩背药篮，带领徒弟庞宪、儿子建元一起，亲自到山林、田野、江湖去观察、采集药物标本，广泛搜集民间治病的经验，虚心向当地群众学习、请教。农民、渔民、猎人、樵夫、药农、果农、老菜农、工匠等，都成了李时珍的老师和朋友。他的足迹遍及大江南北，对祖国的药用植物、动物、矿物作了广泛的实际考察，还亲自对一些药物进行栽培、炮制和临床试用。在李时珍 61 岁那年，《本草纲目》经过三次修改，终于脱稿了。

《本草纲目》收载药物 1892 种，药方 11096 个，插图 1110 幅，成为我国的医药经典。

陈堂君

思维悟语

命运是怎样被我们把握并开始改变的呢？当我们明确了自己的目标，并立刻开始努力的时候，命运就掀开了新的篇章。总有些事情，在我们看来是非常困难、不可能实现的；也总有些事情，在一点一滴的努力过程中，逐渐改变了原来的样子。没有什么事情注定不能，只要你从现在就开始去做！

（毛淑芬）

英 雄 与 门

要成为真正的英雄，首先要敢于打破把自己隔开的种种门，
今天你的举动，足以证明你向英雄的目标迈出了第一步。

有一位青年，经过 3 个月的跋山涉水，终于找到了日思夜想的智者——在深山里的一间小木屋里。

青年走上前去敲门："我不远万里而来，就是想弄明白一个问题：怎样才能成为真正的英雄？"智者在屋里面说："现在晚了，你明天再来吧！"

第二天一早，青年又去敲门。智者说："现在太早了，我还没到起床的时候，你明天再来吧！"

第三天一早，青年又去敲门。智者说："现在你来得太迟了，我要去晨运，你明天再来吧！"

青年第六次去敲智者的门时，智者又说："我要休息了，你明天再来吧！"青年怒从心起，大声说："每次你都这样推三推四，我何时才能成为真正的英雄？"青年人说完推开智者的门，直冲进屋里去。智者笑眯眯地看着怒发冲冠的青年人，说："要成为真正的英雄，首先要敢于打破把自己隔开的种种门，今天你的举动，足以证明你向英雄的目标迈出了第一步。"

 吕旭茂

千里之行,始于足下。也许你有梦想,而且已经订好了行动的方案和计划,甚至还制订了补救的措施,但是如果不行动,不敢走出第一步,那你准备的一切都不再是梦想,而是空想。把梦想变为事实的唯一途径,只有一条,那就是立即行动。(海 星)

逾越一朵花的距离

有时,希望与我们只相隔一朵花的距离,有些人因为无动于衷、消极等待而失之交臂,而有些人只是动了一下手指,奇迹就会出现在眼前。

香子兰是一种豆科植物,它在花落后会结出豆荚形的果实。成熟的香子兰果实晒干变黑后,就会成为散发浓郁香味的香料,这种香料,可以被广泛用于食品和化妆品。由于产量低,其价格仅次于藏红花,是世界第二昂贵的调味"香料之王"。最初,香子兰只生长在墨西哥,这是因为只有墨西哥特有的长鼻蜂才能给它授粉。因为香子兰果实的珍稀与贵重,当地的印第安人部落经常为争夺它而发生武力冲突。

1793 年,南印度洋留尼汪火山岛上的居民引进了香子兰和为之授粉的长鼻蜂。那年春天,香子兰在岛上生长茂盛,并开出了淡黄色的花朵,这令留尼汪人很高兴。但令人们想不到的是,那些长鼻蜂竟然出了问题:它们无法适应火山岛上的生活,最后都死去了;而当地蜜蜂对这

种外来植物毫无兴趣。

　　香子兰的花期短暂，每朵花只开一天，没有授粉者，就意味着这些花朵全部凋谢也结不出一颗果实。人们心急如焚，却只能眼看着花谢而绝望。

　　一天，一个心有不甘的留尼汪人偶然用手捻了一下一朵香子兰花的花蕊，没想到这一捻竟捻出了奇迹，不久以后，这株香子兰结出了香喷喷的果实。这样，岛上的人们才知道，香子兰是雌雄同体的植物，没有长鼻蜂，人工也可以为它授粉。这个发现，使得香子兰的足迹开始遍及全世界。

　　如今，每当香子兰花开时，人们只要随身带一根长长的针，刺一下花蕊，就完成了授粉任务。香子兰的故事告诉我们：有时，希望与我们只相隔一朵花的距离，有些人因为无动于衷、消极等待而失之交臂，而有些人只是动了一下手指，奇迹就会出现在眼前。

　　🌹 感　动

思维悟语

　　我们为了心中的希望不懈地追求着。有时候，希望是那么的遥遥无期，就好像永远也不可能实现一般。突然有一天，灵光闪现，才发现原来希望离我们很近很近，近得只有那么一朵花的距离。

（赵　航）

愿望与成功之间

有些事情一些人之所以不去做,只是他们认为不可能。有许多不可能,只存在于人的想象之中。

1864 年,美国南北战争结束,一位叫马维尔的记者采访林肯。

记者:据我所知上两届总统都曾想过废除黑奴制,《解放黑奴宣言》也早在他们那个时期就已草就, 可是他们都没拿起笔签署它。请问总统先生,他们是不是想把这一些伟业留下来,给您去成就英名?

林肯:可能有这意思吧。不过,如果他们知道拿起笔需要的仅是一点勇气,我想他们一定非常懊丧。

这段话发生在林肯去帕特森的途中, 马维尔还没来得及继续问下去,林肯的马车就出发了,因此,他一直都没弄明白林肯的这句话到底是什么意思。直到 1914 年,林肯去世 50 年后,马维尔才在林肯致朋友的一封信中找到答案。在信里,林肯谈到幼年的一段经历:

"我父亲有一处农场,上面有许多石头。正因如此,父亲才得以较低价格买下它。有一天,母亲建议把上面的石头搬走。父亲说如果可以搬走的话,主人就不会卖给我们了,它们是一座座小山头,都与大山连着。

"有一年,父亲去城里买马,母亲带我们在农场劳动。母亲说:'让我们把这些碍事的东西搬走,好吗?'于是我们开始挖那一块块石头,不长时间,就把它们弄走了。因为它们并不是父亲想象的山头,而是一块块孤零零的石块,只要往下挖一英尺,就可以把它们晃动。"

林肯在信的末尾说,有些事情一些人之所以不去做,只是他们认为不可能。有许多不可能,只存在于人的想象之中。

读到这封信时,马维尔已是 76 岁的老人了,也就是在这一年,他正式下决心学外语。据说,1922 年,他在广州采访孙中山时,是以流利的汉语与孙中山对话的。

刘燕敏

思维悟语

生活中有很多不可能,它只是我们意识里的不可能,而并非行动上的不可能。不要被别人的经验和他们认为的困难吓倒,自己去尝试一下,也许,那对你来说根本就不是困难,你所需要的仅仅是行动的勇气。

（赵 航）

再添一把柴

其实,有时成功离我们只有一步之遥了,关键时刻,也正是再添一把柴的时候。

有一个商人,当有人问其成功的秘诀时,他只说了一句话:再添一把柴。

很久以前看过这样一幅漫画:一个挖井的人,他一连挖了好几口

井，都没看到水。并不是没有水，事实上他只要将其中任意一口井再挖深一点点就行了，但他没有，结果所有的工夫都白费了。

在现实生活当中，我们总是抱怨这个世界提供给我们的机遇太少；而一旦机遇来了，抓住了，又抱怨成功太难。尽管我们曾经也投入过、拼搏过，但就在成功即将来临的时候，我们却退缩了，放弃了。我的一位朋友就是这样：一个偶然的机会，他相中了一种新产品，并满怀信心地将它推向市场，一段时日后，这种新产品并没有像他预料的那样给他带来可观的利润，便咬咬牙又撤了回来。不久，这种新产品再次在市场上出现，竟然十分畅销。后来，朋友懊悔不已，说在这种产品还没有被大众所了解和接受的时候他强调的只是结果；当这种产品逐渐得到人们的认同时，他却撤了回来，结果让别人捡了个大便宜。

其实，有时成功离我们只有一步之遥了，关键时刻，也正是再添一把柴的时候。

再添一把柴，99℃的水就能达到沸点！

梦天岚

思维悟语

很多人在关键时候都没有再添一把柴，因为他们觉得再继续下去也不能成功，还不如放弃。其实他们不是不能坚持，而是没有了坚持下去的勇气和信心。再坚持一点点，对所做的事多抱一份信心，也许下一把柴火就能把你带到成功的彼岸。 （黄晶晶）

选择你最需要的

　　苏格拉底的弟子向他请教怎样才能找到理想的伴侣。苏格拉底让他们从田埂走过，并摘一个最好的麦穗。第一个弟子没走几步就摘了一个麦穗，但他发现前面还有更好的时，却没有机会了。第二个弟子不断提醒自己，后边还有更好的，可当他快到终点时才发现机会全错过了。第三个弟子走过全程 1/3 时，即分出大、中、小三类；再走 1/3 时，验证是否正确；等到最后 1/3 时，他选择了属于大类中的一个美丽的麦穗。

　　鱼与熊掌不可兼得，因此我们必须学会选择，懂得放弃。选择你最需要的，才能拥有美好的人生和成功的事业。

做自己擅长的事

一个人所成就的事业，必然是这个人的特长，舍长取短是天下最愚蠢的人才干的事。

迈克生于一个物理学之家，父母都是物理界的知名学者。

父母都希望他们的孩子将来也成为物理学界泰斗，于是夫妇俩从小便向迈克灌输各种物理知识；但不知什么原因，小迈克却无论如何对物理提不起兴趣，却对经商情有独钟。他在夜里偷偷地学习有关商业及商业管理方面的知识，几乎到了如饥似渴的地步。

但他无法违背固执父母的意愿。成年后，他不得不到父亲所在的学校教物理。但他知道，物理绝不是他的所长，他相信，他的经商才能与商业知识，足以使他在商界成名。

终于，父母放弃了对他的要求，却不提供任何帮助。若干年后，积累了丰富商业知识的迈克终于在商场上有了自己的一块领地，成为英国首屈一指的房地产大亨。

一位哲人曾经说过："一个人所成就的事业，必然是这个人的特长，舍长取短是天下最愚蠢的人才干的事。"

超人的智慧、进取的态度、恒久的毅力和对目标的执著追求是成功的主要因素。如果我们用心观察那些成功的人，几乎都有上述特征。在这当中，脚踏实地做自己擅长的事，恐怕又算是一个法宝。

人生是短暂的，因为世界上没有人是万能的，每个人总会有自己不

会做或不擅长做的事情。聪明人绕开短处，经营长处，把智慧用在自己擅长的方面，就很容易在人生的赛场上领先别人、领跑大众；而愚蠢的人则抛弃长处，经营短处，把心思和精力用在自己不熟悉或不擅长的方面，结果是永远落在别人的后面，永远在泥沼中跋涉，永远与成功无缘。

🌿 王文华

思维悟语

　　每个人来到这个世界，要做的事情就是用自己最擅长的一面去经营人生、丰富生命，最终实现生命的意义和人生的价值。在成长过程中，你必须学会寻找和发现自己的长处，并尽最大努力让其发挥出光和热，来照亮和温暖我们的人生。　（史宪军）

舍得实在是一种哲学

蛇在蜕皮中长大，金子在沙砾中淘出，按摩是疼痛后的舒服，春天是走过冬天的繁荣。

　　世界是阴与阳的构成，人在世上活着也就是一舍一得的过程。我们不否认我们有着强烈的欲望，比如面对金钱、权势、声名和感情，欲望是人的本性，也是社会前进的动力。但是，欲望这头猛兽常常使我们难以把握，不是不及，便是过之，于是产生了太多的悲剧：有人愈是要获

得愈是获得不了，有人终于获得了却大受其害。会活的人，或者说取得成功的人，其实懂得了两个字：舍得。不舍不得，小舍小得，大舍大得。翻读古书，历史上有许多著名人物，韩信能胯下受辱方成大器；勾践卧薪尝胆终得灭吴；田忌与齐王赛马，以下驷对齐上驷、上驷对齐中驷、中驷对齐下驷，舍了小负之悲，得了全胜之喜。人是如此，万事万物何尝不也是这样呢？蛇是在蜕皮中长大，金子在沙砾中淘出，按摩是疼痛后的舒服，春天是走过冬天的繁荣。

回顾我们经历过的事吧，许多时候我们因没有小忍而坏了大谋；许多时候我们因吃了一点亏懊丧不已，不久却赢取了好利；为了保持我们的本真没有被一时的浮华迷惑，声名太盛则又使我们失去了行动的自在。舍舍得得、得得舍舍就充满在我们琐碎的日常生活中，演绎着成功和失败的故事啊。舍得实在是一种哲学，也是一种艺术。

贾平凹

思维悟语

舍得，是一种人生智慧——有失必有得，有得必有失。人生正是在我们对得到与失去之间做出抉择时创造的。因此，要做一个成功的人，就必须本真、诚恳地面对得与失的抉择。把握自己，把握得失，舍得抛弃那些不该得到的东西，这决定着人生的成败。

（史宪军）

四面八方

一切都在变化,在四面之外,尚有八方。

人做出选择的时候,常把结论提前做出来,选其一。

这有可能是错误的开始。给变化中的事情做一个结论,或许禁不住推敲。就像在医院的婴儿室,看不出婴儿未来的相貌特征,更判断不出他以后会怎么样。结论永远在时间手里,而不是在人的手里。

把结论分成对立的两种:非好即坏、水火不容,是导致判断失误的根源。事情的结果可能有几种、甚至几十种以上的发展方向,怎么会是两种呢? 为什么非要二选其一呢?

二选一,是一种社会的习惯,以及方便的习惯,并不缜密。人们在学校做二选一的训练,在填表时也要二选一。这是归纳或规范,并不是生活本身。

"十字路口"这个词,常常是用来吓唬人的,仿佛一失足成千古恨。在人的生活中,不仅有十字路口,还有米字路口、交叉循环路口,不一定非东即西、非南即北。

佛经有一个"卍"字图案耐人寻味。从方向度说,它指东南西北,也指东南、西南、东北、西北,所谓四面八方。同时,它是轮,表示转动。

一切都在变化,在四面之外,尚有八方。因此,是与非、对与错、进与退、得与失这种判断,常常是不准确的。

 鲍尔吉·原野

在做重要决定的时候,应该多想一些可能性。四面八方之间,可能有太多的遗憾来自我们的武断。记住生命的多样性,多种可能性;记住我们的未来由无数未知组成。面对选择,要开动大脑,积极思维,慎重取舍,在取舍间实现自己的梦想。   (王倩)

不要等到比原来还少

人的欲望是无法满足的,而机会却稍纵即逝;贪欲不仅让我难以得到更多,甚至连原本可以得到的也将失去。

小时候,有一次和祖父进林子去捕野鸡。祖父教我用一种捕猎机,它像一只箱子,用木棍支起,木棍上系着的绳子一直接到我隐蔽的灌木丛中。只要野鸡受撒下的玉米粒的诱惑,一路啄食,就会进入箱子。我只要一拉绳子就大功告成。

支好箱子,藏起不久,就飞来一群野鸡,共有九只。大概是饿久了,不一会儿就有六只野鸡走进了箱子。我正要拉绳子,又想,那三只也会进去的,再等等吧。等了一会儿,那三只非但没进去,反而走出来三只。我后悔了,对自己说,哪怕再有一只走进去就拉绳子。接着,又有两只走了出来。如果这时拉绳,还能套住一只,但我对失去的好运不甘心,心想,总该有些要回去吧。终于,连最后那一只也走出来了。

那一次,我连一只野鸡也没能捕捉到,却捕捉到了一个受益终生的道理:人的欲望是无法满足的,而机会却稍纵即逝;贪欲不仅让我难以得到更多,甚至连原本可以得到的也将失去。

📖 澜 涛

思维悟语

捕捉野鸡,就像捕捉人生中成功的时机,做好准备后,我们往往失败于内心贪婪的欲望,往往会失手于那些等待中的焦虑……捕捉时机,捕捉机遇,需要我们更加平心静气地把握时机。牢牢抓住机遇,不要等到它们都失去,才懊悔不及。　　(王 蕴)

一生只做一件事

成功不在于做事的多少,而在于能否坚守自己的信念,用心去做,不因为外界的怀疑和干扰而改变最初的梦想。

为什么一生只做一件事,听我慢慢道来!我家门前有两家卖老豆腐的小店。一家叫"潘记",另一家叫"张记"。两家店是同时开张的。刚开始,"潘记"生意十分兴隆,吃老豆腐的人得排队等候,来得晚就吃不上了。潘记的特点是:豆腐做得很结实,口感好,给的量特别大。相比之下,张记老豆腐就不一样了,首先是豆腐做得软,软得像汤汁,不成形

状；其次是给的豆腐少，加的汤多，一碗老豆腐半碗多汤。因此，有一段时间，张记的门前冷冷清清。

有一天早上，因为我起床晚了，只好来到张记的豆腐店。吃完了一碗老豆腐，老板走过来，笑着问我豆腐怎么样。我实话实说："味道还行，就是豆腐有点儿软。"老板笑了笑，竟有几分满意的样子。我说："你怎么不学学'潘记'呢？"老板看着我说："学他什么呀？"我说："把豆腐做得结实一点儿呀！"老板反问我："我为什么要学他呢？"沉思了一下，老板自我解释说："我知道了，你是说，来我这边吃豆腐的人少，是吗？"我点点头。老板建议我两个月以后再来，看看是不是会有变化。

大概一个多月后，张记的门前居然真的排起了长队。我很好奇，也排队买了一碗，看看碗里的豆腐，仍然是稀稀的汤汁，和以前没什么两样，吃起来，也是从前的味道。老板脸上仍然挂着憨厚的笑，我也笑着问："能告诉我这其中的秘诀吗？"

老板说："其实，我和'潘记'的老板是师兄弟。"我有些惊讶："那你们做的豆腐不一样呀？"老板说："是不一样。我师兄——'潘记'做的豆腐确实好，我真比不上，但我的豆腐汤是加入好几种骨头，配上调料，再经过 12 个小时熬制而成，师兄在这方面就不如我了。"见我还有些不解，老板继续解释："这是我师傅特意传授给我们的。师傅说，生意要想长远，就必须有自己的特长。师傅还告诉我们，'吃'的生意最难做，因为众口难调，人的口味是不断变化的，即使是山珍海味，经常吃也会烦，因此师傅传给我们不同的手艺。这样，人们吃腻了我师兄的豆腐，就会到我这里来喝汤。时间长了，人们还会回到我师兄那里；再过一段时间，人们又会回来我这里。这样，我们师兄弟的生意就能比较长远地做下去，并且互不影响。"我试探地问："你难道就不想跟师兄学做豆腐吗？"老板却说："师傅告诉我们，能做精一件事就不容易了。有时候，你想样样精，结果样样差。"张记老板的这番话，我以为除与老豆腐有关外，与一个人的择业、一个人一辈子的坚守，似乎都有些关联……

 木 川

思维悟语

有的人虽然聪明,但总是改换目标,结果哪件事都做不长,到头来一事无成;有的人一辈子就坚持做一件事,认真地把它做好,照样也能够成功。成功不在于做事的多少,而在于能否坚守自己的信念,用心去做。

(黄晶晶)

酱园里的蛙

当人久处一地时,总有"跳出去"的欲望,认为只有"跳出去"才能生活得更美好,却不知"跳出去"有时也很糟。

酱园里的一口空缸里,生活着一只蛙。

这只蛙非常的苦闷,水只有浅浅的水,天只有巴掌大的天,自己看到的仅限于缸的四壁和天上的流云,听到的仅是缸外临近的声音,其他再也感觉不到什么。如此的孤陋寡闻,如此单调的生活使它常常哀叹自己的境地:还不如一只井底之蛙!

叹息之余便去尽力想象缸外的天地,有足够大的水池可供游泳,有足够大的陆地可供跳跃,有足够大的空间可供远望。渐渐地它心中积起一个欲望——跳出去!

跳出去!跳出去!可是缸太深,水太浅,跳了数次却是连连碰壁。后来一夜大雨成全了它,水一下涨了半缸,它趁机一跃跳上了缸口。它不胜喜悦："这下好了，终于可以跳出去了，终于可以跳出去了！"它欢呼着向缸外的空地跳出去，却不料"扑通"一声落进了毗邻的盐水缸里。于是，后果可想而知。

"跳出去，跳出去"，这是人生常有的欲望。当人久处一地时，当人工作不如意时，总有"跳出去"的欲望，认为只有"跳出去"才能大显身手，只有"跳出去"才能生活得更美好，却不知"跳出去"有时也很糟。

王　邺

思维悟语

很多时候，我们在不如意时的第一反应就是离开。似乎只有离开才有更精彩的人生，只有离开才有更美满的幸福，其实不然，如果没有找到令我们不如意的原因，而一味只谈"离开"，很可能会在离开后情况会更糟糕。所以，看清情况，做好充分准备，才是"离开"的前提。

（史宪军）

大路的尽头没有宝

前人走过的路，并不一定通往成功。不可迷信经验，已被踏平的大路尽头，绝没有价值连城的宝藏供你们采掘。

传说在浩瀚无际的沙漠深处，有一座埋藏着许多宝藏的古城。要想获取宝藏,必须穿越沙漠,战胜沿途数不清的机关和陷阱。

很多人对沙漠古城里这样一批价值连城的财宝心驰神往,却又没有足够的勇气和胆量去征服沙漠以及杀机四伏的陷阱。这批珍贵的财宝,就这样在沙漠古城里埋藏了一年又一年。有一天,一个勇敢的人听爷爷讲了这个神奇的传说,决定去寻宝。勇士准备了干粮和水,独自踏上了漫长的寻宝之路。

为了在回程的时候不迷失方向,这个勇敢的寻宝者每走出一段路,便要做上一个非常明显的标记。虽然每进一步都充满艰险,勇士最终还是找出一条路来。就在古城已经遥遥相望的时候,这个勇敢的人却因为过于兴奋而一脚踏进布满毒蛇的陷阱,眨眼间便被饥饿的毒蛇吞噬。

沙漠再次陷入寂静。

过了许多年,终于又走来一个勇敢的寻宝人。他看到前人留下的标记,心想:这一定是有人走过的,既然标记在延伸说明指路人安全地走下去了,这路一定没错!沿着标记走了一大段路,他欣喜地发现路上果然没有任何危险。

他放心大胆地往前走,越走越高兴,一不留神,也落进同样的陷阱,成了毒蛇的美餐。

······

最后走进沙漠的寻宝人是一位智者。他看着前人留下的标记想:这些标记可不能轻信,否则,寻宝者为什么都一去不复返了呢? 智者凭借着自己的智慧,在浩瀚无际的沙漠中重新开辟了一条道路。他每迈出一步都小心翼翼,扎实平稳。最终,这位智者战胜了重重险阻抵达古城,获得宝藏。

智者在临终前对自己的儿孙说:前人走过的路,并不一定通往成功。不可迷信经验,已被踏平的大路尽头,绝没有价值连城的宝藏供你们采掘。即使原来真有宝藏,那也早已经被那些更早踏上这条道路的人采掘干净了。

李智红

169

智者的智慧保全了他的性命,也帮他寻到了宝藏。这智慧其实非常简单,那就是——走自己的路。无论我们要做什么事情,想要比别人领先一步,更加成功,就绝对不能重走他人开辟的旧路,因为那里已无潜能可挖,已无潜力可寻。走自己的路,唱自己的歌,开拓出属于自己的生活。

(史宪军)

一则为青年人而作的寓言

当画家再取回画时,他发现画面又被涂遍了记号。一切曾被指责的笔画,如今却都换上了赞美的标记。

从前,有一位画家想画出一幅人人见了都喜欢的画。画毕,他拿到市场上去展出。画旁放了一支笔,并附上说明:每一位观赏者,如果认为此画有欠佳之笔,均可在画中着上记号。

晚上,画家取回了画,发现整个画面都涂满了记号——没有一笔一画不被指责。画家十分不快,对这次尝试深感失望。

画家决定换一种方法去试试。他又摹了一张同样的画拿到市场上去展出。可这一次,他要求每位观赏者将其最为欣赏的妙笔都标上记号。当画家再取回画时,他发现画面又被涂遍了记号。一切曾被指责的笔画,如今却都换上了赞美的标记。

170

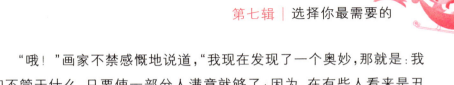

"哦！"画家不禁感慨地说道，"我现在发现了一个奥妙，那就是：我们不管干什么，只要使一部分人满意就够了；因为，在有些人看来是丑恶的东西，在另一些人眼里则恰恰是美好的。"

思维悟语

同样的一幅画，同样的地方，有人指责，有人欣赏。原因是每个人的出发点不一样。假如这位画家被人指责后就认为自己真的不行，毛病多多，缺点无数的话，那他还有什么信心继续坚持作画呢！所以，有时候，别人的话也不可全当真，尽力做自己想做的事，只要是对的就坚持下去，总会有人欣赏的！　　（高　洁）

三句箴言

住持在引导商人的同时也教会了我们：学会适时放弃，学会从容以对，学会开阔胸襟。

一位商人经营失败，负债累累，苦闷至极。走投无路之际想剃度为僧，于是打点行装到了深山里的一座寺庙中。当他将想法向住持和盘托出后，住持婉拒，只说了一句话："登山吧！"于是他向庙后的山上攀去。

商人见状，便亦步亦趋地跟着爬山。由于背着行囊，不一会儿就累得气喘吁吁。住持对商人说："放下也是一种智慧呀！"商人便把行囊搁在一边，顿时感到轻松多了。商人想：不懂得放下，只会越走越沉重。看来，人生也像负重登山，该放下时就得放下。山太大、太高。商人性急，由于心急火燎，一会儿就大汗淋漓并崴（wǎi）了脚。住持慢吞吞地停下步子，找了块大青石招呼商人坐下歇歇，并给他的脚按摩。之后悠悠地说："后生，从容也是一种操守啊！"商人联想到自己经商不是循序渐进，而是贪大求多，想一口吃成胖子，结果造成失利。住持的一句话又使他受益匪浅。

说说笑笑之中，不觉登上山顶，视野顿时开阔。万山如浪，尽在脚底，使人胸臆顿敞。住持意味深长地对商人说："开阔也是一种境界啊！"

🍂 韩 杰

思维悟语

住持在引导商人的同时也教会了我们：学会适时放弃，学会从容以对，学会开阔胸襟。这三句箴言，包含着人生智慧的哲理。放弃包袱，才能轻松前进；从容面对，才不会被贪欲冲昏了头脑；开阔胸襟，才能让自己不被琐碎的小事纠缠不休。想要成功，我们也要记住这三句箴言。

（史宪军）

不同的山坡

弯曲，并不是低头或失败，而是一种弹性的生存方式，是一种生活的艺术。

加拿大魁北克有一条南北走向的山谷。山谷没有什么特别之处，唯一能引人注意的是它的西坡长满松、柏、女贞等树，而东坡却只有雪松。这一奇异景色之谜，令许多人感到疑惑，后来，揭开这个谜的竟是一对普通的夫妇。

那是 1993 年的冬天，这对夫妇的婚姻正濒于破裂的边缘，为了找回昔日的爱情，他们打算做一次浪漫之旅，如果能找回那份爱情就继续生活，否则就友好地分手。他们来到这个山谷的时候，下起了大雪，他们支起帐篷，望着漫天飞舞的大雪，发现由于特殊的风向，东坡的雪总比西坡的大且密。不一会儿，雪松上就落了厚厚的一层雪。不过当雪积到一定程度时，雪松那富有弹性的枝丫就会向下弯曲，直到雪从枝上滑落。这样反复地积，反复地压，反复地弯，反复地落，雪松完好无损。可其他的树，却因没有这个本领，树枝被压断了。妻子发现了这一景观，对丈夫说："东坡肯定也长过杂树，只是不会弯曲才被大雪摧毁了。"少顷，两人像突然明白了什么，拥抱在一起。

生活中我们承受着来自各方面的压力，它们积累着，终将让我们难以承受。这时候，我们需要像雪松那样弯下身来，释下重负，才能够重新挺立，避免压断的结局。弯曲，并不是低头或失败，而是一种弹性的生存方式，更是一种生活的艺术。

思维悟语

中国有俗语云：大丈夫能屈能伸。能屈能伸的人是心怀智慧的人，也是生存能力最强的人，是人们眼中真正的"大丈夫"。学会适当"弯曲"，才能让我们无论在顺境还是逆境都能从容面对，坦然处之。面对压力，我们选择弯曲还是断裂，全在我们自己。

（史宪军）

放弃是福

适时地放弃,有时可以得到更多;改变事事不放的心态,才可以改变强者生存的命运法则。

    Discovery(发现)频道里有这样一部纪录片:在夏日枯旱的非洲大陆上,一群饥渴的鳄鱼陷身于快要干涸的池塘里,池塘里的水越来越少,最强壮的鳄鱼已经开始吃掉同类,眼看一场适者生存的竞争就要上演。

    这时,一只勇敢的小鳄鱼却起身离开,迈向未知的大地。

    而其他的鳄鱼,却不见离开,也许栖身在混水中,似乎总比迈向未知更安全些。池塘终于完全干涸了,唯一剩下的强者也在干渴中守着它残暴的王国死去,而那只毅然选择离开的小鳄鱼呢?却在离开的道路上找到了新的栖息地。

    原来物竞天择,强者未必生存。适时地放弃,有时可以得到更多;

改变事事不放的心态,才可以改变强者生存的命运法则。小鳄鱼的放弃,正是因为它懂得——留下最终不能生存,而离开则就有一分生的希望。正是这放弃,赐予了它全新的生命。

李 莉

思维悟语

有时放弃才有希望,连小小的鳄鱼都明白这一点,更何况聪明的我们呢？的确,面对自己所拥有的,要做出舍弃和放弃的决定,可能是一件非常困难的事情,但我们应该记住,适时的放弃往往是美好未来的开始。

（史宪军）

真 诚 舍 弃

当我们抱怨世事虚空、人情冷漠的时候,我们不妨先问问自己:你做过多少真诚的舍弃?

有个小伙子注意到阳台上他种的一盆迎春长长的枝条日渐向楼下伸展,就决定把它们拉上来固定好。但就在动手前,他打消了这个念头,他觉得这样做太小气。所以迎春很快就将一帘秀色挂在了楼下阳台。转眼是翌年春天,小伙子惊奇地发现一枝葡萄蔓攀上了他的阳台,俯身去看,却见一张美艳的脸仰起来冲他微笑。

原来,楼下人家感激小伙子的馈赠,作为回报,就种了棵葡萄让它攀上来……一来二去,楼上楼下就熟悉了。就在葡萄第二次成熟的时候,小伙子与楼下人家的女儿收获了他们成熟的爱情。

读了这个美丽的故事,我心里满是欣慰与感动。小伙子只是放手之间给别人送去了一帘绿色,却收获了意想不到的真诚和好运。

感慨之余，想起另一件事。我有一友，大学毕业后在一家工厂做事，因众所周知的原因，许多职工面临下岗，我的朋友业务一直很出色，可就在那时，他主动替一位死了妻子、一个人抚养孩子并还要照顾老人的工人下了岗。在他艰难地熬过两年时光之后，情况有了转机，工厂被一位到当地投资的华侨企业家承包了。老人得知朋友的义举后，赞叹不已，就让他坐上了总经理助理的交椅。

失之东隅，收之桑榆。尽管我们明白这个道理，但现实生活中，我们仍只是乐于获取，乐于牢牢抓住已有的一切，却不肯轻易付出。

所以，当我们抱怨世事虚空、人情冷漠的时候，我们不妨先问问自己：你做过多少真诚的舍弃？

赵功强

思维悟语

对生活斤斤计较的人，试图抓牢一切，却往往会失去更多；不问回报，懂得为需要的人舍弃，愿意默默付出的人，却总会获得无意中的惊喜。如果懂得了为他人而真正舍弃，为别人而默默奉献，才会真正品尝到那种快乐的滋味。

（史宪军）

选择你最需要的

在任何时候都选择你最需要的东西，做最需要做的事情，不要因为旁人的态度而改变你的选择。

很多时候，摆在我们面前的东西实在是太多，以至于往往难以取舍。不管怎样，最明智的做法就是：选择你最需要的。

有三个人要被关进监狱三年，监狱长允许他们三个人提一个要求。美国人爱抽雪茄，要了三箱雪茄。法国人最浪漫，要一个美丽的女子相伴。而犹太人说，他要一部与外界沟通的电话。三年过后，第一个冲出来的是美国人，嘴里鼻孔里塞满了雪茄，大喊道："给我火柴，给我火柴！"原来他忘了要火柴了。接着出来的是法国人，只见他手里抱着一个小孩子，美丽女子手里牵着一个小孩子，肚子里还怀着第三个。最后出来的是犹太人，他紧紧握住监狱长的手说："这三年来我每天与外界联系，我的生意不但没有停顿，反而增长了200%，为了表示感谢，我送你一辆劳斯莱斯！"诚然，在机会面前那三个人都是平等的，都可以选择自己需要的东西。问题在于，你要选择的是，对现在以及将来都是自己最需要的。

一家公司要招聘数人，因为那是一家规模很大、口碑很好的公司，所以前往应聘的人把办公室挤得水泄不通。于是，负责此次招聘的负责人就出来通知应聘者，让他们在楼道排队等候通知，然后逐个参加面试。就在办公室秘书出去把面试顺序告知应聘者的时候，意外发生

了。由于不小心，她的脚踏了个空，身子晃了一下，整个人滚到楼梯下。秘书的裙子一下子被撕开了一道口子，整个大腿露了出来，她的脸刷地一下子变红了；秘书的脚也扭伤了，根本不能自己站起来，只能坐在地上发出痛苦的呻吟声。应聘队伍中的一个小伙子看到这个情景，二话不说脱下外套盖在秘书身上，还抱着她往办公室走去。霎时人群里响起了口哨声。几分钟后，公司负责人走到门口当众宣布，此次招聘的名额少了一名，因为他们已经决定录用那个小伙子。也许，很多人会认为，那个小伙子当时最重要的事情就是要参加面试，但是他身边的那个秘书正处在最尴尬的境地，举手之劳就可以替人解围，把需要留给最需要的人，那又何乐而不为呢？

　　不同的选择最终会带给你不同的生活。如果你希望在人生的每个阶段都能获得成功，那么就应该在任何时候都选择你最需要的东西，做最需要做的事情，不要因为旁人的态度而改变你的选择。这样，你就可以牢牢地握住每一次成功的机会。

李　琛

思维悟语

　　选择决定生活。一个对人对己抱有良好心态的人，在面临选择时，往往能周全考虑，做出明智选择。最明智的选择，其实就是最需要的选择。做最必需的事情，面对最必需的旅程……这是人生成功的保证。

（史宪军）

第 八 辑

为自己铺路

　　日本软件银行集团公司总裁孙正义非常注重员工融入团队的能力,对于新入职的员工,他一般都会观察三天。第一天刚接触工作,不下结论;第二天大多人就能适应了,也能和同事协调起来;第三天如果没有起色,就会立即解雇。在软银,一个员工的机会取决于他和另一个员工的关系。

　　在追求成功的道路上,无论周遭的环境如何,我们都要以积极的态度面对,学会调节自己的心情,懂得关照别人就是关照自己,用合作、沟通代替对立与冷漠,学会为自己铺路。

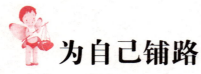

为自己铺路

在前进的路上,搬开别人脚下的绊脚石,有时恰恰是为自己铺路。

有这样两个小故事,说出来与大家一块儿分享。

第一个故事:在一场激烈的战斗中,上尉忽然发现一架敌机向阵地俯冲下来。照常理,发现敌机俯冲时要毫不犹豫地卧倒。可上尉并没有立刻卧倒,他发现离他四五米远处有一个小战士还站在那儿。他顾不上多想,一个鱼跃飞身将小战士紧紧地压在了身下。此时一声巨响,飞溅起来的泥土纷纷落在他们的身上。上尉拍拍身上的尘土,抬头一看,顿时惊呆了:刚才自己所处的那个位置被炸了两个大坑。

第二个故事:古时候,有两兄弟各自带着一只行李箱出远门,一路上,重重的行李箱将兄弟俩都压得喘不过气来。他们只好左手累了换右手,右手累了又换左手。忽然,大哥停了下来,在路边买了一根扁担,将两个行李箱一左一右挂在扁担上。他挑起两个箱子上路,反倒觉得轻松了很多。

把两个故事联系在一起也许有些牵强,但它们确实有着惊人的相似之处:故事中的小战士和弟弟是幸运的,但更加幸运的是故事中的上尉和大哥,因为他们在帮助别人的同时也帮助了自己!

在我们的人生大道上,肯定会遇到许多为难的事。但我们是不是都知道,在前进的路上,搬开别人脚下的绊脚石,有时恰恰是为自己铺路?

颜 丽

思维悟语

在自己力所能及的范围内,帮助处于困境中的人,是一种快乐;在帮助别人的同时,刚好解决了自己的问题,则是一种惊喜。我们每一个人,都是社会这张大网的节点,互相联系,不可分离;每一个节点都互相帮助,彼此依靠,这张网才会织得和谐而紧密。

(毛淑芬)

关照别人就是关照自己

关照,是一种最有力量的方式,也是一条最好的路。

美国黑人杰西克·库思是当时美国一家名不见经传的小报记者。因为种族歧视,在那家报社中他感到四面楚歌,受人排挤,与别人交往更成了他最头疼的事情。

那时,美国的石油大王哈默已蜚声世界,报社总编希望几位记者能采访到哈默,以提高报纸的声誉与卖点。

杰西克便在心底暗暗发誓,一定要独立完成稿子,让他们不敢轻视自己。

有一天深夜,杰西克终于在一家大酒店门口拦住哈默,并诚恳地希望哈默能回答他的几个简短问题。

对杰西克的软磨硬泡,哈默没有动怒,只是和颜悦色地说:"改天吧，我有要事在身。"

最后迫于无奈，哈默同意只回答他一个问题。杰西克想了想，问了他一个最敏感的话题："为什么前一阵子阁下对东欧国家的石油输出量减少了，而你最大的对手的石油输出量却略有增加。这似乎与阁下现在的石油大王身份不符。"

哈默依旧不愠不火，平静地回答道："关照别人就是关照自己。而那些想在竞争中出人头地的人如果知道，关照别人需要的只是一点点的理解与大度，却能赢来意想不到的收获，那他一定会后悔不迭。关照，是一种最有力量的方式，也是一条最好的路。"

哈默离去后，杰西克怅然若失地呆站街头。他以为哈默只是故弄玄虚，敷衍自己。当然那次采访也没有收到预想的效果，他一直耿耿于怀，对哈默的那番不着边际的话更是迷惑不解。

直到 10 年后，他在有关哈默的报道中读到这样一段故事——在哈默成为石油大王之前，他曾一度是个不幸的逃难者。有一年冬天，年轻的哈默随一群同伴流亡到美国南加州一个名叫沃尔逊的小镇上，在那里，他认识了善良的镇长杰克逊。

可以说杰克逊对哈默的成功起了不可估量的作用。

那天，冬雨霏霏，镇长门前的花圃旁的小路便成了一片泥淖(nào)。于是行人就从花圃里穿过，弄得花圃里一片狼藉。哈默替镇长痛惜，便不顾寒雨染身，一个人站在雨中看护花圃，让行人从泥淖中穿行。这时出去半天的镇长笑意盈盈地挑着一担炉渣铺在泥淖里。

结果，再也没人从花圃里穿过了。最后镇长意味深长地对哈默说："你看，关照别人就是关照自己，有什么不好？"

从这个故事中，杰西克也终于领悟到，每个人的心都是一个花圃，每个人的人生之旅就好比花圃前的小路。而生活的天空又不尽是风和日丽，也有风霜雪雨。那些在雨中前行的人如果能有一条可以顺利通过的路，谁还愿意去践踏美丽的花圃，伤害善良的心灵呢？

从那以后，杰西克与报社其他同事坦诚相处。他知道，理解和大度最容易缩短两颗敌视的心之间的距离，而关照就是两颗心之间最美的桥梁。

同事们不再排挤他了，亲切地喊他"黑蛋"。而直到多年后，他卸下报社主编的重担，一人隐居乡间安享晚年的时候，围着他蹦蹦跳跳的不同肤色的孩子们也喊着他"黑蛋"，因为，他的邻居们真的已记不得他叫什么名字了。

🌹 藩 炫

思维悟语

　　宽容比对抗更有力量。宽容只需要付出一点理解与关照，就有可能获得别人的理解与善待；对抗需要聚积全部的力量，却只能得到相同的阻力。用一种柔和的方式化解僵局，把道路拓宽，别人可以顺利通过，我们自然也就能走得舒心了！（毛淑芬）

征 友 启 事

真正宽广的心灵，不会拘泥于周围的束缚，而是向往更广阔的天空。

毛泽东善交朋友，他在进入湖南第一师范初期，就在同学中结交了一些志同道合者，其中包括蔡和森、何叔衡、张昆弟、陈昌、陈绍休等人。他们大都来自农村,家境比较贫寒,因而经常聚集在一起研究治学做人的道理,讨论个人和国家的前途等问题。

即使如此,毛泽东仍然感到自己身边的朋友少,活动的范围太窄。他日益认识到:少年学问寡成,壮岁事功难立;单靠学堂一天上几节课是不行的,必须多结朋友,以求学业广博,报效国家。

但是,到哪里去找这些志同道合的人,怎样去找呢? 毛泽东左思右想后,终于想出了一个非凡之举——征友。

1915 年暑假过后, 已是 22 岁的毛泽东向长沙各学校发出了一则《征友启事》。启事是他自己刻蜡板油印的,只有几百字,内容大意是:愿意和有爱国热情的青年结为朋友,愿意和那些不怕艰苦、不怕困难,能够为国为民献身的志士通信联络。启事最后说,要"愿嘤鸣以求友,敢步将伯之呼", 以表示迫切求友的心情。启事的署名是 "二十八画生",通信处是"来信由第一师范附属小学陈章甫转交"。在邮寄启事的信封上还注明"请张贴在大家看得见的地方"。

这个"征友启事"不仅寄往长沙各个学校,而且在长沙的几个城门口和照壁上也贴了出来。但是毛泽东这样的行为,当时一般人都很难理解。有一些头脑守旧的校长,觉得"二十八画生"一定是个怪人,征友是不怀好意,于是把启事没收,不准张贴。

湖南省立第一女子师范学校一个姓马的校长, 竟然认为这个启事是为了找女学生谈恋爱的。他按照启事上写的通信处亲自去一师附小找到了陈章甫,又亲自去第一师范,找到校长,打听"二十八画生"究竟是个什么人。从他们那里,这位马校长才得知"二十八画生"原来名叫毛泽东,是个品学兼优、受到师生称赞的好学生;征友是为了共同寻求真理,救国救民,改造社会。这样,马校长才消除疑虑,放下心来。

启事发出去以后,毛泽东以殷切期望的心情,等待了一些日子,陆续收到了五六个人表示愿意联系的来信。人数虽然不多,毛泽东仍然感到高兴和欣慰。他在 1915 年 11 月 9 日给黎锦熙的信中说:"两年以来，求友之心甚炽。夏归后，乃作一启事，张之各校，应者亦五六人，近日心事，稍快唯此耳。"

📖 张 城

思维悟语

一个只会躲在角落里孤芳自赏的人，由于视野狭窄，很难做出多么杰出的成绩。真正宽广的心灵，不会拘泥于周围的束缚，而是向往更广阔的天空。朋友，与我们心灵相通，和我们一起成长，既能分担喜悦忧愁，也能共同求知奋斗，和益友结伴同行，人生的路上我们会收获更多。

（毛淑芬）

洛克菲勒重新做人

过于关注个人得失的人，很难让自己开心。

老约翰·D. 洛克菲勒在 33 岁那年赚到了他的第一个 100 万。到了 43 岁，他建立了一个世界上最庞大的垄断企业——美国标准石油公司。

洛克菲勒 53 岁时因为莫名的消化系统疾病，头发不断脱落，甚至连睫毛也无法幸免，最后只剩几根稀疏的眉毛。

他是世界上最富有的人，却只能靠简单饮食为生。他每周收入高达几万美金——可是他一个星期能吃得下的食物却要不了两块钱。医生只允许他喝酸奶，吃几片苏打饼干。他的皮肤毫无血色，那只是包在骨头上的一层皮。他只能用钱买最好的医疗，使他不至于53岁就去世。

为什么？完全是因为忧虑、惊恐、压力及紧张，事实上，他已经把自己逼近坟墓的边缘。他永无休止地、全身心地追求目标，据亲近他的人说，每次赚了大钱，他的庆祝方式也不过是把帽子丢到地板上，然后跳一阵土风舞。可是如果赔了钱，他就会大病一场。一次，他运送一批价值4万美金的粮食取道某片湖区水路，保险费需要150美元。他觉得太贵了！因此没有购买保险。可是，当晚那里有飓风，洛克菲勒整夜担心货物受损。第二天一早，当他的合伙人跨进办公室时，发现洛克菲勒正来回踱步。

他叫道："快去看看我们现在还来不来得及投保。"合伙人奔到城里找保险公司。可等他回到办公室时，发现洛克菲勒的心情更糟。因为他刚刚收到电报，货物已安全抵达，并未受损！于是，洛克菲勒更生气了，因为他们刚刚花了150美元投保。

他的合伙人贾德纳与其他人以2000美元合伙买了一艘游艇，洛克菲勒不但反对，而且拒绝坐游艇出游。

贾德纳发现洛克菲勒周末下午还在公司工作，就央求他说："来嘛！约翰，我们一起出海，航行对你有益，忘掉你的生意吧！来点乐趣嘛！"洛克菲勒警告说："乔治·贾德纳，你是我所见过最奢侈的人，你损害了你在银行的信用，连我的信用也受到牵连，你这样做，会拖垮我的生意。我绝不会坐你的游艇，我甚至连看都不想看。"结果他在办公室里待了整个下午。

后来，医生告诉他一个惊人的事实，他要么选择财富与忧虑，要么选择他的生命。他们警告他：再不退休，"就死路一条"。

他退休了，开始学习打高尔夫球，从事园艺，与邻居聊天、玩牌，甚至唱歌。

他开始想到别人。

洛克菲勒了解到世界各地具有远见卓识的人，正在从事许多有意义的工作，很多人都在进行许多研究，有人想成立大学，有许多医生在努力与疾病战斗——可是，因为缺乏经费致使"胎死腹中"的情况太多了。因此，他决定帮助这些人类先驱者，不像过去那样收买过来，为他赚钱，而是为他们提供经费，帮助他们自助。洛克菲勒开心了，他彻底改变了自己，使自己成为毫无忧虑的人。

[美]戴尔·卡耐基

思维悟语

过于关注个人得失的人，很难让自己开心。有时候，把脚步放缓，静下心来品味生活的快乐，也是一种成功。善待自己，从聆听清晨的鸟鸣开始，观察周围的世界，学会与别人分享好心情，帮助需要帮助的人……把忧虑抛弃到脑后，生活才会更多彩，更有意义。

（毛淑芬）

记住的和忘却的

阿里好奇地问马沙为什么要把吉伯救他的事刻在石上，将吉伯打他的事写在沙上？

阿拉伯名作家阿里，有一次和吉伯、马沙两位朋友一起旅行。三人行经一处山谷时，马沙失足滑落，幸而吉伯拼命拉他，才将他救起。马沙于是在附近的大石头上刻下了："某年某月某日，吉伯救了马沙一命。"三人继续走了几天，来到一处河边，吉伯跟马沙为了一件小事吵起来，吉伯一气之下打了马沙一个耳光。马沙跑到沙滩上写下："某年某月某日，吉伯打了马沙一个耳光。"

当他们旅行回来之后，阿里好奇地问马沙为什么要把吉伯救他的事刻在石上，将吉伯打他的事写在沙上？马沙回答："我永远都感激吉伯救我；至于他打我的事，我会随着沙滩上字迹的消失，而忘得一干二净。"

🌸李雪峰

天堂与地狱

天堂与地狱唯一不同的是他们的心，他们不是只为自己，而是先想到别人，即我为人人，人人也自然为我。

一天，一个人犯了错误，上帝为教育他，请他去参观两个地方。

第一个地方，让他看了十分害怕，毛骨悚然。只见这里每个人都骨

188

瘦如柴、饥寒交迫、痛苦万分、度日如年。他定睛一看：这些人正在吃饭，每个人所用的筷子和勺子都很长，是自己胳膊的三倍，因此，他们每个人如何调整高度、如何调整角度，都无法把饭菜送到自己口里，于是每个人都挨饿受渴，经受痛苦折磨。上帝画龙点睛地说：这就是地狱。我再带你到另外一个地方看看。

　　这个地方的人们也在吃饭，所用的家伙与地狱一样，但他们是互相喂饭菜，所以他们都满面红光、皆大欢喜，个个身体都十分健壮。上帝说："你看到了，这就是天堂。天堂与地狱唯一不同的是他们的心，他们不是只为自己，而是先想到别人，即我为人人，人人也自然为我。你看他们想吃想喝都由别人充分满足他们，但他们是从'我为人人'开始的。"

思维悟语

　　地狱和天堂的区别是什么呢？地狱里的人自私无情，天堂里的人互助友善。同样的条件和环境，因为人心的善恶而产生了两个不同的世界。

（赵　航）

坏脾气与钉子的故事

当你向别人发过脾气之后，你的言语就像这些钉孔一样，会在人们的心灵中留下疤痕。

　　从前，有个脾气很坏的小男孩。一天，他父亲给了他一大包钉子，要求他每发一次脾气都必须用铁锤在他家后院的栅栏上钉一颗钉子。第

一天,小男孩共在栅栏上钉了 37 颗钉子。

过了几个星期,由于学会了控制自己的愤怒,小男孩每天在栅栏上钉钉子的数目逐渐减少。他发现控制自己的坏脾气比往栅栏上钉钉子要容易多了……最后,小男孩变得不爱发脾气了。

他把自己的转变告诉了父亲。他父亲又建议说:"如果你能坚持一整天不发脾气,就从栅栏上拔下一颗钉子。"经过一段时间,小男孩终于把栅栏上所有的钉子都拔掉了。

父亲拉着他的手来到栅栏边,对小男孩说:"儿子,你做得很好。但是,你看一看那些钉子在栅栏上留下的那么多小孔,栅栏再也不会是原来的样子了。当你向别人发过脾气之后,你的言语就像这些钉孔一样,会在人们的心灵中留下疤痕。你这样做就好比用刀子刺向了某人的身体,然后再拔出来。无论你说多少次对不起,那伤口都会永远存在。其实,口头上对人们造成的伤害与伤害人们的肉体没什么两样。"

张振玲

思维悟语

　　不要轻易发怒,因为那会给别人的心灵留下创伤,也许一辈子都不能痊愈,我们给别人留下的印象,也许就永远是这一次的伤害。即使我们能够平息下来,向别人道歉,也无法改变伤口的存在。所以,要时刻记住:不要轻易对别人发怒。　　(毛淑芬)

松下幸之助吃牛排

我们每个人都要学会这一点：尊重别人的想法。不完全否定他人，即使我们有不同的观点。

有一次，松下幸之助在一家餐厅招待客人，一行六个人都点了牛排。等六个人都吃完主餐，松下让助理去请烹调牛排的主厨过来，他还特别强调："不要找经理，找主厨。"助理注意到，松下的牛排只吃了一半，心想一会儿的场面可能会很尴尬。

主厨来时很紧张，因为他知道请自己的客人来头很大。"是不是有什么问题？"主厨紧张地问。"烹调牛排，对你已不成问题。"松下说，"但是我只能吃一半。原因不在于厨艺，牛排真的很好吃，但我已80岁了，胃口大不如前。"

主厨与其他的五位用餐者困惑得面面相觑，大家过了好一会儿才明白怎么一回事。"我想当面和你谈，是因为我担心，你看到吃了一半儿的牛排送回厨房，心里会难过。"

如果你是那位主厨，听到松下先生的如此说明，会有什么感受？是不是觉得备受尊重？客人在旁边听见松下如此说，更佩服松下的人格，并更喜欢与他做生意。

又有一次，松下对一位部门经理说："我个人要做很多决定，并要批准他人的很多决定。实际上只有40%的决策是我真正认同的，余下的60%是我有所保留的，或是我只觉得过得去的。"

经理觉得很惊讶：假使松下不同意的事，大可一口否决就行了。实际并不这么简单。

总之，"你不可以对任何事都说'不'，对于那些你认为算是过得去的计划，你大可在实行过程中指导他们，使他们重新回到你所预期的轨迹。我想一个领导人有时应该接受他不喜欢的事，因为任何人都不喜欢被否定"。

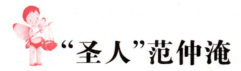

"圣人"范仲淹

给别人留出余地，也就给自己留下了必要的空间。

范仲淹和富弼（bì）同在北宋朝廷为官。一天退朝出来，富弼仍与范仲淹争论不休，他气呼呼地对范仲淹说："今天担心的是法制不立，我要建立法制，你从中阻止，怎么能使大家信服呢？"

原来刚才在皇帝面前，讨论到高邮守将晁（cháo）仲约用钱粮犒劳过一股起义的农民的事情时,富弼认为晁仲约"贿敌"该斩。可范仲淹认为让有钱人出点钱粮赈济吃大户的饥民,谈不上"贿敌",不应该获罪。皇帝同意了范仲淹的观点。现在范仲淹看见富弼还在生气,拉他到一边,悄悄说:"大宋建国以来,没有乱疑乱杀,这是一种好传统啊,为什么要破坏它呢? 况且,伴君如伴虎,皇帝杀得手滑了,恐怕我们今后也危险哪!"

"不然,不然。"富弼摇头走了。

从此两人的关系越来越疏远了。

不久,范仲淹出任陕西经略安抚招讨副使,富弼到河北一带巡视去了。一次,富弼从河北去京都开封办事,刚到城外,朝廷来人对他说:"皇上让你今天别进城,就在城外住下。"富弼闹不清原因,吓得满头大汗:"哟,难道是谁在皇帝跟前说了我的坏话?"他在旅舍中彷徨踱步,一夜没敢上床睡觉。他回忆起同范仲淹的那次争论,越想越觉得范仲淹的话是对的——是不能让皇帝乱杀人啊! 范仲淹在兄弟中排行第六,故此,富弼绕床叹息,说:"范六丈真是圣人啊!"

此后,两人关系密切了,他们信使往还,商讨富国强兵的计划;当范仲淹提出整顿吏治、培养人才、加强武备等十项主张时,富弼主动配合,又一同主持"庆历新政",为加强宋代的边防做出了贡献。

❤ 黄迪民

思维悟语

　　把眼光放得长远一点就会知道,给别人留出余地,也就给自己留下了必要的空间。只看问题不好的方面,一味地指责别人的失误,固然能够解决一时的不利,但也有可能失去很多潜在的支持,让自己处于孤立无援的困境。在遇到问题的时候,让心胸宽广一些,我们要走的路也就会宽阔一些。

(毛淑芬)

克林顿房间的灯灭了

克林顿的神情让你感到你是他现在最重要的人。对人的尊重,这是克林顿的一种魅力。

马云和克林顿已经聊到午夜了。马云心想,克林顿晚上9点来钟刚到杭州,一路坐飞机很疲劳,怎么还不累呢?12点零1分,也就是9月10日的第一分钟,克林顿下榻的总统套房里的灯突然灭了。然后,总统套房的门自己打开了。一盒跳跃着烛光的蛋糕,由克林顿的助手们捧了进来。

克林顿站起来对马云说:生日快乐,杰克!

杰克是马云的英文名字。马云这才想起,这天是自己的生日。克林顿和助手们一起为他唱起了生日快乐歌。

后来,马云对我说及与克林顿聊天的时候,克林顿的神情让你感到你是他现在最重要的人。对人的尊重,这是克林顿的一种魅力。而我想,能够感悟这种魅力的人,同样是有魅力的。

陈祖芬

思维悟语

不以狭隘的目光面对世界,能够尊重别人,这样的人具有的魅力让我们感动;能够感悟这种尊重与魅力,以相同的心态面对世界和他人,也是一种心灵的魅力。人与人之间的交往,只有坦荡相对,用彼此的心灵来寻找理解与尊重,才会传递最美的信息。 (毛淑芬)

 容人才能和谐

理解不同、允许差别、包容相异是消融人际间矛盾最好的方式方法。

美国前总统艾森豪威尔先生，曾在声名显赫的五星级上将麦克阿瑟手下任职，其军衔当时仅是上校。他工作扎实，思维敏捷，善于写作，有出色的组织能力。一言以蔽之，他在此期间已经崭露才华。而此公个性倔强，且太爱"独立思考"，在上司面前常常"不听话"，有时不仅顶撞上司还批评上司。有人提议将他撤职，但麦克阿瑟却不为所动，郑重答道："人才有用不好用，奴才好用没有用。"于是艾森豪威尔照样干他的上校，而且后来干上了总统。

"人才有用不好用，奴才好用没有用。"盖有用之才，大多像艾森豪威尔那样爱独立思考，而一思考，就可能思考出独到的见解来。于是乎，便对于上司的瞎指示、乱指挥，或消极抵抗，或拒绝执行；对上司的一些盲目决策、荒唐计划，或不予理睬，或犯颜直谏。对于这样的人，度量大的上司还能咬牙忍上一忍，度量小的上司可就受不了啦："不听命令，不服指挥也就罢了，有时还当着众人叫我丢丑，岂能容忍！"艾森豪威尔遇到麦克阿瑟那样的上司，真是三生有幸啊！

是的，哪个人不希望自己能遇上个心胸开阔能容人识人的领导呢？容人是一种美德，是一种思想修养，也是人生的真谛。你能容人，别人才能容你，这是生活的辩证法啊！

俗话说:"将军额上能跑马,宰相肚里好撑船。"这是容人的最高境界。要涵养出一个可以容人也可以容物的宽阔胸襟,要明白一个浅显的道理:人与人是不同的,每个人都有其独特性,有自我独特的爱好、追求、性格,甚至怪癖。所以,理解不同、允许差别、包容相异是消融人际间矛盾最好的方式方法,做到了这一点,就会营造出一个亲密无间、融洽无比、相辅相助的人际关系。

睿 齐

思维悟语

和而不同,是古人处理人际关系的智慧思想,也是需要我们常常借鉴的有效方法。人际矛盾往往复杂而繁琐,很难一劳永逸地解决,只有敞开胸怀,认同每个人之间的差异,理解不同的观点和做法,才能营造出和谐而融洽的相处局面。　　(毛淑芬)

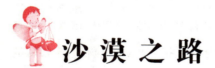

沙漠之路

如果自己能按照大家吩咐的那样做,那么即便没有了进路,还可以拥有一条平平安安的退路啊!

在一个茫茫沙漠的两边,有两个村庄。到达对方,如果绕过沙漠走,至少需要马不停蹄地走上二十多天;如果横穿沙漠,那么只需要三

天就能抵达。但横穿沙漠实在太危险了，许多人试图横穿却无一生还。

有一天，一位智者经过这里，让村里人找来几万株胡杨树苗，每半里一棵，从这个村庄一直栽到沙漠那端的村庄。智者告诉大家说："如果这些胡杨有幸成活了，你们可以沿着胡杨树来来往往；如果没有成活，那么每一个行者经过时，都将枯树苗拔一拔，插一插，以免被流沙给淹没了。"

果然，这些胡杨苗栽进沙漠后，全都被烈日给烤死了，成了路标。

沿着"路标"，这条路大家平平安安地走了几十年。

一年夏天，村里来了一个僧人，他坚持要一个人到对面的村庄化缘去。大家告诉他说："你经过沙漠之路的时候，遇到要倒的路标一定要向下再插深些，遇到就要被淹没的树标，一定要将它向上拔一拔。"

僧人点头答应了，然后就带了一皮袋的水和一些干粮上路了。他走啊走啊，走得两腿酸困浑身乏力，一双草鞋很快就被磨穿了，但眼前依旧是茫茫黄沙。遇到一些就要被尘沙彻底淹没的路标，这个僧人想："反正我就走这一次，淹没就淹没吧。"他没有伸出手去，将这些路标向上拔一拔。遇到一些被风暴卷得摇摇欲倒的路标时，这个僧人也没有伸出手去将这些路标向下插一插。

但就在僧人走到沙漠深处时，静谧的沙漠蓦然飞沙走石，许多路标被淹没在厚厚的流沙里，许多路标被风暴卷走了，没有了影踪。僧人像没头的苍蝇似的东奔西走，再也走不出这大沙漠了。

在气息奄奄的那一刻，僧人十分懊悔：如果自己能按照大家吩咐的那样做，那么即便没有了进路，还可以拥有一条平平安安的退路啊！

是的，给别人留路，其实就是给我们自己留路。

李雪峰

思维悟语

一个人的力量始终是有限的，许多事情都需要大家一起来出把力、搭把手，才能顺利地完成。如果我们每个人在做事的时候，都能在为自己着想的同时，也为别人多想一些，那么这个世界就会多一条方便的途径。给别人方便，也就是给自己方便，让力量和智慧不断地传递下去，人生之路才会永远存有指明方向的路标。

（毛淑芬）

成功，有时需要你塞上耳朵

那些能成就一番事业的人，往往都有着强大的内心力量，一心一意地做自己的事，向着心中的目标不断努力。

从一个建筑工地的搬运工，到一位享誉澳洲华人圈的作家，武力走过了常人难以想象的艰辛。在接受悉尼最大的报纸《悉尼晨锋报》的采访时，他说自己之所以能做到今天的成绩，是因为有一件事曾深深地刺激了他。

那次，武力和几个朋友一起去参观一个富豪的跑马场、保龄球馆和俱乐部。在回来的路上，坐在武力前面的两个人开始聊起来："没想到这个瘪三，现在混得这么好了，想当年，他找我们借钱时，我还劝他，不要轻易辞掉大学讲师的工作去创业……"另一个也附和道："不过你劝的也没错，谁想到他那样一个人也能成功啊，看来要创业也很容易嘛！"

听了他们的一番谈话，武力的心里突然就很酸楚。从一个普通人到亿万富翁，其中要跨越很多鸿沟；但是，往往要跨越的第一道阻碍，就是身边亲人、朋友"善意"的劝阻。

这个世界很有意思，不但小人和恶人会用诡计来陷害你，还有一种"扼杀"可能来自你意想不到的身边人——你的家人、你的朋友。他们往往打着"爱"和"关怀"的旗号，去扼杀你的憧憬和梦想。他们会告诉你，根据经验和判断，这样做不行，那么做太冒风险。只可惜，他们的经验，往往都是不成功的经验。然后，他们就会劝你回到生活的正常轨道上去，不要试图和别人不一样。

而那些能成就一番事业的人，往往都有着强大的内心力量，无论是恶意的咒骂，还是"善意"的劝阻，他们都能充耳不闻，一心一意地做自己的事，向着心中的目标不断努力。只有这样的人，他们才能把心中的想法贯彻到底，才能做出与众不同的大事业！

所以，成功，有时需要你塞上耳朵！

思维悟语

想做出一番事业的人，在最初决定跳离已有的生活时，会遇到很多议论：有恶意的嘲讽与打击，也有善意但并非正确的劝阻，它们的出发点不同，但却同样会阻挡你的道路。只有坚决执行自己的正确想法，杜绝一切干扰，专心致志地朝自己的目标努力，我们才能走向成功。

（毛淑芬）

最有益的教诲

那位中暑者不是被沙漠的恶劣气候吞没，而是被自己的恶劣心理毁灭。

在那年的结业晚会上，班主任给大家讲了一个故事：从前，有两个人结伴穿越沙漠。走到半途，水被喝完了，其中一人也因中暑而不能行动。同伴把一支枪递给中暑者，再三吩咐："枪里有五颗子弹，我走后，每隔两小时你就对空中鸣放一枪，枪声会指引我前来与你会合。"说完，同伴满怀信心找水去了。

躺在沙漠里的中暑者却满腹狐疑：同伴能找到水吗？能听到枪声吗？他会不会丢下自己这个"包袱"独自离去？

暮色降临的时候，枪里只剩下一颗子弹，而同伴还没有回来。中暑者确信同伴早已离去，自己只能等待死亡。想象中，沙漠里的秃鹰飞来，狠狠地啄瞎他的眼睛，啄食他的身体……终于，中暑者彻底崩溃了，把最后一颗子弹送进了自己的太阳穴。

枪声响过不久，同伴提着满壶清水，领着一队骆驼商旅赶来，找到了中暑者温热的尸体。

十多年过去了，每每想起这个故事，我总会在惋叹之余陷入沉思：那位中暑者不是被沙漠的恶劣气候吞没，而是被自己的恶劣心理毁灭。面对友情，他用猜疑代替了信任；身处困境，他用绝望驱散了希望。

十多年来，无论面对怎样的环境，面对多大的困难，我都没有放弃自己的信念,放弃对生活的信心。

那个故事,是我今生得到的最有益的教诲。

🔖 **史浩盛**

思维悟语

心灵的力量很强大,能够让我们在坚持中战胜困难,创造奇迹;也同样能够在放弃后摧毁信任,驱散希望。因此,不坚持到结局最终来临的时刻,无论面对多大的困难,都不要轻易放弃我们的信念;因为,曙光总在最黑暗之后来临。 （毛淑芬）

拥 有 井

只有舍弃这罐水,你才能拥有那口井。

一位地质学家在崇山峻岭中考察时迷路了,长时间的劳累耗尽了随身携带的食物和水。饥渴不已的他四处寻找水源,终于在一间废弃的茅屋旁发现了一口装有手动压杆的压水井。他狂喜至极,冲上前用力揿动压力杆,但是,费尽了力气,都无法压出一滴水来。

他正陷于无边的绝望之中时,发现茅屋门口有一只盛满清水的罐子。他赶忙拿起水罐,正欲狂饮时,看到放水罐的石头上刻有字迹:"饮水思源,把这些水从注水口倒进去,再揿动压杆,就可汲出井水。"

他犹豫了，摆在面前的是一个生与死的抉择：万一把水倒进去，还是汲不出水来，岂不白白浪费了这罐水？而喝下这罐水，可暂时保住生命，但这罐水数量有限，不一定能保证他脱离危险。

最终，他还是按石上的指示，将水倒进注水口中，再揿动压杆。很快，源源不断的井水汲了上来。他喝够水后，装满了自己的水壶。在离开那间茅屋前，他将那个水罐装满水，放回原处，并在石上加上一行字：只有舍弃这罐水，你才能拥有那口井。

菩提心

思维悟语

为鲜花的美丽而陶醉，却不将它摘取回家，我们的心就会一直停留在春天里。拥有而不是占有，这是一种积极而明智的态度，自己欣赏的同时也给别人留下风景，自己行走的同时也给别人留下道路，只有这样大度而宽阔的胸怀，才能获得源自心灵最深处的快乐。

(毛淑芬)

第 九 辑

低头也是一种智慧

美国"建国之父"之一的本杰明·富兰克林,年轻时去拜访一位前辈,那时他年轻气盛,挺胸抬头迈大步,一进门,头就狠狠地撞在了门框上。出来迎接的前辈微笑着说:"这应该是你今天拜访我的最大收获。你要记住:要想平安无事地生活在人世间,你就必须时时记得低头。"

生活中,有时为了得到,我们必须先付出;为了成功,我们必须学会低头。低头并不是忍让、退缩,更不意味着失败,而是一种弹性的生存方式,是一种生活的智慧。

低头也是一种智慧

当雪积到一定程度的时候,雪松那富有弹性的树枝就会向下弯曲,直到雪从枝上滑落。

　　在一条南北走向的峡谷上,西坡长满了松、柏、女贞等树,而东坡只有雪松。造成这种奇怪景象的原因其实很简单,东坡是迎风坡,所以东坡的雪总是比西坡的雪下得大,当雪积到一定程度的时候,雪松那富有弹性的树枝就会向下弯曲, 直到雪从枝上滑落。这样反复地积,反复地落,雪松完好无损;而其他的树因无此本领,便无法在东坡存活。

　　我们从小所接受的教育是 "永不低头"、"永不言败", 否则你就是懦夫。其实,"学会低头"也是一种人生智慧。面对外界的压力,雪松尽力地去承受,当承受不了的时候,便暂时弯曲一下。能屈能伸,刚柔相济,正是这种气度和风范,使雪松经受住了一场场暴风雪的洗礼。

　　被称为"美国之父"的富兰克林,年轻时曾去拜访一位前辈,那时他年轻气盛,挺胸抬头迈着大步,一进门,头就狠狠地撞在了门框上。出来迎接他的前辈看到他的狼狈样,笑笑说:"这是你今天拜访我的最大收获。要想平安无事地活在这世上, 你就必须学会在必要的时候记得低头。"从此,富兰克林把"记得低头"作为毕生为人处世的座右铭,最终功成名就。而唐朝的柳宗元严正刚直,抨击官场丑恶而锋芒四射,结果遭到种种打击,在事业上也受到严重挫折,还被逐出京城长安,流放

到南方边境。到了晚年，他才有所感悟；因此，他说："吾子之方其中也，其乏者，独外之圆者。固若轮焉，非特于可进，亦可退也。"

黄建如

思维悟语

永不低头的精神是值得赞美的，但是并不表明，我们在处理所有事情时，都不低头。在生活中，遇到麻烦或者问题了，偶尔我们是不是应该选择低头呢？当然向人低头，也不是无原则的，它是一种智慧，一种能屈能伸的韧性，一种让自己活得更好的人生态度。

（高　洁）

未经打磨的钻石

如果你自己还是一颗没有打磨的粗糙钻石，记住要靠自己去打磨它。

一个人对待批评的反应经常意味着成功或者失败。19世纪著名的挪威小提琴家奥雷·布尔(1810~1880)的事例就能很好地说明这一点。

奥雷·布尔的父亲是一位只讲实用的药剂师。他送奥雷去克里斯蒂安尼亚(挪威首都，现名奥斯陆)大学学习当牧师，并禁止他拉心爱的小提琴。他很快就因不及格而退学，并公然反抗他的父亲，他把全部时间和精力都投入到小提琴的学习中。不幸的是，虽然他很有能力，但他的老师们都说他演奏得很拙劣，技巧不够娴熟。实际上，当他准备进行巡回演出的时候，他还没有完全准备好。

意大利米兰一家报纸的评论家写道："他是一个未经训练的音乐家。如果他是一颗钻石的话，那他肯定还是粗糙的和未经打磨的。"

对于那个评论，奥雷·布尔可以有两个反应。他可以很愤怒，也可以从中得到启迪。于是，他去那家报社的编辑部，要求见那名评论家。刊发那篇评论的编辑虽然感到很震惊，但还是把他介绍给了那位评论家。那天晚上，奥雷花了整个晚上的时间向那位 70 岁高龄的评论家虚心请教，询问他演奏中的不足之处，并向老人寻求改正那些缺点的建议。

然后，他取消了余下的巡回演出，返回家中。在接下来的 6 个月里，他在老师的指导下潜心钻研小提琴的演奏技巧。他连续几个小时的练习，以克服他原来的缺点。后来，他又重新开了音乐会，并在年仅26 岁的时候，成为欧洲轰动一时的著名音乐家。

如果你自己还是一颗没有打磨的粗糙钻石，记住要靠自己去打磨它。

李荷卿/编译

思维悟语

一颗钻石，如果不经打磨，难以发出绚丽的光芒；一个有才华的人，如果不经过磨炼，也难以让才华完全展现出来。即使我们很聪明，有很高的天赋，仍然需要努力学习，不断地锻炼自己、提高自己，否则很可能就像未被打磨的钻石一样湮没在众多石头中。

（黄晶晶）

忍让不是软弱

没有忍让,就没有平静;没有忍让,就没有和谐;没有忍让,就不存在友谊;没有忍让,就谈不上远大的理想。

现在中学生中有相当一些人,感情脆弱,极易冲动,缺乏忍让精神,常常为了一些鸡毛蒜皮的小事而大动干戈,甚至酿成大祸。需知家庭的和睦、集体的团结、社会的安定,都要求人们有忍让精神。我们不做鲁迅先生笔下的阿 Q,但气量窄小的人也算不得是个男子汉。

人和人之间相处,难免会产生一些摩擦和磕磕碰碰,自尊心难也会免受到对方的一些伤害。诸如上下楼时被同学撞倒了,宿舍的床铺被同学偷看了,已评上的"三好"被别的同学挤掉了等,类似的事情谁都可能遇到,但持什么态度,却反映出一个人的品德修养和胸怀度量。无论什么情况,采取不甘示弱,针锋相对,或以牙还牙,以一报十的做法都不会有什么好的结果。而要想处理得好,就应该学会谅解,学会宽容,学会忍让,绝不可为了获得功名拍案而起或拳脚相加,更不可为了蝇头小利而反目成仇或兵戈相见。古人说,忍一时风平浪静,退一步海阔天空。海纳百川,有容乃大;壁立千仞,无欲则刚。记得在一次庆功的宴会上,有一位年轻的士兵不小心将菜汤洒在一位将军的秃头上,众人目睹此景,不禁骇然,士兵更是吓得目瞪口呆,手足无措。想不到将军竟幽默地对士兵说:"年轻人,你以为用这种办法能治好我的秃头吗?"将军话音一落,全场紧张的气氛即刻松弛下来。士兵的失误,非但没有招来暴风骤雨，反而引起场内的一阵笑声。将军的宽容大度，不禁使大家肃然起敬，也使人们在宴会上领略了一次什么叫"将军风度"。

忍让不是软弱，也不是窝囊；不是无能，也不是麻木；不是放弃对真理的追求，也不是放弃对原则的维护。忍让是一种美德，是一种风范，是一种高尚的境界，是一种无私的胸怀。苦涩地一笑是忍让，一声"没关系"也是忍让。没有忍让，就没有平静；没有忍让，就没有和谐；没有忍让，就不存在友谊；没有忍让，就谈不上远大的理想。

思维悟语

忍让是一种生活的智慧和技巧，它体现了我们广阔的胸怀和豁达、开朗的生活态度。对于不违背原则的小事，适当的忍让可以化解矛盾，形成和谐的人际关系。忍让并不是软弱，也不是知难而退，而是另辟蹊径，寻找新的解决问题的方法。（黄晶晶）

跌倒的地方也有风景

田中光夫却由衷地回答："那得感谢您当初辞退了我，让我摔了个跟头后，才认识到自己还能干更多的事情。"

连自己的名字都不会写的田中光夫，曾在东京的一所中学当校工。尽管周薪只有 50 日元，但他十分满足，很认真地干了几十年。就在他快要退休时，新上任的校长以他"连字都不认识，却在校园里工作，太不可思议了"为理由，将他辞退了。

田中光夫恋恋不舍地离开了校园。像往常一样，他去为自己的晚餐买半磅香肠。但快到山田太太的食品店门前时，他猛地一拍额头——他忘了，山田太太已经去世了，她的食品店也关门多日了。更不巧的是，附近街区竟然没第二家卖香肠的了。忽然，一个念头在他幽闭的心田一闪——为什么我不自己开一家专卖香肠的小店呢？他很快拿出自己仅有的一点积蓄接手了山田太太的食品店，专门经营起香肠来。

因为田中光夫灵活多变的经营，5年后，他成了名声赫赫的熟食加工公司总裁，他的香肠连锁店遍及了东京的大街小巷，并且是产、供、销"一条龙"服务，颇有名气的"田中光夫香肠制作技术学校"也应运而生。一天，当年辞退他的校长得知这位著名的董事长只会写不多的字时，便十分敬佩地打电话称赞他："田中光夫先生，您没有受过正规的学校教育，却拥有如此成功的事业，实在是太了不起了。"

田中光夫却由衷地回答："那得感谢您当初辞退了我，让我摔了个跟头后，才认识到自己还能干更多的事情。否则，我现在肯定还只是一位周薪50日元的校工。"

田中光夫的遭遇再次告诉我们一个朴素的真理——跌倒的地方也有风景。

　　　　　　　　　　　　　　　　　　　　　　🌸崔修建

思维悟语

　　事事无绝对，处处有先机。不要以为顺途才有机会，其实跌倒的地方也同样有美景。我们未来的人生路还很长很长，失败了并不可怕，看看周围，想想未来，那里会有更好的东西在等待着你。

　　　　　　　　　　　　　　　　　　　　　　（赵　航）

两 棵 树

有时不急于表现自己的人恰恰正是最富有竞争力、生命力最强、最有前途的人。

农夫在地里同时种了两棵一样大小的果树苗。第一棵树拼命地从地下吸收养料，储备起来，滋润每一根枝干，积蓄力量，默默地盘算着怎样完善自身，向上生长；另一棵树也拼命地从地下吸收养料，凝聚起来，开始盘算着开花结果。

第二年春，第一棵树便吐出了嫩芽，憋着劲向上长；另一棵树刚吐出嫩叶，便迫不及待地挤出花蕾。

第一棵树目标明确，忍耐力强，很快就长得身材苗壮；而另一棵树每年都要开花结果。刚开始，着实让农夫吃了一惊，非常欣赏它。但由于这棵树还未成熟，便承担开花结果的责任，于是累得弯了腰，结的果实也酸涩难吃，还时常招来一群孩子石头的袭击。更有甚者，孩子会攀上它那羸弱的身体，在掠夺果子的同时，损伤着它的肢体和自尊心。

时光飞转，终于有一天，那棵久不开花的壮树轻松地吐出花蕾，由于养分充足、身材强壮，结出了又大又甜的果实；而此时那棵急于开花结果的树却成了枯木。农夫诧异地叹了口气，将那根瘦小的枯木砍下，烧火用了。

有时不急于表现自己的人恰恰正是最富有竞争力、生命力最强、最有前途的人。

🌹张文彬

思维悟语

生活中,有些人稍微有点本领,就四处吹嘘,生怕别人不知道,在虚荣中度过了一年又一年;而也有的人,属于厚积薄发型,他们知道,凭自己学的皮毛暂时还不是出人头地的时候,只有不断努力,不断积累,才会迎来一飞冲天的时刻。这两种人往往有不同的结果,成功总是会垂青于后者。　　　　　(高　洁)

向　　下

这时,刚好碰到许多人在挖坑植树,有人大声关照"坑挖深些,根子才牢呀"。

年轻的建筑师向他的老师求教,怎样才能把高楼大厦建得更高大,更雄伟,以展示自己的设计才能。

老师低头不语,只是用手指指脚下的土地。在年轻的建筑师再三请求下,老师才说出两个字:向下。

年轻人不解其意。一日,他到林木繁茂的公园,见到一场大风过后许多低矮的小树有的折断,有的连根拔起,而参天大树却依然挺立,毫无损伤。这时,刚好碰到许多人在挖坑植树,有人大声关照"坑挖深些,根子才牢呀"。于是,年轻人立刻醒悟"要想向上,先要向下,打牢根基"的道理。

当他事业上取得了成功,老同学聚会为他把酒庆贺时,都热切要他说说成功之路风光如何。这些人也不乏企业家、工厂领导、社会工作者以及几位机关公务人员。建筑师想起了老师，也指指脚下的土地。朋友们以为他在卖关子。于是，他也说出"向下"二字并讲了许多所见所感。

大家听了，先是默默不语，随后都鼓掌叫好。"根深树牢"人皆知晓。凡事难道不都该眼睛向下、着力向下、关怀向下、爱心向下，尔后才会获得个大楼向上、事业向上、人心向上、精神向上吗？社会的根基稳固，我们的生活不就蒸蒸日上吗？

向下，实际是在向上。

张蓬云

思 维 悟 语

想要站住脚，根基必须要稳固。如何能让根基更稳固呢？多往下努力吧！但还要记得生活中，仅仅往下努力是不够的，还需要些往上的精神，因为树要生长，还要依靠上面的阳光和雨露。 （高　洁）

妙在忍气吞声

当他回去向同伴们汇报时，只是说："我记不清总统的全部解释，但只有一点可以报告，那就是——总统的选择并没有错。"

马尔辛利刚任美国总统时，他指派某人做税务部长。当时有许多政客反对此人，在这些反对者中他们派遣代表前往总统府进谒马尔辛利,要求他说明委任此人的理由。在这些反对者中,为首的是一位身材矮小的国会议员,他脾气暴躁,说话粗声粗气,开口就把总统大骂了一番。马尔辛利却不吭一声,任凭他声嘶力竭地骂着,最后才极其和气地说:"你讲完了,怒气该平息了吧? 照理你是没有权利这样来责问我的,不过我还是愿意详细地给你解释原因……"

这几句话说得那位议员羞愧万分。但总统不等他表示歉意,就和颜悦色地对他说:"其实也不能怪你,因为任何不明真相的人,都会大怒。"接着,他便把理由一一解释清楚。其实不等马尔辛利解释,那位议员已被他折服。他心里懊悔,不该用这样恶劣的态度来责备一位和善的总统。因此,当他回去向同伴们汇报时,只是说:"我记不清总统的全部解释,但只有一点可以报告,那就是——总统的选择并没有错。"

没想到,向来为人们所轻视的"忍气吞声"也有其极大的妙处,"忍气吞声"不但使马尔辛利的解释获得效果,而且使那位议员从此悔悟,以后永远不再做出那样令人难堪的举动。别人故意用种种奸计,使你大发脾气,你一气之下,就会做出不理智的事情,这样无疑是自讨苦吃。欲制服一个大发脾气的人,再没有比"忍气吞声"更好的办法了。

梁栋华

思维悟语

在我们身边,也常会有些人对我们说话粗声粗气,甚至大发脾气。我们怎么应对呢? 争吵只会使矛盾升级,不和他争吵,说明道理后,用沉默来进行回应也不失为一种好方法。　　(高 洁)

学会说"对不起"

想到这儿也没管他说到哪儿了,竟然冲他大喊了一声:"对不起!"你猜怎么着? 老板的嘴立刻闭上了。

　　从刁钻、蛮横的台湾老板那里,我最大的收获就是学会了说"对不起",而在这之后我才发现,以前的我为了不说这三个字费了多大的劲,惹了多少气。在台湾老板那里,只要是你经办的事出了问题,他决不让你说原因而只要求你必须道歉说"对不起"。

　　开始我很不以为然。一次老板让我报方案,我写了三个方案而且详细地陈述了它们各自的利弊,心里还挺得意的。没想到,报到老板那里他却勃然大怒:"你选定了哪个方案? 为什么不告诉我? 不想承担责任是不是?"这都哪跟哪啊? 我顿时火冒三丈,在自己心里打起了官司:"让我选择? 你是老板还是我是老板? 老板干吗的? 不就是管拍板的吗?"就在我这么想着的时候,老板的叫声也越来越大:"你还不服是不是?"我是不服,可有什么用? 谁是老板? 人家是老板,算了算了,别跟他叫劲了,得想个法儿让他熄火,我好逃跑。想到这儿也没管他说到哪儿了,竟然冲他大喊了一声:"对不起!"你猜怎么着? 老板的嘴立刻闭上了,我又连忙加上一句:"我拿回去做个选择,一会儿给您送来。""好,去吧!"

　　通过这件事我琢磨出了一个道理,不管什么事,办糟了,其中固然有许多原因,但问题的关键是:这事是谁办的谁就该负责。如果你不说"对不起",而是一直强调原因,难免让人觉得你是在给自己开脱责任,

谁也不傻，是不是？再说，费那么一大堆话，弄得对方发火，自己也上火，何苦来？还不如说声"对不起"，既简单又把表示歉意的球打给了对方，对方能不接吗？人家都赔礼道歉了，你就是有气，还能说什么？要想息事宁人，最好赶快说"对不起"，如果开始没说，对方已经发起火来了再说也不晚，但晚说不如早说。记住，看着对方的样子实在说不出来，那就扭过头对着墙说，不管怎么说，反正，得说。

张海鸥

思维悟语

一句"对不起"，可以解决生活中很多不必要的麻烦。它既可以让对方的怒火渐渐平息，又能让自己摆脱一时的尴尬。我们谁不会犯错误呢？有了错误，我们就去承认它，就去改正它。让一句衷心的"对不起"化解彼此心中的隔阂吧。

（高洁）

放下是一种大境界

年轻人大惊，老人却说："司令员是过去的事，卸任就放下了！"

湖北黄梅五祖寺，是著名的禅宗寺院，惠能曾在此受戒。寺前有一条小溪，终年流水淙淙。游人欲进寺门，必须经过一座古老的廊桥，走近廊桥，抬首便见门楣上有三个醒目的大字"放下着"。

"放下着"是一句禅语，《禅意与化境》中道：放下你的外六尘、内六根、中六识，一直舍去，舍至无可舍处，是汝放生命处。

　　禅意并非人人皆能悟之，游客中有人在禅房向老僧求教何为"放下着"，老僧讲了一个故事：佛陀在世时，有位名叫黑指的婆罗门拿了两瓶花要献给佛，并请他开示佛法。佛说："放下。"黑指放下了左手的花瓶；佛又说："放下。"黑指放下了右手的花瓶；佛还是说："放下。"黑指茫然道："我已经全放下了，你还叫我放下什么呢？"佛说："我不是叫你放下花瓶，而是叫你放下六根、六尘、六识。当你把根尘都放下时，你就再也没有什么对错，没有什么分别，甚至你将从生死的桎梏中解脱出来。"

　　佛经说的"放下"是一种大境界。然而，大千世界，充满诱惑，芸芸众生，六根不净。尘世中人，又有多少人能悟出这种境界呢？唐代诗人孟浩然，曾被人称为"洗削凡尽，超然独妙"的大才子，本来多年潜居鹿门，自诩"此山白云里，隐者自怡悦；相望试登高，心飞逐鸟灭"。何其飘逸，何其清高。然而，终因放不下心中的功名利禄，熬到 40 岁的光景，还是下了山，跑到长安摸路子、托门子，一门心思图个平步青云，衣紫着绯。

　　唐代还有一个更有名气的诗人李白，看上去似乎比孟浩然更为潇洒狂放，他吟诵过"安能摧眉折腰事权贵，使我不得开心颜"，"钟鼓馔玉不足贵，但愿长醉不复醒"等诗句，但他说的这些都不是真话，实际上他骨子里仍放不下"三十成文章，历抵卿相"的黄金梦。

　　权势、名利、金钱、美女，这些世俗的东西，你蔑视它、反对它、抨击它，口口声声要与之决裂，信誓旦旦要背叛之，全是因为你心中装着这些东西，割不掉、放不下。反之，一个心中了无一物的人，幽微的心湖波澜不惊，一片宁静。西晋时期，军事家羊祜文韬武略兼具，才华盖世，升任尚书左仆射、卫将军。到了晋泰始五年(公元 269 年)，被封为都督荆州诸军事。他善于审时度势，出兵伐吴取得全胜，为统一中国立下大功。正当功勋鼎盛之时，他却认为国家太平，便应该急流勇退。有人劝他，正是青云直上的时候，为何放下功名利禄。羊祜说："大局已定，我以角巾束装回到故里，享受田园日月，不亦乐乎。"羊祜的"放下"，赢得了"成功弗居,幅巾穷巷,落落风飚"的美誉。

现实生活中,亦不乏"放下"的凡人凡事。某企业有一位年老的业务员,鹤发童颜,精神矍铄。每天上班总是第一个签到,拖地抹桌,清理什物,和年轻人一样干工作;业务划片时,边远冷门少有人去,轮到他,从不推诿。一日,一外来电话称要找某司令员。接电话的年轻人说,这里是公司,没有司令员。对方说,没错,就是你们公司那位老业务员。原来他曾是海军航空兵某部副司令员。年轻人大惊,老人却说:"司令员是过去的事,卸任就放下了!"

🌸 姜锋青

思维悟语

有句俗语叫:"拿得起,放得下。"它的意思是说,我们做人要该坚持的时候坚持,该放弃的时候就要放弃。不放弃自己能够争取的东西,也不要为自己不能改变或得到的事情而烦恼。 (赵 航)

问 心 无 愧

因为它残缺不全,只能慢慢滚动,所以能在路上欣赏野花,能和毛毛虫聊天,能享受阳光。

一位记者问某位走红国际的女影星,是否觉得自己长得很完美,女影星回答道:"不,我长得并不完美,我觉得正因为长相上的某些缺陷才让观众更能接受我。"

还有一个小故事,讲的是有个圆被切去了好大一块三角,它想让自己恢复完整,没有任何残缺,便开始四处寻觅失落的部分。因为它残缺不全,只能慢慢滚动,所以能在路上欣赏野花,能和毛毛虫聊天,能享受阳光。它找到各种不同的碎片,但全不适合它,所以只能把它们留在路边,继续往前寻找。有一天,这残缺的圆找到了一个非常合适的碎片,开心得很。它把那碎片拼上,开始滚动。现在它是完整的圆了,能滚得很快。结果不用说了,它终于发觉因为滚动太快,它看到的世界好像完全不同,便停止滚动,把补上的碎片丢在路旁,慢慢地滚走了。

能认识到自己有种种缺憾,勇于放弃不切实际的梦想而坦然无愧的人,可以说是完整的。知道自己够坚强,熬得过悲伤而幸存,丧失至爱而觉得自己并非残缺的男男女女,可以说都是完整的。你已经历了最坏的境遇,而依然是完整的。

人生并非是上帝为人类设计的陷阱,好让他谴责我们的失败。人生也不是盘棋,如果走错一步那么步步皆错。我觉得人生比较像足球赛,即使最强的队也会在比赛中失手,即使最差的队也有扬眉吐气的一天。我们的目标是所获多于所失。

我们每个人天生都有这样或那样的小遗憾,能如残缺之圆继续在人生之途滚动并细尝沿途滋味,就能达到其他人只能渴望的完整。我相信这就是生命所能赋予我们的:不求事事如愿,但求问心无愧。

思 维 悟 语

一个人不管遭遇了什么坏事情,经历了什么恶命运,只要能坦然接受,重新开始,就是完整的。接受不能改变的,改变可以改变的,我们会发现,自己永远是可以不断滚动的圆。　　　(赵　航)

记住，有人不喜欢你

司机的回答大大出乎她的意料："认识，你是干唱歌的吧。这次回来是看望爹妈？"

这是我在采访一个当红歌星时她给我讲的故事。

2002 年的夏天，歌星回东北老家。一帮读中学时的好朋友搞了个聚会，告诉她晚上 5 点到某酒店吃饭。这次歌星回来带了近百张她的新专辑，她很认真地在封面上签了自己的名字，她知道，这些昔日同窗如果向她要新专辑，那是不该拒绝的。

歌星出了家门，打车去酒店。司机是一个 30 多岁的中年男人，问清了目的地后，那人就一言不发了，这让歌星不免有些失落，因为即使是在北京，出租车司机也会认识她这张脸。到了酒店，车费是 22 元，歌星没有零钱，就拿出一张 100 元的，可恰巧司机手里也没有足够的零钱了。歌星今天心情很好，就表示不用找了，因为她知道司机也不容易，何况这里还是她的家乡。

可是司机坚决不同意："这绝对不行。要不，我带你走一段，找个超市把钱破开。"歌星一看时间不早了，就拿出两张她签名的专辑："师傅，这样吧，我用我的这两张专辑抵车费吧。"接着，她又问一句："您不认识我吧？"但是司机的回答大大出乎她的意料："认识，你是干唱歌的吧。这次回来是看望爹妈？"说完，他指了指歌碟："不好意思，我不喜欢听歌，平时我净听二人转了。要不，车费就算了吧。"这个时候，正好有

另一位同学也刚好到酒店，替歌星付了车费。

"你是干唱歌的吧……我不喜欢听歌……"这些话让歌星心灵震颤。

见到昔日同窗，歌星首先做了两件事：一是为自己迟到了3分钟向大家表示郑重道歉；二是找到聚会的组织者，把自己的200元份子钱交了。

后来歌星的口碑一直不错：没有绯闻，照章纳税，积极参加各种公益演出。

歌星说，她时常想起那位出租车司机。记住有人不喜欢你，这时常让我感到自己很渺小，渺小得经常叫人担心来阵风就会把自己吹丢了。

陶柏军

思维悟语

与浩瀚的宇宙相比，人是渺小的，这世界缺了谁，都照样存在。有的人把自己看得过分伟大，其实只是他认为自己伟大而以。学会低头，做一个谦虚的自己吧，记住这个世界有人不喜欢你。（高　洁）

第 十 辑

最优秀的人是你自己

　　苏格拉底晚年时，对自己最器重的学生说:"我需要一位优秀的继承者,你帮我寻找一位吧。"他的学生不辞辛劳,四处物色人选,可他领来的人,苏格拉底都不满意。半年后,学生难过地说:"我对不起您,令您失望了。"苏格拉底说:"失望的是我,对不起的却是你自己。本来,最优秀的就是你自己,只是你不敢相信自己,才把自己给忽略、耽误了。"

　　其实,每个人都是优秀的,差别就在于如何认识自己。一个人只要有足够的自信,相信自己,你就能成为最优秀的人。

最优秀的人是你自己

本来,最优秀的就是你自己,只是你不敢相信自己,才把自己给忽略,给耽误,给丢失了……

古希腊的大哲学家苏格拉底在临终前有个遗憾——他多年的得力助手,居然在半年的时间里没能给他寻找到一个最优秀的闭门弟子。

苏格拉底在风烛残年之际,知道自己时日不多了,就想考验和点化一下那位平时他看来很不错的助手。他把助手叫到床前说:"我的蜡烛所剩不多了,得找另一根蜡烛接着点下去,你明白我的意思吗?""明白。"那位助手大悟似的说,"您的思想光辉是得很好地传承下去……"可是,苏格拉底慢慢悠悠地说:"我需要一位最优秀的传承者,他不但要有相当的智慧,还必须有充分的信心和非凡的勇气……这样的人选直到现在我还未见到,你帮我寻找或发掘一位好吗?""好的,好的。"助手很温顺很尊重地说,"我一定竭尽全力地去寻找,以不辜负您的栽培和信任。"苏格拉底笑了笑,没再说什么。

那位忠诚而勤奋的助手,不辞辛苦地通过各种渠道开始四处寻找起来,可他领来的一位又一位,总被苏格拉底一一婉言谢绝了。有一次,当那位助手再次无功而返地回到苏格拉底病床前时,病入膏肓的苏格拉底硬撑着坐起来,抚着那位助手的肩膀说:"真是辛苦你了,不过,你找来的那些人,其实还不中我意……""我一定加倍努力!"助手言辞恳切地说,"即使找遍五湖四海,我也要把最优秀的人选挖掘出来,举荐给您!"苏格拉底笑笑,不再说话。

半年之后,苏格拉底眼看就要告别人世,最优秀的人选还是没有眉目,助手非常惭愧,泪流满面地坐在病床边,语气沉重地说:"我真对不起您,令您失望了!""失望的是我,对不起的却是你自己。"苏格拉底说到这里,很失意地闭上眼睛,停顿了许久,然后哀怨地说:"本来,最优秀的就是你自己,只是你不敢相信自己,才把自己给忽略,给耽误,给丢失了⋯⋯"话没说完,一代哲人就永远离开了他曾经深切关注着的这个世界。那位助手非常后悔,甚至自责了整个后半生。

思维悟语

自信的人跟自卑的人走着截然不同的人生路:前者星光灿烂,后者不见天日。正确认识自己,是一种自信的体现。"最优秀的人是自己",这个信念会让我们整个人散发出自信的气息,做起任何事情都心态平和轻松,充满自信,成功自然就会手到擒来。

（史宪军）

上帝给谁的都不会太多

歌唱家又心平气和地对人们说:"这一切说明什么呢?恐怕只能说明一个道理,那就是上帝给谁的都不会太多。"

某欧洲国家一位著名的女高音歌唱家,仅仅 30 岁就已经红得发紫,誉满全球,而且郎君如意,家庭美满。一次,她到邻国来开独唱音乐会，入场券早在一年以前就被抢购一空，当晚的演出也受到极为热烈的欢迎。演出结束后，歌唱家和丈夫、儿子从剧场里走出来的时候，一下子被早已等候在那里的观众团团围住。人们七嘴八舌地与歌唱家攀谈着，其中不乏赞美和羡慕之词。

有的人恭维歌唱家大学刚刚毕业就开始走红，进入了国家级的歌剧院，成为扮演主要角色的演员；有的人恭维歌唱家 25 岁时就被评为世界十大女高音歌唱家之一；也有的人恭维歌唱家有个腰缠万贯的某大公司老板做丈夫，而膝下又有个活泼可爱脸上总带着微笑的小男孩……

在人们议论的时候，歌唱家只是在听，并没有表示什么。等人们把话说完以后，她才缓缓地说："我首先要谢谢大家对我和我家人的赞美，我希望在这些方面能够和你们共享快乐。但是，你们看到的只是一个方面，还有另外的一个方面没有看到。那就是你们夸奖的活泼可爱脸上总带着微笑的小男孩，不幸是一个不会说话的哑巴；而且，在我的家里他还有一个姐姐，是需要常年关在装有铁窗房间里的精神分裂症患者。"

歌唱家的一席话使人们震惊得说不出话来，你看看我，我看看你，似乎很难接受这样的事实。这时，歌唱家又心平气和地对人们说："这一切说明什么呢？恐怕只能说明一个道理，那就是上帝给谁的都不会太多。"

歌唱家说出这句话以后，人们仍然没有吭声，不过这一次不是惊讶，而是在思考，认真地思考着。

🌸 梁秉堃

思维悟语

每个人来到这个世界，拥有的东西总和是一样的，区别在于哪些多一点，哪些少一点。积极乐观的人以宽容的心态去看待缺少的东西，以平和的心态去看待得到的东西，生活得轻松愉快。当我们感谢已经拥有的，乐观地面对不幸失去的，生活的阳光就会照耀在我们身上。

（毛淑芬）

你的位置在哪里

不，我坚信一定还有更高的境界。遗憾的是，现在我只能独自去追求它了！

从前，有三只小鸟，它们一起出生，一起长大，又一起从巢里飞出，一起寻找成家立业的位置。

它们很快便飞到了一座小山上。一只小鸟落到一棵树上说："哎呀，这里真好，真高！你们看，那成群的鸡鸭、牛羊，甚至大名鼎鼎的千里马都在羡慕地向我仰望呢！能够生活在这里，我们应该满足了！"

另两只小鸟失望地摇了摇头说："好吧，你既然满足了，就留在这里吧，我们还想到高处看看。"

这两只小鸟飞呀飞呀，终于飞到了五彩斑斓的云彩里。其中一只陶醉了，情不自禁地引吭高歌起来，它沾沾自喜地说："我不想再飞了，这辈子能飞上云端，你不觉得已经十分了不起了吗？"

另一只很难过地说："不，我坚信一定还有更高的境界。遗憾的是，现在我只能独自去追求它了！"

说完，它振翅翱翔，向着九霄，向着太阳，执著地飞去……

最后，落在树上的成了麻雀，留在云端的成了大雁，飞向太阳的成了雄鹰。

邓 伟

　　我们对自己的定位决定了自己能有多大的成就，有远大理想的人总是比其他人飞得要高。正确认识自己，对未来和自己的能力充满自信，设定目标，定好每一步的计划，并为此付出汗水，坚持到最后，便发现，就算还没攀登到山顶，我们也遥遥领先，走在别人的前面了。

　　　　　　　　　　　　　　　　　　　　　　　　　（史宪军）

使你自己成为珍珠

如果要别人承认，那你就要想办法使自己变成一颗珍珠才行。

　　有一个自以为是全才的年轻人，毕业以后屡次碰壁，一直找不到理想的工作，他觉得自己怀才不遇，对社会感到非常失望。多次的碰壁，让他伤心而绝望，他感到没有伯乐来赏识他这匹"千里马"。

　　痛苦绝望之下，有一天，他来到大海边，打算就此结束自己的生命。

　　在他正要自杀的时候，正好有一位老人从附近走过，看见了他，并且救了他。老人问他为什么要走绝路，他说自己得不到别人和社会的承认，没有人欣赏并重用他……

　　老人从脚下的沙滩上拾起一些沙子，让年轻人看了看，然后就随便地扔在了地上，对年轻人说："请你把我刚才扔在地上的那些沙子捡起来。"

"这根本不可能！"年轻人说。

老人没有说话，从自己的口袋里掏出一颗晶莹剔透的珍珠，也是随便地扔在了地上，然后对年轻人说："你能不能把这颗珍珠捡起来呢？"

"这当然可以！"

"那你就应该明白是为什么了吧？你应该知道，现在你自己还不是一颗珍珠，所以你不能苛求别人立即承认你。如果要别人承认，那你就要想办法使自己变成一颗珍珠才行。"年轻人蹙眉低首，一时无语。

有的时候，你必须要知道自己是普通的沙粒，而不是价值连城的珍珠；你要卓尔不群，那就要有鹤立鸡群的资本才行。所以忍受不了打击和挫折，承受不住忽视和平淡，就很难达到辉煌。

若要自己卓然出众，那就要努力使自己成为一颗珍珠。

🌸 张弓射

思维悟语

我们要成为珍珠，首先必须走一段磨炼自己的路。在这段路上，有被拒绝的失望，有失败的打击，有被人忽视的委屈。这些都需要我们微笑面对，把它们当做成为珍珠之前的考验，努力提升自己的能力，吸取失败的教训，从每一次跌倒中站起，终有一天我们会变得优秀，得到别人的肯定。

（史宪军）

我是最棒的

人们往往因为害怕去追求成功，而甘愿忍受失败者的生活。

有人曾经做过这样一个实验：往一个玻璃杯里放进一只跳蚤，发现跳蚤立即轻易地跳了出来。再重复几遍，结果还是一样。根据测试，跳蚤跳的高度一般可达到它身体的 400 倍左右，所以说跳蚤可以称得上是动物界的跳高冠军。接下来实验者再把这只跳蚤放进杯子里，同时立即在杯子上加一个玻璃盖子，"嘣"的一声，跳蚤重重地撞在玻璃盖子上。跳蚤十分困惑，但是它是不会停下来，因为跳蚤的生活方式就是"跳"。一次次被撞，跳蚤开始变得聪明起来了，它开始根据盖子的高度来调整自己所跳的高度。再一阵子以后呢，发现这只跳蚤再也没有撞击到这个盖子，而是在盖子下面自由地跳动。

一天后，实验者开始把这个盖子轻轻拿掉，跳蚤不知道盖子已经去掉了，它还是在原来的这个高度继续地跳。

三天以后，他发现这只跳蚤还在那里跳。

一周以后发现，这只可怜的跳蚤还在这个玻璃杯里不停地跳着——但它已经无法跳出这个玻璃杯了。

难道跳蚤真的不能跳出这个杯子吗？绝对不是。只是它的心里已经默认了这个杯子的高度是自己无法逾越的。

让这只跳蚤再次跳出这个玻璃杯子的方法十分简单，只需拿一根小棒子突然重重地敲一下杯子；或者拿一盏酒精灯在杯底下加热，当跳蚤热得受不了的时候，它就会"嘣"的一下，跳出去。

现实生活中，是否有许多人也过着这样的"跳蚤人生"，年轻时意气风发，屡屡去尝试成功，但是往往事与愿违，屡屡失败以后，他们便开始抱怨这个世界的不公平，怀疑起自己的能力，他们不是不惜一切代价去追求成功，而是一再地降低成功的标准——即使原有的一切限制已取消。就像刚才的"玻璃盖子"虽然被取掉，但他们早已经被撞怕了，不敢再跳，或者已经习惯了，不想再跳。人们往往因为害怕去追求成功，而甘愿忍受失败者的生活。

思维悟语

不经历风雨，怎么现彩虹？人生的每一次拼搏都是为了飞得更高，但并不是每一次都能有回报。挫折是成功派来考验我们的使者，如果因此失去信心，那么我们终将会越飞越低，无法进步；但若将挫折当成礼物，吸取失败带来的经验，付出更多的汗水，挫折也会成为动力，让我们飞得更高。　　　　（史宪军）

最优秀和最聪明的

当你面对挑战时，你不妨告诉自己：你就是最优秀和最聪明的，那么结果肯定是另一种模样。

1960 年，哈佛大学的罗森塔尔博士曾在加州一所学校做过一个著名的实验。

新学年开始时,罗森塔尔博士让校长把三位教师叫进办公室,对他们说:"根据你们过去的教学表现,你们是本校最优秀的老师。因此,我们特意挑选了100名全校最聪明的学生组成三个班让你们教。这些学生的智商比其他孩子都高,希望你们能让他们取得更好的成绩。"

三位老师都高兴地表示一定尽力。校长又叮嘱他们,对待这些孩子,要像平常一样,不要让孩子或孩子的家长知道他们是被特意挑选出来的,老师们都答应了。

一年之后,这三个班学生的学习成绩果然排在整个学区的前列。这时,校长告诉了老师们真相:这些学生并不是被刻意选出的最优秀的学生,只不过是随机抽调的最普通的学生。老师们没想到会是这样,都认为自己的教学水平确实高。这时校长又告诉了他们另一个真相,那就是,他们也不是被特意挑选出的全校最优秀的教师,也不过是随机抽调的普通老师罢了。

这个结果正是博士所料到的:这三位教师都认为自己是最优秀的,并且学生又都是高智商的,因此对教学工作充满了信心,工作自然非常卖力,结果肯定非常好了。

在做任何事情以前,如果能够充分肯定自我,就等于已经成功了一半。当你面对挑战时,你不妨告诉自己:你就是最优秀和最聪明的,那么结果肯定是另一种模样。

董保纲

思维悟语

信念是支撑人前进的最大动力,自信很多时候能让人勇气倍增,积极进取,超越自我。不管我们是否最优秀,只要相信自己的能力,以积极的方式做事,就能激发自己的潜能,取得更大的成就。

(史宪军)

自己是自己的镜子

谁也不能成为你的镜子,只有自己才是自己的镜子。拿别人做自己的镜子,天才也许会照成傻瓜。

爱因斯坦 16 岁那年,由于整日同一群调皮贪玩的孩子在一起,致使自己几门功课不及格。一个周末的早上,爱因斯坦正拿着钓鱼竿准备和那群孩子一起去钓鱼。这时,父亲拦住了他,心平气和地对他说:"爱因斯坦,你整日贪玩且功课不及格,我和你的母亲很为你的前途担忧。"

"有什么可担忧的, 杰克和罗伯特他们也没及格,不照样去钓鱼吗? "

"孩子,话可不能这样说。"父亲充满关爱地望着爱因斯坦说,"在我们家乡流传着这样一个寓言,我希望你能认真地听一听。"

"说有两只猫在屋顶上玩耍。一不小心,一只猫抱着另一只猫掉到了烟囱里。"

"当两只猫从烟囱里爬出来时,一只猫的脸上沾满了烟黑,而另一只猫的脸上却干干净净。干净的猫看见满脸黑灰的猫, 以为自己的脸也又脏又丑,便快步跑到河边洗了脸。而黑脸猫看见干净的猫,以为自己的脸也是干净的,就大摇大摆地到街上闲逛去了,结果,吓得其他的猫都四下躲避,以为见到了妖怪。"

"爱因斯坦,谁也不能成为你的镜子,只有自己才是自己的镜子。拿别人做自己的镜子，天才也许会照成傻瓜。"

爱因斯坦听后，羞愧地放下渔竿，回到了自己的小屋里。

从此，爱因斯坦时常把自己作为镜子来审视自己，终于映照出了他人生的璀璨光芒。

📖 娟　子

思维悟语

以差劲的人为榜样，只跟他们作比较，是一种错误的思维方式，这样只会让你看不到自己的优秀，自我安慰而不去努力，最终将变得和别人一样平庸。只有时时审视自己，把自己的优点挖掘出来，并为了理想不懈奋斗，才能成为一名优秀的人。　　（史宪军）

王永庆不断与"自己"竞争

时时保持和自己竞争，是一种时时保持前进的态度，是一种不懈努力的表现。

已故"台塑"老板王永庆只有小学文化，但他热爱学习，成为台湾的"经营之神"，其奥妙之所在就是他向报界宣称的"与自己竞争"。

王永庆是怎样向自己提出挑战的呢？

第一是养成一个好习惯长年不变。如他每天中午都和上百位部门

经理共进午餐,连星期天也不例外。午餐就是每人一份盒饭,而真正的"菜肴"是王永庆的咨询提问,指导一天的工作。如一切顺利,午餐会很快结束;如哪个部门出了问题,该部门经理就要接受大家盘问,有时午餐会持续数小时。会上,王永庆的表扬与批评都是雷厉风行,说到做到,这使得每位经理都必须兢兢业业,不敢有任何差错。

第二是新人入厂都从基层最简单的工作做起。王永庆不看学历,只看阅历,更着眼于经验,因此他对新入厂员工的磨炼十分认真严格。一个没有现场经验的人,在"台塑"不会受到重用。

第三是与别人的竞争无关紧要,而与自己的竞争永远占第一位。王永庆见到经理们的第一句话总是:"你的下一步目标是什么?""这个目标合理吗?""为了这个目标,你在做什么?"……他把合理化作为这三个问题答案的评断标准。对此,他的回答常是:"我的下一个目标是超过自己。"

🌸 张晓强

思维悟语

人若满足于现状,是不可能取得更大的进步的。而超越自己,并不是一件简单的事。唯有时时保持与自己竞争,让自己今天比昨天好一些,明天比今天好一些,才能不断进步,才能在和别人的竞争中处于不败之地。 (史宪军)

毛毛虫和鲨鱼

遇到困难与挫折，不懂得创新思维，必将遭遇挫败的结果。

　　法国科学家法伯曾做过一个著名的毛毛虫试验。他把若干毛毛虫放在一个花盆的边缘上，首尾相连，围成一圈，并在花盆周围不到6英寸的地方撒了一些毛毛虫最爱吃的松针。毛毛虫开始一个跟着一个，绕着花盆一圈又一圈地走，一小时过去了，一天过去了，又一天过去了，毛毛虫们还是不停地围绕花盆在转圈，一连走了七天七夜，它们终于因为饥饿和精疲力竭而死去。

　　毛毛虫的悲剧在于盲从。其实，只要有一只毛毛虫能跨越花盆一步，打破固有的习惯及跟随的习性，就能逃脱死亡的命运。

　　另一位科学家的实验是在海洋馆里。他用玻璃板把一条具有攻击性的大鲨鱼和一条小鱼隔开。刚开始，这条大鲨鱼不断撞击玻璃，企图捕食隔壁的小鱼。无奈，玻璃隔板太坚硬，无论怎么发威，玻璃隔板丝毫未损。攻击了一段时间之后，它便放弃了。

　　于是，科学家便把隔板悄悄地移开。意想不到的是，大鲨鱼再也没有攻击过小鱼，它们都温和地在各自的领域活动，互不侵犯。

　　我们人类，何尝不是如此呢。遇到困难与挫折，不懂得创新思维，必将遭遇挫败的结果。

　　　　　　　　　　　　　　　　　　　　　　　　冯　军

思维悟语

　　惯性思维让人墨守成规，因循守旧，止步不前。如果一个人都是抱着惯性思维做事，那么这个人也就失去了创新和进步，失去了和别人竞争的能力。所以在做某一件事时，如果无法突破，尝试换一种超出常规的思维方式吧。　　　　　（史宪军）

把自信的种子种在心中

一个人的成败不是因为种族、出身，关键是你的心中有没有自信！

　　想起美国著名的心理医生基恩博士常常对人讲的一个故事：

　　有一天，在公园的一个角落，蹲着一个小孩，看到几个白人小孩兴高采烈地在自己面前玩氢气球，他非常羡慕他们，但他没有信心与他们一起玩，因为他是黑人。后来他也去买了一个气球，是黑色的，他在放飞黑色氢气球的时候，卖氢气球的老人告诉他："气球能升起，不是因为它的颜色和形状，而是气球内充满了氢气。一个人的成败不是因为种族、出身，关键是你的心中有没有自信！"后来，那个黑人小孩成了美国著名的心理医生，他就是基恩博士。

　　自信是一种美妙的生活态度，即使你说："我这人不想干什么大事，只想生活得快乐。"殊不知，要想生活快乐，也需有自信。

　　　　　　　　　　　　　　　　　　　　　　　　📖 文　水

在心中种下一粒自信的种子,你就能保持开朗的性格,拥有积极向上的生活态度。自信与金钱、地位,甚至容貌无关,它不需要刻意花费太多的时间和精力,只需要我们有一颗热爱生活、愿意创造美好未来的心灵就已经足够了。 （黄晶晶）

对自己说"不要紧"

人生在世,有许多事情是要紧的。可是也有许多使我们的平和心情和快乐受到威胁的事情实际上是不要紧的,或者不像我们所想象的那样要紧。

有一次,一位高明的教育学教授在我们班上说:"我有句三字箴言要奉送给各位,它对你们的学习和生活都会大有帮助,而且是可使人心境平和的灵方,这三个字就是:'不要紧'。"

我领会到了他那句三字箴言所蕴涵的智慧,由于我容易感到受挫折,于是我便在记事簿上端端正正地写了"不要紧"三个大字。我决定不让挫折感和失望破坏我平和的心情。

后来,我的新态度遭受了考验。我爱上了英俊潇洒的杰克森,他对我很重要,我确信他是我的白马王子。

可有一天晚上,他温柔婉转地对我说,他只把我当做普通朋友。我以他为中心构想的世界当时就土崩瓦解了。那天夜里我在卧室里哭泣时,觉得记事簿上的"不要紧"那三个字看来简直荒唐。

"要紧得很,"我喃喃地说,"我爱他,没有他我就不能活。"

但翌日早上我醒来再看到这三个字之后,就开始分析自己的情况:到底有多要紧?杰克森很要紧,我很要紧,我们的快乐也很要紧。但我会希望和一个不爱我的人结婚吗?

日子一天天过去,我发现没有杰克森我也可以过活。我仍然能快乐,将来肯定有另一个人进入我的生活。即使没有,我也仍然能快乐,我能控制我的情绪。

几年后,一个更适合我的人真的来了。在兴奋地筹备结婚的时候,我把"不要紧"这三个字抛到九霄云外。我不再需要这三个字了,我以后将会永远快乐。我的生命中不会再有挫折和失望了。

年轻人多天真啊!结婚生活和生儿育女不会有挫折失望?这当然不可能。有一天,我的丈夫和我得到一个坏消息:我们曾把我们的积蓄投资做生意,但现在这笔钱赔掉了。

丈夫把信念给我听了之后,我看到他双手捧着额头。我感到一阵凄酸,胃像扭作一团似的难受。我想起那句三字箴言:"不要紧"。我心里想:"真的,这一次可真的是要紧!"可是就在这时候,小儿子用力敲打他的积木的声音转移了我的注意力。他看见我看着他,就停止了敲击,对我笑着,那副笑容真是无价之宝。我把视线越过他的头望出窗外,两个女儿正在兴高采烈地合力堆沙堡。在他们的后面,在我家院子外面,几棵树映衬着无边无际的晴朗碧空。我觉得我的胃顿时舒展,心情恢复平和。不久,我还感到自己在微笑。

于是我对丈夫说:"一切都会好转的,损失的只是金钱,真的并不要紧。"

人生在世,有许多事情是要紧的。可是也有许多使我们的平和心情和快乐受到威胁的事情实际上是不要紧的,或者不像我们所想象的那样要紧。要是我们能永远记住"不要紧"这一点,多好!

在生活的道路上，我们随时都可能摔倒。这时候，我们需要给自己一个充满信心的笑容，轻轻地说上一句："不要紧。"这简单的三个字，是鼓舞我们再次远航的号角，是启迪我们发现生活中真正珍宝的钟声。曾经的挫折并不要紧，重要的是我们要更加努力地迎接明天。

（郭月霞）

被自己淘汰

你的性格在驾车时已经流露出来，一个人耐心地等待塞车通了，那么他在工作中即使遇到危机，也能理性地去解决。

朋友从英国回来以后，反复地对我说起英国的赛车公司，让我很莫名其妙。

我问他为什么老是说起赛车公司，他说要不是被赛车公司淘汰掉，他现在已经被英国一家大公司聘为总裁助理并负责开发国内市场了。我继续莫名其妙，他只好把故事完整地讲给我听：

原来朋友在英国伦敦大学进修工商管理专业期间，曾经参与过伦敦大学的专业论文评选。朋友的论文很被英国企业界一些成功人士看好。英国皇家某大公司的总裁亲自点名要他参加该公司一年一度的职位竞选。我的朋友看完了该公司的简介以及空缺的职位以后，决定竞争较为激烈的总裁助理一职。

面试答辩等一些程序全部完毕以后，我的朋友和另外四个对手进入了最后的决赛。决赛分两个步骤，第一步是做上任第一天的工作安排。我的朋友在国内曾在某行政单位做过管理工作，朋友以他完美的思维和东方人的谦虚赢得了赞美，结果他和另一位年轻的选手胜出。第二步考查他们的内容竟是赛车，在接到那把车钥匙之前我的朋友无论如何也想不到第二步考查的内容会是这样。朋友的车技不错，速度很快超过那位对手，但不幸的是他们的路线出现了堵车，朋友等了一会儿，看到后面对手的车也跟了上来，为了能尽快甩下对手，他看了看地图，把车调回头去走另外一条路，结果是那位对手耐心等到了塞车结束。而我的朋友因为走得太远了，当他到达目的地时对手早已经到达。他被公司淘汰。

那位总裁对他说："你的性格在驾车时已经流露出来，一个人耐心地等待塞车通了，那么他在工作中即使遇到危机，也能理性地去解决。自我控制和有原则对于总裁助理这个职位很重要。希望你能明白你失败的原因。"

我对他说原来你被赛车公司淘汰了，朋友严肃地对我说："其实不是被赛车公司淘汰了，而是被自己淘汰了。"我仔细地想了一下，是这样。

中原渔人

思维悟语

性格决定命运，选择成就人生。有什么样的性格，在很大程度上决定了我们的处事态度和行为方式。其实，性格也是心态的一种表现。如果你积极乐观，那么你的性格也一定是开朗的，只要凡事都往好处想，努力去做，就一定会取得成功。（黄晶晶）

有梦想才有作为

既然你是一个完整的生命，你就应该拥有自己生命的辉煌。但是，那辉煌不是别人给予的，而是自己创造的。

一天，一条小毛虫朝着太阳升起的方向缓慢地爬行着。它在路上遇到了一只蝗虫，蝗虫问它："你要到哪里去？"

小毛虫一边爬一边回答："我昨晚做了一个梦，梦见我在大山顶上看到了整个山谷。我喜欢梦中看到的情景，我决定将它变成现实。"

蝗虫很惊讶地说："你烧糊涂了？还是脑子进水了？你怎么可能到达那个地方呢。你只是一条小毛虫耶！对你来说，一块石头就是高山，一个水坑就是大海，一根树干就是无法逾越的障碍。"但小毛虫已经爬远了，根本没有理会蝗虫所说的话。

小毛虫不停地挪动着小小的躯体。突然，听到了蜣螂(qiāng láng)的声音："你要到哪儿去？"

小毛虫已经开始出汗，它气喘吁吁地说："我做了一个梦，我想把它变成现实。我梦见自己爬上了山顶，在那里看到了整个世界。"

蛞蝓不禁笑着说："连拥有健壮腿脚的我，都没有这种狂妄的想法。"小毛虫不理蛞蝓的嘲笑，继续前进。

后来，蜘蛛、鼹鼠、青蛙和花朵都以同样的口吻劝小毛虫放弃这个打算，但小毛虫始终坚持着向前爬行……

终于，小毛虫筋疲力尽，累得快要支持不住了。于是，它决定停下来休息，并用自己仅有的一点力气建成了一个休息的小窝——蛹。

最后，小毛虫"死"了。

山谷里，所有的动物都跑来瞻仰小毛虫的遗体，那个蛹仿佛也变成了梦想者的纪念碑。

突然，大家惊奇地看到，小毛虫贝壳状的蛹开始绽裂，一只美丽的蝴蝶出现在他们面前。

随着轻风吹拂，美丽的蝴蝶翩翩飞到了大山顶上。重生的小毛虫终于实现了自己的梦想……

这个美丽的故事告诉我们一个人生哲理：人活在世界上，不能没有梦想；为了自己的梦想，要付出艰辛的努力。

所以，不必和别人比高低，更不必瞧不起自己。既然你是一个完整的生命，你就应该拥有自己生命的辉煌。但是，那辉煌不是别人给予的，而是自己创造的。

思维悟语

小毛虫最终破茧化成美丽的蝴蝶，飞到山顶看到了整个世界，是因为它心中有梦想，所以再大的困难也不怕，再多的险阻也要克服。有了梦想，我们就拥有了勇往直前的信心和力量，就会在面对任何困难时不轻易言败，就会让一切变得皆有可能。

（黄晶晶）

241

抓到自己的心灵"老鼠"

要改掉暴躁的脾气,也是和抓老鼠一样,必须先找到自己生气的根源!

阿宗自从懂事以来,脾气就一直很暴躁,经常会为一些鸡毛蒜皮的小事生气,然而,他对自己这种动不动就会发怒的个性,也苦恼不堪。

有一天,他遇到位禅师,就向禅师问道:"有什么修身养性的方法,能够帮我改掉容易为小事发脾气的毛病?"

禅师闻言之后,随即答道:"要改掉这种脾气很简单,首先,你得知道要如何才能抓到老鼠。"

阿宗听了之后,用不屑的语气向禅师问道:"抓老鼠和改掉坏脾气,到底有什么关联呢?"

禅师问阿宗:"如果现在要你去抓一只行踪飘忽的老鼠,第一步,你会怎么做呢?"

阿宗答道:"当然是先掌握老鼠的行踪。然后在它平日出没的地方,摆上老鼠夹或是有诱饵的笼子……"

禅师说道:"这就对了,要改掉暴躁的脾气,也是和抓老鼠一样,必须先找到自己生气的根源!"

王国华

思维悟语

　　我们的心中都会有些"小老鼠"存在,它们的名字有的叫胆小,有的叫懦弱,也有的叫消极,还有的叫骄傲……只有认真地面对它们,心平气和地寻找抓到它们的方法,才能消灭它们。清除心灵的"老鼠",积极地面对生活,才能让心灵在自由的空间里任意翱翔。

(黄晶晶)

让石头漂起来

如果成功也有捷径的话,那就是赋予它足够的速度。

　　25岁的舞蹈家黄豆豆,身兼数职:舞星、教师、艺术总监等,他每天早上7点起床跑步练功……风雨无阻,他总是停不下来。他个矮、下肢短,先天条件严重不足,但他却成为世界"舞"林高手。他说,他早就知道有个成功公式是:1%的天赋加上99%的努力,但他身边没有这样的人,而他做到了,这令他备感自豪。

　　25岁,多少人的人生才刚刚起步,而他可以说是已经功成名就,令人羡慕。但黄豆豆仍然在与自己竞走,"永远停不下来",一旦做了某事,就要把它倾力做到最好,这是他的个性。如果有一天"停"了下来,他就会发胖,所以他必须一直保持一种飞翔的感觉。他不能失败,因为失败就意味着离开舞台,告别青春。

海尔集团首席执行官张瑞敏在一次中层干部会议上提出这么一个问题：石头怎样才能在水上漂起来？反馈回来的答案五花八门，有人说"把石头掏空"，张先生摇摇头；有人说"把它放在木板上"，张先生说"没有木板"；有人说"石头是假的"，张先生强调"石头是真的"……终于有人站起来回答说："速度！"

张瑞敏脸上露出满意的笑容："正确！《孙子兵法》上说'激水之疾，至于漂石者，势也'。速度决定了石头能否漂起来。"

这让我想到了跳远、跳高、飞机、火箭……也想到"无法停下来"的黄豆豆，以他的身体条件，是成不了舞者的，但他最后却让石头漂了起来！石头总是要往下落的，但速度改变了一切，打水漂的经验告诉我们，石头在水面跳跃，是因为我们给了石头一个方向，同时赋予它足够的速度。

人生也是如此，没有人为你等待，没有机会为你停留，只有与时间赛跑，才有可能会赢。美国最负盛名的棒球手佩奇说：永远不要回头看，有些人可能会超过你。那个可爱的阿甘赢得美人归后，有人问他爱情心得是什么，他说："我跑得比别人快！"

早起的鸟儿有虫吃，赶在别人前头，不要停下来，这是竞争者的状态，也是胜利者的状态。如果成功也有捷径的话，那就是赋予它足够的速度。

罗　西

思维悟语

背上行囊，在清晨就出发，这样我们才能赶在别人前头看到最美的日出；放飞梦想，用尽全身的力量，梦想就会像打水漂的石头那样在水面飞翔。人生也是如此，没有人为我们等待，也没有机会为我们停留，只有全力保持我们前进的速度，与时间赛跑，才能赢得最后的成功。

（毛淑芬）

第十一辑

学会与人分享

　　科学家诺贝尔读小学时,成绩一直名列班上的第二名,第一名总是由一个名叫柏济的同学获得。后来,柏济生了一场病,只好休学。有人对诺贝尔说:"以后第一名就非你莫属了!"诺贝尔并没有因此而沾沾自喜,反而将自己的笔记寄给柏济。到了期末,柏济的成绩还是第一名。长大后的诺贝尔,因发明火药而成为巨富。他去世后留下遗嘱,将所有财产捐出,设立了的"诺贝尔奖"。

　　快乐可以分享,幸福可以分享,智慧可以分享,财富可以分享,甚至忧愁也可以分享;学会与人分享,将获得一个快乐、成功的人生。

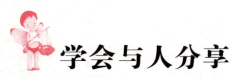

学会与人分享

未来成功的新典范是，不在于你赢过多少人，而在于你帮过多少人。

二十多年前，一个在美国长大的犹太裔青年到以色列访问，教堂神父给他讲了二战期间发生的一桩往事。一个冬天，德国纳粹将犹太人驱赶在一起，用火车运往欧洲某地的集中营。火车必须经过漫长的一夜才能到达目的地，欧洲冬季的深夜是那样寒冷——而每六个人中只有一人能得到一条毯子御寒。但没有人争吵，没有人抢夺，因为，幸运分到毯子的那个人总会平静地将毯子铺开，和周围其他五人分享，分享这难得的温暖。

故事给年轻人很大的震撼和启发，后来，他将这种理念引进自己的企业，他不仅为公司的临时职工提供福利，还创立了美国企业历史上第一个"期股"形式，即让公司所有员工都获得公司的股权。此举开始时受到公司高层很多人反对，而且推行之初公司经营呈现亏损，但是，他坚持和员工分享公司利益的政策，他相信通过利益共享，与员工形成互相信任的密切的伙伴关系，并将这种信任和真诚传递给顾客，股东的长期利益才会增加，这么做的效果比单纯广告宣传对公司的作用要大得多。事实证明他是正确的。公司不但业绩很快扭亏为盈，更被誉为全球最受尊敬公司，股票市值在十多年间上升了 100 倍，市值达到 300 亿美元。

这位年轻人名叫霍华德·舒尔茨，他领导的公司就是当今全球最炙手可热的咖啡连锁店——星巴克。

人生的成功也是如此。未来成功的新典范是，不在于你赢过多少人，而在于你帮过多少人。你帮过的人愈多，服务的地方愈广，你成功的机会也就愈大。

　　瑞典科学家诺贝尔在读小学的时候，成绩一直是班上的第二名，第一名总是由一个名为柏济的同学所获得。有一次，柏济意外地生了一场大病，无法上学而请了长假。有人私下为诺贝尔感到高兴说："柏济生病了，以后的第一名就非你莫属了！"

　　诺贝尔并没有因此而沾沾自喜，反而将其在校所学，做成完整的笔记，寄给因病无法上学的柏济。到了学期末，柏济的成绩还是保持第一名，诺贝尔则依旧名列第二。诺贝尔长大之后，成为一个卓越的化学家，最后更因发明了硝酸甘油炸药而成为巨富。他死后，将所有的财产全部捐出，设立了知名的"诺贝尔奖"。

　　因为诺贝尔的开阔心胸与乐于分享的伟大情操，他不但创造了伟大的事业，也留下了后人对他的永远怀念与追思。通过分享企业利益，一个业绩平平的公司赢得了员工、客户和公众的支持和认可，迅速成长为著名企业。把与人分享当成人生观，成就了伟大的诺贝尔。让我们学会与别人分享成长、成功与财富，我们自己也一定会最快乐、最幸福、最成功和最富有。

苗向东

思 维 悟 语

　　一个人的力量始终是有限的，生活中有很多问题，并不是凭我们一己之力，就可以得到解决的。所以，我们要学会合作。只有依靠众人的力量，问题才能更容易解决。而合作如何才能长久呢？那就是分享，彼此分享快乐，分享成功，分享财富。只有这样，才能实现双赢，不断强大。　　　　　　　（曲晓云）

世界在你心中

当地人立刻微笑着回答："年轻人，你真是来对地方了，这里一样是一个很可爱的地方，你不久就会发现这一点。"

　　一个年轻人把家搬到了一个新的城市。他问一位当地人："这座城市怎么样？人们友好吗？"当地人没有回答他的话，而是反问他："那你告诉我，你原来住的城市怎么样？人们友不友好？"年轻人叹口气说："唉，别提了。那里简直是一个地狱，街道肮脏混乱，人们互相仇视，这辈子我都不想再踏进那个城市一步。"当地人看看他，回答说："我要很遗憾地告诉你，这里也一样。这儿并不是你理想中的天堂。"

　　另一位搬来的年轻人也向这个当地人打听了城市的情况。当地人问了他同样的问题。这位年轻人回答："我原先住的城市非常好，环境很不错，而且人们非常热情好客，也特别乐于助人。我真是很喜欢那里，可是我要来这里读书，所以搬来了。"当地人立刻微笑着回答："年轻人，你真是来对地方了，这里一样是一个很可爱的地方，你不久就会发现这一点。"

　　有人听到了这个当地人的话，不解地问："为什么两个人向你打听同样的问题，你的回答却截然不同呢？"当地人说："一个人看到的世界就是他心灵的反映，心理阴暗的人是看不到光明的，而且走到哪里都一样，他们只能看到自己内心的世界。"

思维悟语

每个人都有两个世界,一个是外在的世界,一个是我们内心的世界。外在的世界,凭我们个人之力,很难改变;而内心的世界,则完全是由自己的意识决定的。我们想把内心的世界建设成什么样子,它就能变成什么样子。

(高　洁)

西雅图的鱼市

大家互相唱和:"啊,5条鳕鱼飞明尼苏达去了。""8只螃蟹飞到堪萨斯。"这是多么和谐的生活,充满乐趣和欢笑。

有一次到美国观光,导游说西雅图有个很特殊的鱼市场,在那里买鱼是一种享受。同行的朋友听了,都觉得好奇。

那天,天气不是很好,但市场并非鱼腥味刺鼻,迎面而来的是鱼贩们欢快的笑声。他们面带笑容,像合作无间的棒球队员,让冰冻的鱼像棒球一样,在空中飞来飞去,大家互相唱和:"啊,5条鳕鱼飞明尼苏达去了。""8只螃蟹飞到堪萨斯。"这是多么和谐的生活,充满乐趣和欢笑。

我问当地的鱼贩:"你们在这种环境下工作,为什么会保持愉快的心情呢?"

他说,事实上,几年前的这个鱼市场本来也是一个没有生机的地

249

方，大家整天抱怨。后来，大家认为与其每天抱怨沉重的工作，不如改变工作的品质。于是，他们不再抱怨生活，而是把卖鱼当成一种艺术。再后来，一个创意接着一个创意，一串笑声接着一串笑声，他们成为鱼市场中的奇迹。

他说，大伙练久了，人人身手不凡，可以和马戏团演员相媲美。这种工作的气氛还影响了附近的上班族，他们常到这儿来和鱼贩用餐，感染他们乐于工作的好心情。有不少没有办法提升工作士气的主管还专程跑到这里来询问："为什么一整天在这个充满鱼腥味的地方做工，你们竟然还这么快乐？"他们已经习惯了给这些不顺心的人排疑解难，"实际上，并不是生活亏待了我们，而是我们期求太高以至忽略了生活本身。"

有时候，鱼贩们还会邀请顾客参加接鱼游戏。即使怕鱼腥味的人，也很乐意在热情的掌声中一试再试，意犹未尽。每个愁眉不展的人进了这个鱼市场，都会笑逐颜开地离开，手中还会提满了情不自禁买下的货品，心里似乎也会悟出一些道理来。

赵晓东

思维悟语

市场里的鱼贩们认为，与其抱怨工作的繁忙，不如改变工作的态度。所以他们是快乐的，他们的工作是轻松的。对学习来说，道理是一样的，不管你是烦心，还是快乐，我们都要去面对。既然如此，不如改变心态，轻松应对。这样一来，我们也会取得更好的成绩。

（曲晓云）

三 个 和 尚

这座寺院的荒废,既非和尚不虔,也不是和尚不勤,更非和尚不敬,而是和尚不睦。

三个和尚在破寺院里相遇。"这寺院为什么荒废了?"不知是谁提出这样一个问题。

"必是和尚不虔,所以菩萨不灵。"甲和尚说。

"必是和尚不勤,所以庙产不修。"乙和尚说。

"必是和尚不敬,所以香客不多。"丙和尚说。

三人争执不休,最后决定都留下来各尽其能,看看谁能最后获得成功。于是,甲和尚礼佛念经,乙和尚整理庙务,丙和尚化缘讲经,果然香火渐盛。后来,三人又开始争执不休,各说是自己的功劳,于是,寺院里的盛况又逐渐消失了。各奔东西那天,几个和尚总算得出一致的结论:这座寺院的荒废,既非和尚不虔,也不是和尚不勤,更非和尚不敬,而是和尚不睦。

思维悟语

三个和尚因为各尽所能,把寺院搞得香火渐盛;三个和尚又因为互相争功,而让寺院重新荒芜。当一件事情,需要大家一起合作完成时,要看到彼此的长处,认识到每个参与的人是成功的一分子。学会分享胜利,我们就会更容易成功。 (曲晓云)

传　　承

许多人不明白到底是什么原因使安德森如此慷慨，愿意把他人生中最宝贵的东西——时间和写作技巧传给年轻人。

1919 年，一位在欧洲大战中受伤的年轻人搬到了芝加哥，住在离安德森很近的地方。这个年轻人是读了安德森的作品后才感到文学力量的强大，但当他和安德森接触后，安德森为人处世的观点更深切地影响了他。后来，一个同样受安德森作品影响的年轻人慕名拜访了他，并虚心地向他求教。安德森一样毫无保留地指点他，还帮助他出版了他的第一部小说。

许多年过去了，安德森从未拒绝过任何一位向他求教的年轻人，他用他的作品和人格影响了许许多多的读者甚至著名作家。著名的文学评论家考利称赞安德森是"唯一把他的特色和视野流传到下一代的人"。

第一个年轻人在 1926 年发表了他的第一部长篇小说，为他赢得了广泛的赞誉。作品的名字是《太阳照常升起》，而年轻人的名字是海明威。第二位年轻人在安德森帮助他的几年后写出了享誉全美的杰作《喧哗与骚动》，他的名字叫福克纳。

许多人不明白到底是什么原因使安德森如此慷慨，愿意把他人生中最宝贵的东西——时间和写作技巧传给年轻人。也许答案在这里：安德森曾受教于另一位作家——伟大的德莱塞。

把自己最美好的品德和最擅长的技巧无私地传承给需要它的人，这种人的美德比任何作品都永恒。

你是否找到了这样的"贵人"呢？用一句很简单的话表达，"导师"或"贵人"，就是那个帮助你获得成功的人。他是你行动的榜样，将自己所学毫无保留地传授给你，适时地对你提出忠告，并为你寻找发展的机会。在许多人的生命历程中，源于导师或"贵人"的协助远超过自己内在的力量。

思维悟语

想不到，大文豪海明威和福克纳，都经过安德森的无私指点。对于作家来说，最宝贵的应该是他的时间和写作技巧，而安德森竟然愿意把它们也传给年轻人。美德是代代相传的，也是可以互相影响的，你给了我玫瑰，我则把它的余香传给别人。　　（曲晓云）

白马与黑马

怀才不遇只是一点小小的不幸，有遇无才才是最大的不幸。

白马和黑马生活在同一片草原，它们都梦想着出人头地，名扬天下。白马身材高大，相貌堂堂，是名副其实的"白马王子"，它希望凭借漂亮的外表改变命运，于是每天都精心梳洗打扮，保养毛发。黑马自知不如白马英俊，可它相信世上一定会有伯乐，只要自己是真正的千里马，不愁没人赏识，于是每天都勤学苦练，最后奔跑起来如风驰电掣一般。

有一天，伯乐慕名来到这片草原，准备挑选一匹千里马。这是千载难逢的好机会，消息传出，所有马匹纷纷赶来，无不摩拳擦掌、跃跃欲试。在伯乐精心组织下，经过几轮严格的筛选，最后入围的只剩下白马和黑马。毫无疑问，黑马的实力要比白马超出一大截，它们的竞争几乎没有悬念，黑马暗自庆幸，多年的努力总算没有白费。可是，伯乐最终却看中了实力不济的白马。原来世上的伯乐也不过如此，黑马大失所望，悲愤不已，长啸一声消失在茫茫草原。

伯乐把白马当成千里马献给了国王。白马住进了金碧辉煌的王宫，被一大群人小心地服侍着，荣耀至极。为了向群臣炫耀新得的千里马，国王特意骑上白马去郊外打猎。哪曾料，才走出十几里路白马就体力不支，气喘如牛，步伐大乱，还不如仆人骑的普通马。国王脸面大失，气愤之下把白马贬入了磨房，和驴子一起拉磨。白马一直娇生惯养，根本拉不动石磨，简直毫无用处，在不久后的庆功宴上被杀掉了。而此时，黑马依然驰骋在大草原上，自由自在。

怀才不遇只是一点小小的不幸，有遇无才才是最大的不幸。

🌹 姜钦峰

思维悟语

伯乐也有一时糊涂的时候，错相白马，而错失了黑马。白马自认为从此以后，就可以出人头地了，谁知道，它没有真本领，到最后竟害得被宰杀做了人们的盘中之餐。一时的幸运只是偶然，要想一辈子都成功，那就得有真本领才行。　　　（高　洁）

管 鲍 之 交

彼此交心、彼此放心的朋友,才是真正的朋友。

春秋时鲍叔牙和管仲二人是好朋友,二人相知很深。

他们两人曾经合伙做生意,一样地出资出力,分利的时候,管仲总要多拿一些。别人都为鲍叔牙鸣不平,鲍叔牙却说,管仲不是贪财,只是他家里穷呀。

管仲几次帮鲍叔牙办事都没办好,三次做官都被撤职,别人都说管仲没有才干, 鲍叔牙又出来替管仲说话:"这绝不是管仲没有才干,只是他没有碰上施展才能的机会而已。"

更有甚者,管仲曾三次被拉去当兵参加战争而三次逃跑,人们讥笑地说他贪生怕死。鲍叔牙再次直言:管仲不是贪生怕死之辈,他家里有老母亲需要奉养啊! 后来,鲍叔牙当了齐国公子小白的谋士,管仲却为齐国另一个公子纠效力。两位公子在回国继承王位的争夺战中,管仲曾驱车拦截小白,引弓射箭,正中小白的腰带,小白弯腰装死,骗过管仲,日夜驱车抢先赶回国内,继承了王位,称为齐桓公。公子纠失败被杀,管仲也成了阶下囚。

齐桓公登位后,要拜鲍叔牙为相,并欲杀管仲报一箭之仇。鲍叔牙坚辞相国之位,并指出管仲之才远胜于己,力荐齐桓公不计前嫌,用管仲为相。齐桓公于是重用管仲,果然如鲍叔牙所言,管仲的才华逐渐施展出来,终使齐桓公成为春秋五霸之一。

　　彼此交心、彼此放心的朋友,才是真正的朋友。这样的朋友,不会因为利益不均而抱怨你,也不会因为事情不利而贬低你,更不会在困境之中抛弃你;真正的朋友相信你的能力,尽心地为你考虑,帮助你施展你的才华。

(毛淑芬)

用上所有的力量

用上所有的力量,很多时候并不仅仅是自己的力量,更是集体的力量。

　　星期六上午,一个小男孩在他的玩具沙箱里玩耍。沙箱里有他的一些玩具小汽车、敞篷货车、塑料水桶和一把亮闪闪的塑料铲子。在松软的沙堆上修筑公路和隧道时,他在沙箱的中部发现一块巨大的岩石。

　　小家伙开始挖掘岩石周围的沙子,企图把它从沙堆中弄出去。他是个很小的小男孩,而岩石却相当巨大。手脚并用,似乎没有费太大的力气,岩石便被他连推带滚地弄到了沙箱的边缘。不过,这时他才发现,他无法把岩石向上滚动,让它翻过沙箱边墙。

　　小男孩下定决心,手推、肩挤、左摇右晃,一次又一次地向岩石发起冲击,可是,每当他刚刚觉得取得了一些进展的时候,岩石便滑脱了,重新掉进沙箱。

　　小男孩气得哼哼直叫，拼出吃奶的力气猛推猛挤。但是，他得到的唯一回报便是岩石再次滚落回来，以至于砸伤了他的手指。

　　最后，他伤心地哭了起来。这整个过程，男孩的父亲从起居室的窗户里看得一清二楚。当泪珠滚过孩子的脸庞时，父亲来到了跟前。

　　父亲的话温和而坚定："儿子，你为什么不用上所有的力量呢？"

　　垂头丧气的小男孩抽泣道："爸爸，我已经尽力了！我用尽了我所有的力量！"

　　"不对，儿子，"父亲亲切地纠正道，"你并没有用尽你所有的力量。你没有请求我的帮助。"

　　父亲弯下腰，抱起岩石，将岩石搬出了沙箱。

杨会军/译

思维悟语

　　用上所有的力量，很多时候并不仅仅是自己的力量，更是集体的力量。在自己无法做到的时候，请求别人的帮助；在别人困难的时候，主动伸出我们的援助之手……学会与别人合作、分享，会使我们的力量更强大！

（郭月霞）

懂得合作的留下来

月微笑着说："老总们不能因为一人而破坏掉这种工作氛围，你没有输在才华上，你输在了别处。"

某个较有名气的刊物因为改版而招聘新编辑。

星和月是应聘者中的佼佼者，她俩才思敏捷，文笔优美，反应快，干劲足，对栏目及选题策划富有创意。星是文学硕士，并在一家待遇不错的杂志有三年的工作实践，据说是想离家近点，就把单位"炒"了。月是名牌大学的新闻系学士，虽刚刚走出校门，但也在一家有名的大报社实习过，并拿下过几个社会热点问题的大稿子。面对两个出色的人选，老总有些举棋不定，最后决定先试用三个月，之后再优胜劣汰。

情况明摆着，位子只有一个。

竞争本来就不温情。编辑们有时也私下议论会留谁，好像认定星的多一些，硕士和学士毕竟差着档次，何况她确实有能力，这点大家有目共睹。

星和月似乎进入了冲刺阶段，为了胜出对方，她们的栏目创意和采访方案不断地呈现在老总案头，相比下来，星的方案通过率要高于月，上稿量也领先。面对星的强劲锋芒和势在必得，月并没有情绪上的波动，她仍然不怨不弃，认认真真做自己的工作。

编辑们也习惯性地同情起"弱者"，对月的处境颇为担忧，时不时给她鼓励和肯定，月诚意地表示感谢。大家渐渐喜欢上了月的踏实和不服输的韧劲儿。

对工作显出驾轻就熟的星,虽仍然不敢稍有懈怠,但心中的得意却越来越明朗化。在例行的编务会上,她对分管栏目提出改进建议的同时,也不经意地"攻击"了其他编辑分管的栏目,什么老化、缺少时尚元素、定位欠准确、稿件没有新意且和别家刊物雷同等等。尽管她的话不无道理,但编辑们一言不发,似乎要给她提供一个尽情挥洒才能的舞台。而月的及时发言,救了星造成的冷场,她语调柔和地说:"星的想法对我很有启发,不过,我也想谈谈自己对分管栏目的设想,就算抛砖引玉,请在座的各位多提宝贵意见……"

可以想象到,星为这个例会耗费了多少脑细胞,她不仅考虑了自己的栏目,还对其他栏目做了研究和分析,并提出了自认为是最好的方案,但她说话语气的强硬,和对他人能力的漠视,使结果并不乐观,而月没有轻易对"前辈"指手画脚,她将谦逊和分寸把握得恰到好处。

星没有意识到形势的微妙变化,她还是一如既往地张扬着自己的才气和个性。

星对工作敬业有加,可以为之去拼命,在电脑前熬通宵是她的家常便饭。第二天同仁们到工作间时,总是看到一片狼藉,有时还飘着韭菜花的味道。当大家皱眉摇头时,月总是迅速打开窗,默默地以最快的速度打扫干净"战场",并取出自备的空气清新剂喷上几下,室内的景况霎时有了改观。老编们渐渐有了这样的印象:月在哪里,哪里都显得井然有序;星在哪里,哪里都是那么乱七八糟。而星是无暇顾及这些的,也无缘看到月的表现,她在为下一个采访东奔西跑着。

高度近视的星,面对密密麻麻的校对稿,总是痛苦万分。她不止一次报怨美编的审美取向,甚至说他画的版式多么多么的没特色,还好,这些话一直没当着美编面说,但其他编辑都听到过她的"高论"。月在手头不忙的时候,就轻轻走到要把字"吃"到眼里的星面前,说:"星,要不我帮你校校,你歇会儿。"

月主动请老编们合作策划选题,在实施采访的过程中,老编们的采

访技巧,月都铭记在心。虽然主笔多是月,但完稿后,她从不忘让一起合作的编辑过目,并征求改稿建议;发稿时,她总是把他们的名字写在前面。编辑们都喜欢"带带月",月的尊敬让他们感到舒服,怎么说月也还是个缺少经验的年轻人,于是一些"经验之谈"就在这种好感中流泻出来,让月受益匪浅。很快,月的发稿量就赶上了星,她的策划方案也开始占据上风。老总对月说,你进步挺快,继续努力。星一直是单打独干,她也曾奉命和老编们合作过,但结果都不愉快。老编们说:"她总觉着自己什么都懂,自己的什么都最好,合作?咱配吗?"

三个月的试用期到了,敬业的星被人事部门通知"请走人"。临别时,星愤愤地对送她的月说:"看着吧,我一定会找到'慧眼识英才'的地方!"月微笑着说:"老总们需要精诚合作的智慧团体,他不能因为一人而破坏掉这种工作氛围,你没有输在才华上,你输在了别处。"

星若有所思地转过了身,在考虑片刻后,大踏步地向前走去……

一 心

思维悟语

个人的力量再强大,如果不合作,反而会破坏一个团队的合力。NBA 巨星姚明,有一次对个人和团队的关系做了个形象的比喻:把一粒沙投入大海不等于把一滴水滴入沙漠,因为前者是融入,后者则是消失。

(曲晓云)

不要轻易拔去花间的草

即使是看似可有可无的杂草，也有着某些花朵不具备的优点啊。

师大毕业，刚被分进中学，我就当上了班主任。但班上有几个特别淘气的学生，老是影响班级的各项成绩，叫我很头疼，好几次找校长，说最好把他们弄走，可校长始终不肯答应。

这一天，几个淘气小子又给我惹事了，气得我跑到校长家里，跟他诉苦，说这几个差学生，搅得我的班级不像样子，让我的一番心血都白费了，快把他们弄走吧。

校长是个花迷，他一边不停地给自己花园里的各种花草浇着水，一边笑着说："没那么严重吧？淘气的学生身上也有优点嘛。"

"可我实在找不出他们身上的优点啊！"我急了。

"小伙子，慢慢来嘛。"校长不急不忙地在给一株名花搭着支架。

忽然，我发现在一片开得很旺盛的花朵中间，很明显地生长着几株野草。我伸手就要将它们拔去，校长忙拦住了我。我不解地问为什么？

校长说："这片花地里必须得留着几株草，要不这花就不会开得这么好了。"

怎么会有这种怪事呢？我更加迷惑不解了。

校长解释道："这种花特别贪长，若没有几株草跟它们争养料，它们会疯长得很高，却开不出多少花来；有了这几株草，它们就能恰到好处地生长，花开得多，也开得艳。"

哦，原来是这样，我不由得多看了几眼这几株平常的草。蓦然，我的心底涌入一股清爽的风——哦，即使是看似可有可无的杂草，也有着某些花朵不具备的优点啊。

后来，在我的热情帮助下，那几位淘气的学生，都有了根本的转变，我的班级成了全校最好的班级。在班主任经验交流会上，我只说了一句话——千万不要轻易地拔去花间的草。

阿　健

思维悟语

花间有草，需要拔去吗？不用，没有草和花争养料，花会疯长，而开不出花来。每件事物，都有它存在的价值，即使是草，也有它应该长在花间的道理。别总想着好朋友的缺点，多找找他们的优点吧。

（曲晓云）

第十二辑

绕开上帝设置的障碍

有一位大师,应大家邀请当众表演"移山大法"。大师在一座山的对面坐下,念动咒语,但是山一点儿也不动。时间一点点过去,大家都焦急地等待着奇迹的出现,这时大师却起身跑到山的另一面去了,然后宣布表演完毕。众人大惑不解。大师道:"这世上根本就没有移山大法,唯一能移动山的方法就是:山不过来,我就过去。"

生活中总会遇到各种各样的障碍,有时候硬碰硬是不行的,我们不妨换一个思维,绕开它。绕开障碍,成功往往就在眼前。

耐磨的人生

人可以忍受一切不幸，即使所有器官都丧失了知觉，我也能在心灵的滋润中继续活着。

　　我的一个朋友在一次意外的事故中失去了右手。炎炎夏日里，我到他的小书屋去选书。我本来打算要穿一件凉爽的短袖衫出门的，可是，临行前我还是毅然换了一件长袖衫——我忘不掉两年前他在酷暑时节穿一件长袖衫对我说"我今生再也无福穿短袖衫了"的悲苦神情，我希望这件长袖衫能从我身上蒸出淋淋汗水，希望这淋淋汗水能多少减淡一点朋友的哀伤与痛楚。当我出现在那间小书屋时，朋友热情地迎上来与我握手。两只左手紧紧相握的瞬间，我俩都忍不住看着对方的衣衫大笑起来——因为，朋友居然穿了一件短袖 T 恤衫！

　　朋友说，谢谢，我知道你的良苦用心。倒退两年，我还真的特别需要你这样做，但现在不同了……不瞒你说，刚出事的那阵子，我以为我活不下去了，我说什么也接受不了没有右手的残酷现实。我笨拙地穿衣，歪歪扭扭地写字，刮胡子的时候把脸刮得鲜血淋漓，上厕所都十分不方便……我哭，我闹，我摔东西，我把脑袋剃得溜光来发泄。后来，我就劝自己：别想那只手了，行不？ 瞧瞧人家古人多么豁达，满嘴的牙齿都掉光了，却说"口中无碍，咀嚼愈健"；一个叫达克顿的外国人，曾以为除了双目失明以外可以忍受生活上的任何打击，可他在 60 岁的时候，却真的双目失明了，这时候，他说："噢，原来失明也是可以忍受的呀。人可以忍受一切不幸,即使所有器官都丧失了知觉,我也能在心灵的滋润中继续活着。"慢慢地,我平静下来。我开始穿着短袖衫出门,坦然地面对人们异样的目光。我终于明白,我其实有一条韧性十足的命,它远比我想象中的那条命皮实得多、耐磨得多……

那一天,我倒空了自己的钱袋。我跟自己说:多选一些书吧,这间书屋的书一定富含灵魂之钙。

张丽钧

思维悟语

在我们的一生中,有很多东西是可以改变的,也有一些是我们无法改变的。可以改变的,努力抓住,不轻言放弃,就能闯出一片天地来;不能改变的,乐观接受,勇敢面对,我们就能活得精彩。

(海 星)

绕开上帝设置的障碍

绕开上帝设置的障碍,才能最终找到自己。

他出身贫寒。其父是一名电气工程师,但常常找不到工作,迫于生计,他父亲拖着妻儿搬了十几次家。在他 12 岁时,他父母离婚了,他与两个姐妹跟随母亲生活,成了家中唯一的"男子汉"。

由于家的不断搬迁，到 18 岁时他已上了 15 所学校。上了这么多所学校，他的学业却非常糟糕。这不仅因为他天生是个左撇子，却不得不用右手写字，以至字都写颠倒了，还由于他患有阅读障碍症。这种病使他学习非常吃力，学过的东西又很难记住。尤其糟糕的是这种病在很长一段时间里，别人没有察觉，后来被他的母亲发现了。于是他被转到专门为智力低下的孩子开设的"特教班"。因为这些，他很自卑，常常低着头，沉默寡言。

　　自忖体格较壮实，他曾打算做一名职业摔跤运动员，但一次意外的膝伤使他改弦更张。此后，他在修道院里静养了一年。

　　1978 年，他 13 岁，突然发觉自己爱上了电影，醉心于银幕上演员们酣畅淋漓的表演。他对母亲和继父说：你们看着吧，我要在 10 年之内成为一名出色的演员！但在家人看来，这只是"戏言"，没人指望他能成为明星。他的确不顺。在就读的高中他开始尝试出演一些戏剧，后来还辍学去了纽约。在纽约，他每天以面包充饥，寻找每一个试镜的机会，但很多次的试镜均以失败告终。因为导演们认为他皮肤太黑，不够英俊，表演时"热情得过了头"。

　　1981 年，为了争取一部情景喜剧中的一个小角色，他又不辞辛苦地跑到洛杉矶。在别人的推荐下，他获得了这个一闪即逝的小角色，那是个没人愿意演的没有一分钱片酬的角色。

　　1983 年，他出演了 4 部电影，在其中一部影片中，他担任了主角，但由于影片故事情节不佳和他演技的稚嫩，该片非常失败。

　　在一连串挫折中，他不断反思自身的不足，并一步步地克服和改进。1986 年，他在一部描写美国海军战斗机飞行员的影片《壮志凌云》中初获成功，成为一大批年轻美国人心目中的偶像。以后又相继主演了《生于七月四日》、《谍中谍》、《甜心先生》等著名影片，并成功完成了由单纯的"青春偶像"向"成熟影星"的转型。几年间，他数度问鼎奥斯卡金像奖、美国电影金球奖。

　　他就是好莱坞影视巨星，被美国《时代》周刊列入"美国伟人"之一的汤姆·克鲁斯。克鲁斯的经纪人保罗·瓦格纳说："克鲁斯从许多的迷雾和荆棘中发出光来,他不断地绕开上帝设置的障碍,并改变它。而绕开上帝设置的障碍,才能最终找到自己。"

🌹 祁文斌

思维悟语

真想不到,传奇巨星汤姆·克鲁斯,竟然有这么坎坷的经历。要是一般人,恐怕早就放弃追求了。但是伟大的人之所以伟大,不仅伟大在他的事业上,更体现在他们的精神追求上。我们在成长中也要学会越是遇到挫折,越能反思自身的不足,并且逐步克服和改进那些缺点,直至成功。

(赵 航)

商人的墓地

一个小小的机遇,可以改变一个人的命运。有很多时候,机遇就在生命的前方等待着,关键的是要耐心地等待和发现。

有一位商人,他最早是子承父业做珠宝生意的,可是他缺乏父亲那种对珠宝行业明察秋毫的能力,没过几年,就把父亲交给他的全城最大的珠宝商场赔光了。

他以为自己不是缺乏经商的才干,而是珠宝行业投资太大,技术性太强,风险太大。他决定改行做服装生意。他认为服装行业周期短,而且不需要太大的专业学问，肯定能成功。于是，他变卖了仅有的一些家产，开了一家服装店。事情过了 3 年，他的服装店已经再也没有资金进新款衣服，已有的衣服也因价格高于相邻商家而无人问津。他失败了。他意识到他不适合更新周期太快的服装市场。当他以为一种新款刚开始流行便马上组织资金进货时，同行们的这种款式已开始淘汰了，他总是跟随着流行的尾巴。

他变卖了服装店，用剩余不多的资金，开了一家饭店。他想，这种简单的生意，总不会再赔了吧。雇几个人做饭菜，客人拿钱吃饭，又不用多么大的流动资金。可是，他又错了。他眼睁睁地看着相邻的饭店里宾客盈门，而自己的饭店却门可罗雀。最后，连雇来的几个人也跑到别的饭店去了，只剩下他孤零零的一个人。

后来，他又尝试做了化妆品生意、钟表生意、印染生意，都无一例外地失败了。

这个时候，他已经 52 岁了。从父亲交给他珠宝生意至今，25 年的宝贵年华被失败占满。灰白的双鬓使他相信，他没有丝毫经商的才能。

他盘算了自己的家底，所有的钱仅够买一块离城很远的墓地。

他彻底绝望了。既然自己没有能力创造财富了，就买块墓地给自己留着，等到哪一天一命归西，也算有个归宿。

这是一块极其荒僻的土地，离城有 5 公里远，有钱的人，甚至一些穷人也不买这样的墓地。

可是，奇迹发生了，就在他办完这块墓地产权手续后的第 15 天，这座城市公布了一项建设环城高速路的规划，他的这块墓地恰恰处在环城路内侧，紧靠一个十字路口。道路两旁的土地一夜之间身价倍增，他的这块墓地更是涨了一百多倍。他做梦也没想到他靠这块墓地发财了。

他蓦然顿悟，自己为何不做房地产生意呢？说做就做。他卖了这块墓地，又购买了一些他认为有升值潜力的土地。仅仅过了 5 年，他成了全城最大的房地产业主。

这位商人的故事给人的启示是深刻的。一个小小的机遇，可以改变一个人的命运。有很多时候，机遇就在生命的前方等待着，关键的是要耐心地等待和发现。

我们经常遇到这样的事，一个人为一个目标苦苦守候了许多年，后来实在坚持不住了，就不再等候了。结果，他刚走，那个目标就出现了。

有很多人努力了半辈子也没有成功，就自动放弃了；其实，往往在这个时候，成功距他只有一步之遥了。

鲁先圣

思维悟语

商人在最绝望的时候，却因为他买的一块墓地而发现了商机，改变了他的人生。当我们面对迟迟不来的成功时，也要学会耐心等待，不断追求，不畏坎坷，坚信成功。无数次的失败都不要紧，只要有一次成功，就让命运彻底改变。　　　　（赵　航）

 # 柔　　韧

当我们的生命力量尚未充分发挥的时候，懂得如何使自己弯而不折，可能更需要一些智慧、勇气和毅力。

我们遇到挫折的时候，第一个要做的事，是马上找一个新的希望。不管这希望将来是否能实现，甚至不管它是否真的是一个"值得的"希

望，只要你找到一个，然后，让自己认真地朝这个方向去计划、去努力、去追寻。不必关心它将来会怎么样，至少在目前，你可以很快地忘了那失败的痛苦，提早结束那痛苦的尾声，而重新感到自己又充满了希望和对事情的热情。

过分的刚强，不如适度的柔韧。我们应该多有一点韧性，能够在必要的时候弯一弯，转一转。太坚硬的东西，容易折断。唯有那些不只是坚硬，而有更多柔韧弹性的人，才可以克服更多的困难，战胜更多的挫败。

平常我们推崇一个人的刚烈，说它是"宁折不弯"。但是也有更多的时候，当我们还有更重要的事情要做，还有更崇高的任务要完成，当我们的生命力尚未充分发挥的时候，懂得如何使自己弯而不折，可能更需要一些智慧、勇气和毅力。

（台湾）罗　兰

思维悟语

　　"宁折不弯"是形容一个人刚烈、有气节的品质，品质虽好，但却不是绝对。在挫折面前学会使自己"弯而不折"更需智慧、勇气和毅力。有韧性的人生，才会克服更多的困难，取得更大的成功。

（赵　航）

圆 和 射 线

只要找准一个端点，另一端就要勇往直前，无限延伸下去。

　　朋友是个做生意的老板，他最初开店连遇挫折，亏了很多，最后想到了放弃。有一天，上小学的儿子拿着一个圆规，在作业本上画圈，画着画着，儿子忽然问他："爸爸，为什么圆规的一端老转不出这个圆？"

　　他一下子愣住了。

　　"我们老师说了，圆是一个封闭的曲线！"儿子终于忍不住，替他回答道。

　　这句话使他很受震动，仿佛忽然看到命运之窗微微透进了一线光，是啊，自己的境况不就是一个圆吗？一个自我封闭的圆！

　　"那么，你告诉爸爸，怎么才能绕出这个圆呢？"他抓住儿子，急切地问道。

　　儿子想了想，说："射线呀！只要找准一个端点，另一端就可以无限延伸了。"

　　他茅塞顿开。立即打电话，寻找各方面的支援，又进行了一个月的市场考察，终于挽救了失败的事业。中间，他也遇到过心酸、冷落、寂寞和痛苦，但是他坚信：只要找准一个端点，另一端就要勇往直前，无限延伸下去。

　　　　　　　　　　　　　　　　　　　　　李晓杰

思维悟语

遇到困境的时候，如果仍停留在原地打转，除了让心里更迷茫、思维更混乱外，并不能解决任何问题，更无法摆脱所处的困境。只有另外找准目标，进行多方面的努力，并且毫不犹豫地坚持下去，才可能找到解决问题的答案，摆脱困境。　　（黄晶晶）

从最低处开始

正是老人把位置放得很低，所以能从容不迫，能悟透世事沧桑。正是海的位置最低，所以才笑纳百川，包罗万象。

　　一个国王和他的朝臣们在一次冬季的狩猎中迷了路，走到一个人迹罕至的地方。当夜晚来临之际，他们好不容易才发现一处农人的房子。于是国王说："我们在这儿过夜吧。"

　　但是有位朝臣却极力反对，他认为尊贵的国王到农人家避难有失尊严，还是自己搭帐篷较为妥当。

　　农人知道了这种情形，就说："国王的尊贵不会降低，只是朝臣不希望农人的尊贵被提高。"

　　国王听了这句话觉得很有道理，就走进他的房子过夜，并在第二天早晨赐给他一些礼物。离别前，农人陪着国王散步，恳切地说："接受了农人，国王的权力和伟大没有损失，但是当您这样一位国王遮住农人的头时，农人的帽檐却无法延伸到阳光下。"

一个大人物能够谦恭地礼贤下士，对所有的人一视同仁，不仅不会失去尊严，反而更显得坦荡和伟大。

有一个青年人，他对生活的不满和内心的不平衡一直在折磨着他，觉得怀才不遇，所以牢骚满腹。夏天有一次他乘同学敏家的渔船出海，才使他茅塞顿开。敏的父亲是一个老渔民，在海上打鱼打了 20 多年，看他那从容不迫的样子，青年人心里十分敬佩。

青年人问他："伯伯，您每天打多少鱼？"

他说："你不知道，孩子，打多少鱼并不是最重要的，关键只要不是空手回来就可以。在小敏上学的时候，为了供他读书，不能不想着多打一点。现在小敏毕业了，又找到了饭碗，我也没有什么奢望打多少了。"

青年人若有所思地看着远处的海，突然想听听老人对海的看法。他说："海是够伟大的，滋养了那么多生灵……"

老人说："那么你知道为什么海那么伟大吗？"

青年人不敢贸然接茬。

老人接着说："海能装那么多水，关键是因为它位置最低。"

位置最低！

正是老人把位置放得很低，所以能从容不迫，能悟透世事沧桑。

正是海的位置最低，所以才笑纳百川，包罗万象。

是的，不妨放低自己，脚踏实地，站稳脚跟，然后再一步步登攀。正如一位哲人所言，想要达到最高处，必须从最低处开始。

思维悟语

当我们一无所有时，要从最低处开始，脚踏实地去做，坚定向高处登攀的信心；当我们已经站在高处时，不时放低一下自己，仍从最低处开始，消除骄傲和自负，保持谦虚、谨慎的态度。在低处坚持踏实，在高处保持谦虚，这样的人一定能够实现梦想。（黄晶晶）

微软清洁工

对于微软来说，没有 E-mail 的人等于不存在的人，所以微软不能用他。

有人到微软去找一份清洁工的工作。在经过面试和实做(打扫厕所等)以后，人事部门告诉他被录取了，向他索要 E-mail 以寄发录取通知和其他文件。他说："我没有计算机。"人事部门告诉他，对于微软来说，没有 E-mail 的人等于不存在的人，所以微软不能用他。

他很失望地离开微软，口袋里只有 10 美元。他只好到便利商店去买 10 公斤的马铃薯，挨家挨户转手卖出。

两个钟头后他卖光了，获利 100%。他又做了几次生意，把本钱增加了一倍。他发现这样可以挣钱养活自己。

于是，他认真地做起这类生意来，一些运气加上努力，他的生意越做越大，还买了车，增加了人手。

5 年内，他建立了一个很大的"挨家挨户"的贩售公司，提供人们只要在自家门口就可以买到新鲜蔬菜的服务。

他考虑到为家人规划未来，于是计划买一份保险。

签约时，业务员向他要 E-mail。他再次说："我没有计算机，更别提 E-mail 了。"业务员很惊讶："您有这样一个大公司，却没有 E-mail。想想看如果你有计算机和 E-mail 可以做多少事！"

他说："我会成为微软的清洁工。"

高国防

思维悟语

每个人都有自己的长处和短处,努力发挥自己的长处,避免自己的短处,这也是一条成功之路。通往成功的道路有千万条,当这条道路不是我们所擅长走的,不妨换换别的道路,找找最适合自己的那一条,找到了照样能够成功。   (黄晶晶)

路的旁边也是路

他的思维极其灵活与机敏,他紧盯住松下问道:"只要是与风有关的,任何事情都可以做吗?"

1956 年,松下电器与日本生产电器精品的大阪制造厂合资,设立了大阪电器精品公司,制造电风扇。当时,松下幸之助委任松下电器公司的西田千秋为总经理,自己任顾问。

这家公司的前身,是专做电风扇的,后来开发了民用排风扇。但即使如此,产品还是显得很单一。西田千秋准备开发新的产品,试着探询松下的意见。松下对他说:"只做风的生意就可以了。"

当时松下的想法,是想让松下电器的附属公司尽可能专业化,以图有所突破。可是松下电器的电风扇制造已经做得相当卓越了,颇有余力去开发新的领域。尽管如此,西田得到的仍是松下否定的回答。

然而,西田并未因松下这样的回答而灰心丧气。他的思维极其灵活与机敏,他紧盯住松下问道:"只要是与风有关的,任何事情都可以做吗?"

松下并未细想此话的真正含义,但西田所问的与自己的指示很吻合,所以回答说:"当然可以了。"

四五年之后,松下又到这家工厂视察,看到厂里正在生产暖风机,便问西田:"这是电风扇吗?"

西田说:"不是。但它和风有关。电风扇吹的是冷风,这个吹的是暖风,您说过要我们做风的生意。这难道不是吗?"

后来,西田千秋一手操办的松下精工的风家族,已经非常丰富了。除了电风扇、排风扇、暖风机、鼓风机之外,还有供果园和茶圃防霜用的换气扇,培养香菇用的调温换气扇,家禽养殖业用的棚舍换气调温系统……

西田千秋只做风的生意,就为松下公司创造了一个又一个的辉煌。

生活中,我们在一条路上不断地走,总觉得自己已经把路走绝了,再不能走出一片崭新的天地,再不会有更大的成就。实际上,路的旁边也是路。可能我们一生注定只能奔赴一个方向,如果总是沿着那条老路前进,当然有把路走烦、走厌、走绝的时候。西田千秋只是试着往旁边跨了几步,就发现了无数条路,而且条条都是全新的路,并最终引领他走向了成功。

事实上,更多的时候,我们在生活的路上走得不好,不是路太狭窄了,而是我们的眼光太狭窄了,所以最后堵死我们的不是路,而是我们自己。

🍂马　德

思维悟语

在一条路上不断地走,总有走烦、走厌、走绝的时候。如果真走到这一步,那想再改变也已经很难了。在可以为自己的路做出选择的时候,不妨再多走几条路,因为每一条路对于我们来说都是新路,每一条路都是机遇。如果想看到更多的风景,就试着往旁边多走几步吧。

(赵　航)

避开诱惑和刀锋

在诱惑和疼痛面前学会转身,就会有一片广阔的田地在等待你去耕耘和收获。

我从小在农村长大,考上大学曾经轰动了整个小山村。毕业后,留在了向往已久的城市。但是在城市我却像一个迷失了方向的孩子,微薄的工资要付房租、要吃饭,还要给正在读书的弟弟邮寄生活费,几乎每个月都是"月光族",飞速上涨的房价、日渐苍老的父母,深深地刺痛了我的心。

一次回家,我想叫父亲帮忙找亲戚借点钱,交房子首付款。可是看着父亲年迈劳碌的身影,我张开的嘴不得不闭上。年迈的父亲趁闲暇忙着捉黄鳝和蛇卖钱补贴家用。父亲用黄鳝笼捕捉黄鳝,黄鳝笼是一个安装了颇为玄妙机关的篾制捕鳝器具,笼子里放上诱饵,诱引水域里的黄鳝游入,机关的玄妙在于只能进不能出。父亲抓蛇是为了卖蛇胆,把锋利的刀片竖在蛇洞的入口处,蛇回穴的时候经过锋利的刀锋,疼痛的刺激促使它拼命向前爬,等到蛇爬过刀锋,肚子早已经被划开,不一会儿就死了。因为蛇没有倒退的本领,疼痛的恐惧促使它拼命向前,如果它在感到疼痛的时候能往后倒退,它就可以躲过劫难,获得新生。

置身于城市,我就像那些闻到了食物香味的黄鳝,其实黄鳝笼就在身边,我再游过些许岁月的距离,就可能真的成为进了笼子的黄鳝,无法在城市的笼子里找到出口，真庆幸自己还游走在城市诱惑的笼子之外。城市的激烈竞争，已经使我疲惫不堪，心灵的疼痛愈来愈重，我不想成为被开膛破肚的蛇。

思虑再三，我决定回到徽菜发源地绩溪老家闯一闯。人们都在寻求自然、绿色、健康的食品，以徽菜为代表的土菜的兴起让我看到了成功的希望，我认定这个行业能有不错的发展。家乡的山林特产为我奠定了成功的基础，让我开辟了一片全新的天空。

几年的打拼，我拥有了目前最为强大的徽菜原材料供货体系，我手中的山野土菜成为各大酒店的抢手货。有了房有了车有了温暖的家，年迈的父母爬满皱纹的脸上常挂满了笑容，当初的梦想在一转身之间都成了现实。

黄鳝和蛇的教训让我在面对诱惑和感知疼痛的时候学会了转身，从而保全了自己，闯出了一条全新的道路。激烈竞争中的正面交锋有时候会让我们心力俱疲，倒不如退一步海阔天空。在诱惑和疼痛面前学会转身，避开诱惑和刀锋，选择一条新的道路，就会有一片广阔的田地在等待你去耕耘和收获。

❀ 陈立明

思维悟语

文章作者从黄鳝和蛇的身上得到了启示，及时修正了人生，经过拼搏和努力，获得了成功，实现了自己的价值。在我们的学习生活中，当我们失败或者遇到挫折的时候，是不是也该多想想，是不是自己使用的学习方法出了问题。学会反思，学会转身，我们就会发现成功其实近在咫尺。

（赵　航）

意外，可能带来惊叹号

我父亲常说："做事要积极，态度要随和。"如果能随遇而安，哪怕是台风天，也可以有意义地度过。

海棠台风的肆虐使得桃园机场关闭，一位来台演讲的美国学者因而滞留台湾 9 个小时，要晚一天才能到家，赶不上他孙子的受洗礼。为此，我深感不安，频频道歉。他一点都不在意地跟我说："不用道歉，那不是你的错，人如果要为天气道歉，那道歉就没完了。"然后他意味深长地说："凡事都先预约虽然使得生活有规律、做事有效率，但过分重视效率也会使人失去弹性，使生活失去品味。"

这句话很对，现代人为了实现效率而失去了弹性，事情一不按照预定的计划进行便感到受挫，怨天尤人。其实弹性是生存的一个很重要的条件，大自然充满了变数，所谓"人算不如天算"，世事常是说不准的。一个人没有弹性就无法随遇而安，而一个不肯随遇而安的人会使自己和周边的人神经紧绷，导致日子过不下去。智者都有好几个替代方案，狡兔也有三窟，这样才能随机应变。在工业化的社会，时间即金钱的观念已经使得许多人变成了机器，一切要按照行程表进行，如果下一件事没有按照计划来办，便开始抱怨，追究是谁的责任，很少人有乘兴而来、兴尽而归，保有意尽心满的弹性。

这位教授因无奈被困在旅馆中，便独自一个人漫步于仁爱路去体验台风。狂风骤雨的感觉使他想起了许多童年往事，包括小时候被飓风刮到河里差一点溺死，一个同学拼死救回他一命的事。回到旅馆他洗了一个痛快的热水澡后，便拨电话给这个朋友，想不到电话拨过去这个朋友

正因为被告知得了癌症而极度沮丧，接到他的电话非常惊奇，两人谈了很久。他安慰这个朋友："上帝把你放在这个世界是有目的的，你是我的守护神，要等我走，你才能走。"这个朋友非常感激他的电话，跟他说："现在我们互不欠了。"表示这个电话救了他一命。教授说如果不是台风他就不会跟这个朋友打电话，就不会适时报了这个恩。

人生不必什么都按照计划行事，偶尔的差错也许会有意外的惊喜，给自己一些弹性常会看到意想不到的景观。新奇与惊奇是促使大脑分泌多巴胺的因素。多巴胺的出现会使人有快乐的感觉，而一成不变的生活会使日子变成一潭死水。我父亲常说："做事要积极，态度要随和。"如果能随遇而安，哪怕是台风天，也可以有意义地度过。

（台湾）洪 兰

思维悟语

有计划的人，生活能得到很大改变；有弹性的人，生活能有很多惊喜；既有计划又有弹性的人，生活会幸福而美好。我们学习要有计划，但也要注意休息，劳逸结合；我们生活要有计划，但也要有闲暇，这样才不会手忙脚乱，才能更好感受到生活给予我们的惊喜与快乐。

（赵 航）

打造心灵的韧度

有人问智者:"请问,怎样才能成功呢？"智者笑笑,递给他一颗花生:"用力捏捏它。"那人用力一捏,花生壳碎了,只留下花生仁。"再搓搓它。"智者说。那人又照做了,红色的种皮被搓掉了,只留下白白的果实。"再用手捏捏它。"那人用力捏着,却怎么也没法把它毁坏。"虽然屡遭挫折,却有一颗坚强的百折不挠的心,这就是成功的秘密。"智者说。

只有经历过挫折、失败和痛苦的磨炼,努力打造心灵的韧度,才能使自己始终保持积极而平和的心态,朝着既定的目标前行。

打造心灵的韧度

罗曼·罗兰说："只有把抱怨环境的心情化为上进的力量，才是成功的保证。"

有则故事耐人寻味。一个失意的年轻人寻找成功的秘诀，哲人递给他一颗花生说："用力捏捏它。"年轻人用力一捏，花生壳便碎了，剩下花生仁。然后，哲人教他再用力搓搓它，结果红色的皮被搓掉了，只留下了白白的果实。哲人再教他用力捏捏，年轻人迷惑不解，但还是照着做了。可是，不论他如何用力，却怎么也捏不碎这粒花生仁。哲人语重心长地告诉年轻人："虽然屡受打击与磨难，失去了很多东西，但始终都要拥有一颗坚强不屈的心，这样才会有美梦成真的希望啊！"

其实，每一位成功人士被磨砺"成型"的过程，大都绝非坦途。诸如职场失手、竞争败北、工作出错、进步受阻等等不顺心的事，会随时随地在生活中出现。这恐怕是每个成功人士都经历过的，也是任何一个人成长道路中都可能遇到的。

应该说，不幸和挫折如同一块磨刀石，它可以磨掉人不够成熟、不够坚强的部分，去掉人的傲气与娇气，打造心灵的韧劲，促使人更踏实、更坚定地前进。如果不能用客观的眼光看待挫折和不幸，稍遇不顺就自怨自艾甚至自暴自弃，就等于主动放弃了砥砺自己的机会，也放弃了进步的可能。

其实，艰苦的环境不一定就是人生的不幸，相反还会成为磨砺人生的砥石,它可以培养坚强的品质、意志和毅力,就像燧石只有在锤击下才能放射出耀眼的光彩。正如孟子所言:"天将降大任于斯人也,必先苦其心志、劳其筋骨……"罗曼·罗兰说:"只有把抱怨环境的心情化为上进的力量,才是成功的保证。"其实,任何艰苦都只是相对的,如果能在艰苦面前无所畏惧、迎难而上,努力打造心灵的韧度,就能从艰苦奋斗中享受最大的乐趣。

"艰难困苦,玉汝于成。"只有经历了不幸、挫折、失败和痛苦的磨炼,真正打造了心灵的韧度,把不幸和命运握在自己手中,才能够在生活中做到宠辱不惊、镇定自若,在面对突发情况时才能临危不惧,冷静处之;才能使自己始终不偏不倚、不疾不徐地朝着目标前行。

人不怕痛苦,就怕丢掉坚强;人不怕磨难,就怕放弃希望。要想在人生道路上有所建树,成就一番事业,就必须为自己打造一颗坚强的心,勇于在艰难困苦中磨砺斗志,走好自己人生路上的每一步。

刘福奎

思维悟语

不幸和挫折,是人生道路上的两只"拦路虎"。人生的道路不是一帆风顺的,通往最美最好地方的道路几乎都有荆棘与坎坷,只有那些被不幸和挫折磨炼过的人才能通过。我们要把不幸和挫折看成是上帝送给我们最好的礼物。

(采露)

失败是一种错觉

屏住呼吸，心要静，放平手脚，水的浮力自然会把你托起来的。不要胡乱扑腾，那只会越来越糟。

一位年轻人觉得自己的生活陷入了一片黑暗之中。相恋多年的女友离开了他，满意的工作一直都没找到，还要在一个陌生的城市中漂泊，应付房租和一日三餐。生存的重担让他喘不过气来。

他几乎不堪承受这样的压力。在逆境中，他不断地感慨自己失败。每一天睁开眼睛，他都想要逃避。在极度失落的时候，他想要尝试一些新东西，以便给自己增加一点信心。

他想到了学游泳，于是，他来到了游泳馆。既没有游泳常识，又没有约朋友，也没有请教练，他几乎是自虐似的独自跳进了泳池里。当他的头整个没进水里的时候，他的耳边产生了如雷鸣般的响声。本能地，他的身体向上猛蹿了一下，加上水的浮力，他的头撞在了护栏上，脑袋中产生了更强的轰鸣。

他有几分慌乱，但还是不肯放弃，于是再次沉入了水底，结果水一下子涌过来，他灌进了几口水。虽然感觉到头晕，但是他疯狂地接二连三地沉入水里，全然不顾自己的生死。他有几分赌气地想，我就不信我在游泳上也是个失败者。

正在他不管不顾扑腾时，一只有力的手拉住了他。他想要挣脱，但是已经耗尽了力气，只好被那只手紧紧的拽着拉到了池边。"孩子，千万不要这样乱来,多危险啊。"是一位中年的阿姨。在这个远离亲人的城市里,他是一个需要独自承担一切的人。阿姨的一声'孩子",让他的眼泪夺眶而出。"屏住呼吸,心要静,放平手脚,水的浮力自然会把你托起来的。不要胡乱扑腾,那只会越来越糟。"

年轻人的情绪终于平静下来,他反复尝试,终于可以自如地游泳了。他发现这不仅仅适用于游泳,同样适用于生活。

思维悟语

> 接二连三的不幸,会让一个人的心理失去平衡。这时候,为了急于成功,人的心都是很急很乱的,用这样的心态做事情,即使你有百分百的把握能做成功的,也未必能达到你预期的效果。给自己一个充分思考的空间吧,那样会离成功更近! （采 露）

失败了也能笑出来

快乐地"笑"下去,那么,这生命中的阳光,终会催开人生成功的花朵。

在日本,有一位企业老总,他把每个月末召开的工作例会取名为"快乐例会",在具体检查和布置工作之前,要求各部门经理用 3 分钟时间向大家汇报一下本月最快乐的事情,而他总是带头把快乐传给大

家，引得全场上下哈哈大笑。这位老总就是日本当时最大的零售集团"八佰伴"公司总裁和田一夫。

前几年，"八佰伴"一夜之间跌入低谷，当时和田一夫已是 72 岁的老人了。他并没有因"八佰伴"的倒闭而压垮自己心中的信念和快乐。他和几个年轻人合作，开办了一家网络咨询公司。面对新的行业，他充满了自信，脸上始终绽放着微笑。他的快乐、热情和积极的人生态度，终于感动了顾客，没有多久他又把生意做得红红火火，做出了人生的又一片"艳阳天"。

有记者问和田一夫，为什么能在如此短的时间内反败为胜、东山再起？和田一夫快乐地答道："因为失败了，我也能笑出来！"

"失败了也能笑出来"，无论在什么情况下，哪怕是受到致命的打击，如果也能像和田一夫那样，坚持"笑"下去，快乐地"笑"下去，那么，这生命中的阳光，终会催开人生成功的花朵。

黄小平

思维悟语

哀莫大于心死。如果我们对某件事情死了心，那么做这件事情就很难成功。当我们遭遇失败的时候，不悲观绝望，不让忧郁遮挡住成功的阳光，对自己充满信心，拥有乐观精神，就会拥有成功的种子。

（采 露）

屡败屡战

正应了那句话：当屡战屡败之时，唯一要做的，就是屡败屡战！

　　我们出国考察团完成考察任务后，顺便去泰国旅游三天。刚到泰国第一个景点，就见一位素不相识的泰国中年男子扛着摄像机主动追随我们拍照。他还跑前跑后，忙活不停，一件短衫全给汗水湿透；大客车开往下一个景点，他还骑着摩托车随车追赶；就餐时，他又马不停蹄地抓拍干杯、灌酒、有趣的热闹场面；到了宾馆，他就在房间里拍同事们下棋打牌唱歌闲聊之类的生活场面……问他为何要拍？拍了干什么？他只笑不答。第二天一早，他已推着摩托车等候在宾馆大门口。

　　三天很快过去，在我们将要离开泰国的前一天晚上，那个摄像者又来了，他把加工整理好并配有音乐和中文解说词的两盒成品光碟送到宾馆。一放，哇，太精彩了！三天来我们旅途中的热闹欢快场面——再现荧屏，除了集体场景，每人都能从中找到几组自己的特写镜头。

　　他的开价是两盒一套 1200 元人民币，还价还到 1000 元。众人合计一下，如买下一套回去复制，每人只需分摊 30 多元，领队决定买下。凑钱时，有几位同事还是嫌太贵，想再便宜些，但摄像者却一分也不肯再降了。我们问他："这笔生意如谈不成的话，你这三天不是白干了吗？"他说这次白干，下次他还会接着再干！前后僵持了约 20 分钟，还是没谈成，摄像者就这样走了。

　　临上飞机前，领队还是托人找到了那位摄像师，花 1000 元买下了两盘光碟。

　　我想：这位摄像者是条汉子，当他认准一个目标后，不管成功与否都执著地投入，他始终坚信自己的劳动是有价值的。最后，他以自己工作的质量去商谈报酬。如不成功，不要紧，擦掉失败的记忆再重来。

　　回国后，我在工作中也多次遇到过像泰国摄像者一样的境遇，有时甚至是一连几个月的心血付诸东流，可只要想起那位泰国摄像者我就不会气馁，一次次在挫折中磨炼自己。正应了那句话：当屡战屡败之时，唯一要做的，就是屡败屡战！只要去"战"，必定会遇到成功的机会！

胡喜盈

思维悟语

　　只有对自己有信心，才敢执著地认为自己的东西是有价值的。而信心又来源于实力，实力又来源于自己勤奋地努力。有真本领的人，什么都不会怕，因为他知道自己的价值，即使这次失败，只要不气馁，不放弃，总有一天会收获成功。　　　　（采　露）

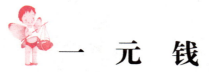

一　元　钱

我们的身边不是没有机会，而是自己缺少敏锐的观察力。

　　他破产了，所有的东西都被拍卖得一干二净。现在口袋里的一元钱

及回家的一张车票是他所有的资产。

从深圳开出的 143 次列车开始检票了,他百感交集。"再见了,深圳!"一句告别的话还没有说出口,他早已泪流满面。

"我不能就这样走。"在跨上车门的那一瞬,他又退了回来。火车开走了,他留在了月台上,在口袋里悄悄地撕碎了那张车票。

深圳的车站是这样的繁忙,你的耳朵可以同时听到七八种不同的方言。他在口袋里握着那一元硬币,来到一家商店的门口,用 5 毛钱买了一支儿童彩笔,5 毛钱买了 4 个"红塔山"的包装盒。

在火车站的出口,他举起一张牌子,上面写着"出租接站牌(一元)"几个字。当晚他吃了一碗加州牛肉面,口袋里还剩了 18 元钱。5 个月后,"接站牌"由 4 只包装盒发展为 40 只用锰钢做成的可调式"迎宾牌"。火车站附近有了他的一间房子,手下还有了一个帮手。

3 月的深圳,春光明媚,此时各地的草莓蜂拥而至。10 元一斤的草莓,第一天卖不掉,第二天只能卖 5 元,第三天就没人要了。此时他来到近郊的一个农场,用出租"迎宾牌"挣来的 1 万元钱,购买了 3 万只花盆。第二年春天,当各地的人们把摘下的草莓运进城里时,他也带着栽着草莓的花盆进了城。不到半个月,3 万盆草莓销售一空,深圳人第一次吃上了真正新鲜的草莓,他也第一次领略到了 1 万元变成 30 万元的甜滋味。

要吃即摘,这种花盆式草莓,使他拥有了自己的公司。他开始做对外贸易生意,他异想天开地把谈判地点定在五星级饭店的大厅里。那里环境幽雅且不收费。两杯咖啡,一段音乐,还有彬彬有礼的小姐,他为没人知道这个秘密而感到兴奋,他为和美国耐克鞋业公司成功签订贸易合同而欢欣鼓舞,总之,他的事业开始复苏了,他有一种重新找回自我的感觉。

1995 年,深圳海关拍卖一批无主货物,有 1 万只全是左脚的耐克皮鞋无人竞标,他作为唯一的竞标人,以极低的拍卖价买下了它。1996年,在蛇口海关已存放了一年的无主货物——1 万只全是右脚的耐克皮鞋急着处理,他得知消息,以残次旧货的价格将其拉出了海关。

这次无关税贸易,使他作为商业奇才上了香港《商业周刊》的封面。现在他作为欧美 13 家服饰公司的亚洲总代理,正在力争将深圳的一条街变成步行街,因为在这条街有他的 12 个店铺。

刘燕敏

不幸的两种读法

他突发奇想:这些糖稀和面糊能不能烤成一种奇特的食品呢?

饼干的形成

一个食品加工商租船从外地采购了大量的蔗糖和面粉,在返回的途中遇到了风暴。结果,所有的蔗糖和面粉被淋得湿透了,成了糖稀和面糊。面对突如其来的厄运,货主一时愁得吃不下饭、睡不着觉。可他并不甘心,寻思着这些糖和面还能派上什么用场。就在这时,他看到船主在烤铁板鱿鱼。看着一片片鱿鱼在铁板上被烤成奇香四溢的佳肴,他突发奇想:这些糖稀和面糊能不能烤成一种奇特的食品呢?

当船主烤完鱿鱼,他马上把糖稀和面糊的混合物放在灼热的铁板上——奇迹出现了。这些经过雨水浸泡而有些发酵的混合物,很快烤熟并意外地膨化开来。

拿起一尝,这个正苦于开发不出新产品的食品加工商激动地跳了起来……从此,世界上多了一种酥甜可口、风味独特而便于储运和携带的新式食品——饼干。

高原上的苹果

在新墨西哥州的高原地区,有一位靠种植苹果谋生而致富的园主。这年夏天,一场冰雹把已长得七八成熟的苹果打得遍体鳞伤,坑坑洼洼,令丰收在望的园主大惊失色、心痛不已。园主不甘心就这样失去一年的收成,他冥思苦想着怎么才能把这些伤痕累累的苹果名正言顺地销出去。

大约又过了一个月的时间,这些苹果的"伤口"渐渐愈合,也都成熟了,但都变得面目全非,一个个像雕琢过的"工艺品"。园主随手摘下一个疤痕累累的苹果一尝,意外地发现这些被冰雹打击过的苹果反而变得清脆异常、酸甜可口。直到这时,园主的心情和眼睛才为之一亮,他已胸有成竹,决心换个说法和卖法。他在发给每一个客户的订单上,清楚无误地写道:"今年的苹果终于有了高原地区的特有标志——冰雹打击过的明显痕迹。这些苹果不光从外表上而且从口感上更加体现了高原苹果的独特风味,实属难得的佳品。数量有限,欲购从速……"

人们纷纷前来欣赏和品尝这种具有"高原特征"的苹果,苹果很快销售一空。

这两位商人,在不幸中,都找到了"福气"。有句古语叫"塞翁失马,焉知非福。"不幸未必就是真正的不幸,说不定还是福气呢!我们在遇到不幸的时候,要学会利用不幸,要镇定从容,善于思考,把不幸转化成幸运。

（采　露）

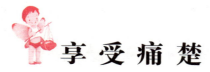

享 受 痛 楚

马修说:"钻心的刺痛固然难忍,但我还是感激它——痛楚让我感到我还活着!"

　　美国西海岸边境城市圣迭戈的一家医院里,住着因外伤而全身瘫痪的威廉·马修。每天早晨他都要承受来自身体不同部位将近一个小时的疼痛煎熬。年轻的女护士因马修所经受的痛苦而以手掩面,目不忍睹。马修说:"钻心的刺痛固然难忍,但我还是感激它——痛楚让我感到我还活着!"

　　当灾难降临到生命的进程里,面对痛楚,大多数人感到的是不幸,是失望,表现出来的是哀怨,是颓废;而马修从痛楚中发现了喜悦,这似乎有点自虐般的荒唐。但置身马修的处境,就知道这痛是一度瘫痪的神经的苏醒,是重新恢复生命活力的希望。

　　痛楚,对于莺歌燕舞、风和日丽的生命绿洲,代表着残酷与不幸;但对于麻木无知觉，它又是生命的喜悦。因为如果痛楚感是一处断壁残垣的话，无知无觉的麻木则无异于死寂的戈壁沙漠。

自从潘多拉魔盒打开后，人就要面对太多的痛。我们不能赞美痛楚，但它却作为生命的一种感觉，从一个对立的角度激励着生命，诠释着生命。一个未经历痛楚的人，必然对幸福缺乏判断能力；一个不能感知痛苦的人，同样对追求缺乏方向感。

你为无所适从的"新潮"冲击而苦闷吗？为邪教和恐怖的肆虐而痛心吗？为某些权利的异化而愤怒吗？为人欲的泛滥而疾首吗？为正义的乏力、道德的退隐而蹙额吗？这些都证明你的思想能力、道德良知、社会责任感没有麻木！你为不断膨胀的知识感到疲倦吗？为剧烈的竞争感到劳累吗？为下岗的危机感到担忧吗？这都证明你那自尊、自强、自制、自励的灵魂还活着！

时时愉悦固然能使人生美丽多彩，痛苦照样可以使人生灿烂无比；处处幸运固然能将生命的价值托起，困难同样可以把生命的价值提升——只要你能像马修一样，从痛楚中发现喜悦，从困难中找到激情！

张起韬

思维悟语

当我们对某件事感觉麻木的时候，那我们对这件事情的感受神经，就已经死了。世界上还有什么事情比死亡更悲哀呢？当我们感受到痛楚的时候，不要悲伤，因为能感受到痛楚，那证明我们的这根感知神经还活着，我们就有突破困难，寻找激情的动力。

（采露）

意志不坚强的人

"不，"松下摇摇头说，"幸亏我们公司没有录用他，意志如此不坚强的人是干不成大事的。"

有一次，松下电器公司招聘一批基层管理人员，采取笔试与面试相结合的方法。计划招聘 10 人，报名的却有几百人。经过了笔试与面试之后，选出了 10 位佼佼者。

松下幸之助发现有一位成绩特别出色，面试时给他留下深刻印象的年轻人未在 10 人之列。

这位青年叫神田三郎。于是，松下幸之助当即叫人复查考试情况。结果发现福田三郎的综合成绩名列第二，只因电脑故障，把分数和名次排错了，导致神田三郎落选，于是立即补发了录用通知书。

第二天公司派人转告松下先生一个惊人的消息：神田三郎因没有被录取而跳楼自杀了。录取通知书送到时，他已经死了。

听到这一消息，松下沉默了好久。一位助手在旁自言自语道："多可惜，这么一位有才华的青年，我们却没有录取他。"

"不，"松下摇摇头说，"幸亏我们公司没有录用他，意志如此不坚强的人是干不成大事的。"

思维悟语

成功的道路不是一帆风顺的,在成功的道路上荆棘丛生,困难重重。如果没有坚强的意志,遇到一点困难就趴下了,即使是天才,即使才华横溢,也是成功不了的。成功只属于那些不怕困难,知难而上,意志坚韧不拔的人。

(采 露)

心中的冰点

冰柜里的冷冻开关并没有启动,这巨大的冰柜里也有足够的氧气,而尼克竟然给"冻"死了!

美国的塞利曼博士是一位著名的心理学家。他花了20多年,找了1万多人做一些心理方面的实验。实验的结果显示,悲观的人往往会自怨自悲生出病来,有些严重的甚至会导致死亡。

塞利曼博士举了下面这个实例来证明:

一家铁路公司有一位调车人员尼克,他工作相当认真,做事也很负责尽职,不过他有一个缺点,就是对人生太悲观,常以否定的眼光去看世界。

有一天,铁路公司的职员都赶着去给老板过生日,大家都提早急急忙忙地走了。不巧的是,尼克竟不小心被关在了一辆冰柜车里。

尼克在冰柜里拼命地敲打着、叫喊着,全公司的人都走了,根本没

有人听得到。尼克的手掌敲得红肿，喉咙叫得沙哑，也没人理睬，最后只得绝望地坐在地上无力的喘息。

他愈想愈可怕，心想，冰柜里的温度在 −20℃以下，如果再不出去，一定会被冻死。他只好用发抖的手，找来纸笔，写下遗书。

第二天早上，公司里的职员陆续来上班。他们打开冰柜，发现尼克倒在里面。他们将尼克送去急救，但他已没有生还的可能。大家都很惊讶，因为冰柜里的冷冻开关并没有启动，这巨大的冰柜里也有足够的氧气，而尼克竟然给"冻"死了！

其实尼克并非死于冰柜的温度，他是死于自己心中的冰点。因为他根本不敢相信一向不可以轻易停冻的这辆冰柜车，这一天恰巧因要维修而未启动制冷系统。他的不敢相信使他连试一试的念头都没有产生。

冰柜之外的我们，如果有一天，变得什么都不敢相信了，我们同样会死于无法预料的各种各样的心中的冰点。

陈 春

思维悟语

我们有时候并不是被别人打败的，而是被自己打败的。当我们对不该怀疑的人或事，产生怀疑和否定的时候，其实就是怀疑否定自己。我们在遭遇困境的时候，不要被困难吓住，不要把困难想得太大；不要被习惯所左右，更不要否定自己解决问题的能力。我们要做的就是积极地想办法解决问题。　　　　　（采 露）

第十四辑

勇敢地承担起自己的责任

美国心理学博士艾尔森曾对世界 100 名各领域的杰出人士做问卷调查,结果让他十分惊讶:其中 61 人承认,他们所从事的职业并不是自己心目中最理想的。那么,在自己不喜欢的领域里取得辉煌的业绩,他们靠的是什么呢？原来,把工作当做一种不可推卸的责任,全身心地投入其中,让他们赢得了令人瞩目的成功。

责任可以让我们做一个诚信的人,受到大家的信赖和尊重;责任可以让我们在问题面前积极地想办法,做一个有能力的人;责任可以造就我们的成功,做最好的自己。

把信送给加西亚

让我们的意志变得更加坚强、信念更加坚定，行动更加迅捷，精力更加集中的精神——"把信送给加西亚"。

在古巴的所有历史事件中，有一位杰出人物一直闪耀在我的记忆中，他就像位于近日点的火星一样光彩夺目。

当西班牙和美国的战争即将爆发之时，最重要的就是让军队的首领得知古巴的情况。当时，加西亚将军隐蔽在一个无人知晓的偏僻山林中，无法收到任何邮件和电报，而美国总统需要尽快地与他进行合作，情势紧急！

该怎么办？

这时，有人报告总统："有一个名叫罗恩的人能帮您把信送给加西亚。"

就这样，罗恩带着总统致加西亚将军的信出发了。关于这个名叫罗恩的人怎样拿到信，如何用油布袋将它密封好、捆在胸前，然后乘敞篷船航行4天后趁着夜幕降临在古巴海岸登陆，消失在丛林中，3周后来到古巴的另一端，接着步行穿过西班牙军队控制的领土，最终将信交给加西亚的全过程——我不想在此详述。但我想说明一点：威廉·麦金利总统交给了罗恩一封信，并委派他交给加西亚；罗恩接到信后，连问都没问一声"他在哪儿"便出发了。

　　罗恩的形象应该被雕塑成不朽的铜像，矗立在各个高等学府的门前。它不是年轻人所应受的正规教育，也不是各级各类教育机构拟定的政策，而是让我们的意志变得更加坚强，信念更加坚定，行动更加迅捷，精力更加集中的精神——"把信送给加西亚"。

　　如今，加西亚将军已经去世了，但是在我们的生活中还有很多其他的加西亚。

　　……

　　我认识一个才华横溢的人，但他却不善于处理自己的事务，对别人的工作也毫无益处。因为他一直神经质地怀疑他的雇主具有压迫性或压迫欲。他不能发号施令，也不会接受命令。对于这样的人，我们能把送给加西亚的信托付给他吗？即使我们这样做了，他的回答也将是："你自己去做吧！"

　　今晚，这个人还会穿着破旧的衣衫，顶着凛冽的寒风走在街上，四处寻找工作。认识他的人都不愿意雇用他，因为他是一个仇恨一切的反叛分子。他对外界发生的一切都无动于衷，唯一能影响他的是他那双厚底的9号鞋。

　　当然，我清楚地知道，一个思想畸形的人比一个身体残疾的人要可怜得多；我们还对另一些人感到同情，他们试图经营自己的公司，他们的工作时间被严格限定，头发在一夜间变白，他们将为自己的懒散拖沓、无知愚昧和忘恩负义付出代价，并终将流离失所、饥寒交迫。

　　虽然我的话听起来似乎有些严重，但道理确实如此。其实我们每个人都肩负着"把信送给加西亚"的使命，只是由于精神意志的限制，使大多数人难以胜任。在工作中，人们善于指使他人，但是当使命落到自己肩上时，他们却不知所措。慵懒、愚昧和无能使他们百般推托，最终这些人将被社会所淘汰。

　　世界上有各种各样"送信"的使命，无数文人为此而奔忙不息，你曾否考虑让自己具备"把信送给加西亚"的精神呢？

[美]艾尔伯特·哈伯德

做任何事情的时候，我们都要坚定地、毫不犹豫地立即行动，并努力将其做好，这是我们的责任。无论学习，还是生活，都需要我们有一颗尽职尽责的心。只有对生活负责，才能得到生活的回馈。

（采 露）

勇敢地承担起自己的责任

对于你自己造成的问题，除了勇敢地去面对，你别无选择！

人非圣贤，孰能无过？谁也不能保证一辈子都做出完美的决定。所以说，偶尔做出不完美的决定，那也是很正常的。

也就是说，做错决定不是什么严重的事，重要的是，你如何面对自己的错误决定，用什么样的态度去面对自己的人生抉择，这才是做人的重点。

"一切责任在我。"

1980 年 4 月，在营救驻伊朗的美国大使馆人质的作战计划失败后，当时的美国总统吉米·卡特立即在电视里作了如上的声明。

在此之前，美国人对卡特总统的评价并不高，甚至有人评价他是"误入白宫的历史上最差劲的总统"。但仅仅由于上面的那句话，支持卡特总统的人居然骤增了 10% 以上。

韦恩博士说："把责任往别人身上摊，等于将力量拱手让人。"

你必须学会寻找和承担起你行动的责任，你应该积极地寻找任何一点你能够承担的责任，要胜任并愉快地承担起那个责任，你绝不要通过躲避棘手的事情而往上爬。

多年前，我在一家大公司任职。经理是位40岁左右的男子，一向表情严肃刻板。一次我随他外出，在飞往重庆的客机上，他向我吐露了一件藏在心里已久的隐私。应该说，那时候，作为我心目中威严的上司，他说的那个话题真正地让我惊诧不已。

"10年前，我受雇于一家染织公司当业务员。由于我勤劳能干，大量欠款源源不断地被收回，公司颓败的景象颇有改观，老板也很赏识我。就在这时，他唯一的女儿悄悄地爱上了我，常常送一些精美的小玩意儿给我。我起初不敢接受，后来碍于情面只得收下。就这样过了两年，当有一天我告诉她我不能再给予她更多时，她一气之下寻了短见。她的两个哥哥咆哮不止，扬言要我偿命。那时候我手里已有了为数不少的积蓄，很多人劝我一走了之。但我没有这样做，心里只有一个念头：事因既然在我，我必须回去面对这一切，是死是活无关紧要。"

"当我走进他的家门时，一群人向我扑来，可她的父亲——我的老板，向其他人摆了摆手，走上来紧握着我的手，良久才缓缓说了这么一句话：一个女人肯为你献身，说明你是一个不同凡响的人。你敢面对这一切，说明你是一个有血有肉的人。"

说到这里，他停住了，好一会儿再也无语。但我知道，他已经给了我一个最好的人生哲理：对于你自己造成的问题，除了勇敢地去面对，你别无选择！

望着他沉郁又冷峻的脸，我想：他事业的辉煌与腾达，是不是也得益于这一信条呢？

楚 风

301

　　如果你做错了,就要为自己的错误负责任。一个没有责任心,喜欢把责任往别人身上推的人,是不会得到大家信任的,也不会有人愿意与他合作。一个成功的人,是愿意对自己的错误行为承担责任的,这种人也必将会受到大家的信任和拥护。　　　(采　露)

勇担责任　羞于诿过

切不可争功诿过,把责任推给别人,把成绩归于自己。这应当成为与人共事的一项基本原则。

　　谈起这个问题,我想起了陈毅元帅的一个故事。

　　那是 1946 年 6 月,蒋介石发动了全面内战。在南线,蒋军以 50 多万正规军向我华东解放区发动了大规模进攻。为了粉碎蒋介石的进攻,我军第 8 师在兄弟部队的配合下,与 9 纵队共同担负了攻占泗县城的任务。这一仗,虽然歼敌 3000 余人,但我军也伤亡惨重,因此,部队里失望和埋怨情绪极大,有的说:"8 师从来没有打过这样的窝囊仗,没想到丢人丢到这里来!"有的说:"以后再用不着表扬啦!"

　　在这种情况下,陈毅给 8 师领导同志写了一封信,以战区最高负责人的身份完全承担了这次作战失利的一切责任。他就战役指挥的失误,向 8 师指战员做了高姿态的自我批评说:"仗没打好,不是部队不好，不是师旅团不行，不是野战军参谋处不行，主要是我这个统帅犯了两个错误：一个是先打强，即不应打泗县；一个是不坚决守淮阴。"他还进一步分析说："如不先打强，至少69师、28师已被我消灭，我8师、9纵队不会损伤惨重，即损伤亦有代价；一个如坚守淮阴，74师即可能被我军消灭，蒋军不会吹牛。"在这严肃分析检讨的基础上，

他公然宣告："我应以统帅身份担负一切，向指战员承认这个错误。"陈毅还诚恳表示："在艰难困苦的日子里，我从来不抱怨部属，不抱怨同事，不推卸责任，因而不丧失信心，也仍然相信能搞好战斗。"正是："推美引过，德之至也。"陈毅的信，对8师全体教育极大，部队的怨气立即消散，认真总结了经验教训。

在这里，陈毅元帅给我们树立了一个很好的榜样，那就是：当自己与别人一起从事某项工作或执行某项任务时，如果出了问题，要能够主动承担责任，切不可争功诿过，把责任推给别人，把成绩归于自己。这应当成为与人共事的一项基本原则。

李庚辰

思维悟语

知错才能改过，才能吸取教训，得到宝贵的经验。如果遇事就把责任推给别人，把成绩归于自己，结果只能是失去大家的信任和友谊。犯错不可怕，知错就改，敢于承担责任，才能在错误中总结教训，一步步走向成功。

（采 露）

因为责任，因为信任

给人责任，也就是给了信任和真诚；有了责任，也就成就了尊严和使命。

有些事常让我感动。

在火车上，一位孕妇临盆，列车员广播通知，紧急寻找妇产科医生。这时，一位妇女站出来，说她是妇产科的。女列车长赶紧将她带进用床单隔开的病房中。毛巾、热水、剪刀、钳子什么都到位了，只等最关键时刻的到来。产妇由于难产而非常痛苦地尖叫着。那位妇产科的女医生非常着急，将列车长拉到产房外，说明产妇的紧急情况，并告诉列车长，她其实只是妇产科的护士，并且由于一次医疗事故已被医院开除。今天这个产妇的情况不太好，人命关天，她自知没有能力处理，建议立即送往医院抢救。

列车行驶在京广线上，距最近的一站还要行驶一个多小时。列车长郑重地对她说："你虽然只是护士，但在这趟列车上，你就是医生，你就是专家，我们相信你。"

列车长的话感染了护士，她准备了一下就走向产房，进门时又问："如果万不得已，是保小孩还是大人？"

"我们相信你。"

护士明白了。她坚定地走进产房。列车长轻轻地安慰产妇，说现在正由一名专家在给她手术，请产妇安静下来好好配合。

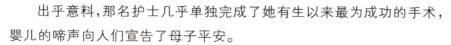

出乎意料,那名护士几乎单独完成了她有生以来最为成功的手术,婴儿的啼声向人们宣告了母子平安。

那对母子是幸福的,因为遇到了热心人;但那位护士更是幸福的,她不仅挽救了两个生命,而且找回了自己的信心与尊严。因为责任,因为信任,她由一个不合格的护士成为一名优秀的医生。

每个人都有责任感,每个人都会为不辱使命而努力。责任能激发人的潜能,也能唤醒人的良知。给人责任,也就是给了信任和真诚;有了责任,也就成就了尊严和使命。

李中声

思维悟语

有些事情,虽然我们没有做过,但因为责任又不得不去做的时候,我们就要不辱使命,勇敢地承担责任;就要放下所有的心理负担,全力以赴、勇敢地认真地去做,只有这样,才有可能创造奇迹。

(采 露)

里 根 赔 钱

一个能为自己的过失行为负责的人,将来一定是会有出息的。

1920年的一天,美国一位10岁的小男孩正与他的伙伴们踢足球,一不小心,小男孩将足球踢到了邻近一户人家的窗户上,一块窗玻璃

被击碎了。

一位老人立即从屋里跑出来，勃然大怒，大声责问是谁干的。伙伴们纷纷逃跑了，小男孩却走到老人跟前，低着头向老人认错，请求老人宽恕。然而，老人要求小男孩赔偿 15 美元。

回到家，闯了祸的小男孩怯生生地将事情的经过告诉了父亲。父亲说："家里虽然有钱，但是你闯的祸，就应该由你自己对过失行为负责。这 15 美元我暂时借给你赔人家，不过，你必须还给我。"小男孩从父亲手中接过钱，飞快跑过去赔给了老人。

从此，小男孩一边刻苦读书，一边利用空闲时间打工挣钱。由于他年纪小，不能干重活，他就到餐馆帮别人洗盘子刷碗，有时还捡捡破烂儿。经过几个月的努力，他终于挣到了 15 美元，并自豪地交给了他的父亲。父亲欣然拍着他的肩膀说："一个能为自己的过失行为负责的人，将来一定是会有出息的。"

许多年以后，这位男孩成为美利坚合众国的总统，他就是里根。后来，里根在回忆往事时，深有感触地说："那一次闯祸之后，使我懂得了做人的责任。"

思维悟语

伟人之所以成为伟人，自有其不同寻常的地方。美国总统里根在 10 岁的时候，就懂得为自己做错的事情负责任。做一个负责任的人，是一个人成熟的标志。我们怎么才能担当起责任呢？那就是该做的事情一定要做，做错的事情，就一定要勇敢地去面对和承担后果。

（采　露）

父亲的影响

父亲用生命给儿子留下了一份最珍贵的礼物,那就是教会了儿子正直勇敢地做人。

故　事　一

许多年前,美国芝加哥有一个名叫阿尔·卡彭的人名震芝城,不是因为英雄业绩,也不是因为非凡创举,而是因为他罪大恶极,从走私到谋杀,什么坏事都干得出。然而,他总是能逍遥法外,逃脱法律的惩处。原因是他有一个人称"铁齿埃迪"的大律师。

埃迪伶牙俐齿,精通法律,他那如簧之舌一次又一次让卡彭摆脱牢狱之灾。卡彭为了感谢他,不但给他很高的酬金,而且分给他不菲的红利。埃迪因此过上了庄园别墅、灯红酒绿的奢侈生活,而对于卡彭的社会危害他却毫不关心、麻木不仁。

但是,铁石心肠的埃迪心中也有一块柔软的地方,那就是他的儿子。他深爱他的儿子,希望他拥有世界上最好的一切——最好的衣食、最好的汽车并享受最好的教育。为此,他愿意不惜一切代价。尽管他庇护坏人不遗余力,但是他还是希望他的儿子将来能走上正道。然而,他发现,要让儿子走上正道,他有两样东西是无法给予的——好的名声和好的榜样。经过一番思想斗争,终于有一天埃迪做出了改邪归正的决定。他向警方揭露了卡彭的一切滔天罪行。埃迪清洗了自己的罪恶之身,让儿子看到了一个英勇、正义、诚实的父亲。可是他付出的代价也是巨大的，一年后，他在芝加哥的大街上遭到卡彭同伙的枪杀。他用生命给了儿子最珍贵的礼物。

故 事 二

美国少尉布彻·奥黑尔是第二次世界大战中的战斗英雄，是南太平洋莱克星顿航空母舰上的战斗机驾驶员。一天，他所属的飞行中队奉命执行一项特殊任务。出发不久，他看了一下燃料表，发现地勤人员忘了给他加足油料。没有足够的燃料，他就不能够完成飞行任务。因此，中队长让他返回航母。

他极不情愿地离开编队返航。然而，没过多久，他吃惊地发现了一个情况：一个日军战斗机中队正朝他的航母飞过去。他清楚地知道，航母此时没有任何准备和防御能力，因为所有的战斗机都已经外出执行任务了。而他当时既无法及时与中队取得联系，又无法向航母发出敌情警报。他能做的只有一件事——设法将敌人引开。于是，他不顾个人安危，驾驶他的老式 F4F"野猫"战斗机扑向敌人的机群。敌机猝不及防，一连两架被他击落。然后，他在乱了套的机群里上下左右穿行，不断地朝敌机开火，直到弹药耗尽。即使这样，他仍然英勇地继续战斗。他尽可能多地撞击敌机的机尾和机翼，让他们失去飞行能力。最后，受到重创的敌机不得不放弃原先的轰炸计划，改道撤退。布彻·奥黑尔回到航母后，战友们从他机枪上的摄像机里看到了他保护航母的全过程。据统计，他一共击落了 5 架敌机。

这件事情发生在 1942 年 2 月 20 日，布彻·奥黑尔因此成为二战中美国海军的第一位王牌飞行员，也成了第一位获得国会荣誉奖章的海军飞行员。一年后，布彻在一次空战中阵亡，年仅 29 岁。他的家乡没有忘掉这位二战英雄，给他修建了纪念碑，现在的芝加哥奥黑尔国际机场也是以他的名字命名的。

但是，亲爱的读者，你也许会纳闷儿，这两则故事有什么联系呢？

让我来告诉你吧——布彻·奥黑尔就是"铁齿埃迪"的儿子。

🌹 邓　笛

思维悟语

> 　　父亲用生命给儿子留下了一份最珍贵的礼物，那就是教会了儿子正直勇敢地做人。勇敢、正直、敢于承担责任的人是我们每个人都应该学习的榜样。唯有正直勇敢地面对生活，生活才会回馈我们更多的爱和幸福。
>
> （采　露）

做人，就要有责任感

"动力来自对病人求生愿望的理解，来自对解除病人痛苦的责任感……"钟南山如是说。

　　那一年，他前往英国爱丁堡大学附属皇家医院进修。在进行英语培训时，他接到了他的导师——呼吸系主任弗兰里教授写来的信："按照英国法律，你们中国医生的资历是不被承认的。所以，你进修期间不能单独诊病，只允许以观察者的身份查病房或参观实验室……"他像被人当头浇了一盆冷水，他没想到未曾谋面的导师竟给他这样一个忠告。

　　他怀着惴惴不安的心情去拜见弗兰里教授。教授第一句话就问："你来干什么？"他恭谨地说明了自己的想法。弗兰里教授不冷不热地说:"你先看看实验室,查查病房,一个月后再考虑做什么吧!"第一次会见不到 10 分钟,走出教授的办公室后,他心里满是说不出的压抑。他情不自禁地问自己:难道中国人真像外国学者心中想的那样无知吗? 不! 我一定要争这口气! 这种复杂的情绪一直伴随着他,直到他真正实现了诺言。

刚开始,他真的从巡查病房做起。有一次,在胸科查房时,遇到一位患肺原性心脏病的亚呼吸衰竭顽固性水肿的病人。医生对他已使用了一周的利尿剂,但他的水肿仍未见消退,生命也危在旦夕。多数医生主张继续增加利尿剂的剂量,他却提出不同方案,认为病人是代谢性碱中毒,应改用酸性利尿剂治疗。

两种意见相持不下,大家都等待着弗兰里教授的裁决。弗兰里教授沉吟半晌,以复杂的目光看着面前这位执拗的中国医生,最终没有同意他的意见。但是他却仍旧坚持自己的意见,非要先给病人做血液检测,然后再决定用哪一种药。弗兰里教授无奈只好同意。结果表明,患者的确是代谢性碱中毒。于是,弗兰里教授毫不迟疑地下达指示:"按照中国医生的治疗方案办!"

病人连续 3 天服食了酸性利尿剂后,病情果然有了好转。第 4 天,病人中毒症状完全消失,水肿开始消退。这下英国同行们信服了,都向他竖起大拇指,连弗兰里教授也带着歉意和谢意对他说:"你是一个负责任的医生,我不如你。你给我上了一课,谢谢!"而他只笑笑说:"我只是在尽我的责任而已。"

2003 年年初,广东等地爆发不明肺炎,在疫情最严重时,他主动请缨"把最危重的病人转来"。为此,66 岁的他曾连续 38 个小时救治患者。他勇敢否定了卫生部所属国家疾病预防控制中心关于"典型衣原体是非典型肺炎病因"的观点,在全世界率先探索出了一套富有明显疗效的防治经验。

因此,他在全国可以说无人不晓。人出名了,很快有人来找他做广告。只要他说一句话"这种药疗效好",他立刻就可以得到 150 万。但是

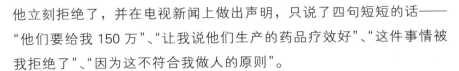

他立刻拒绝了，并在电视新闻上做出声明，只说了四句短短的话——"他们要给我 150 万"、"让我说他们生产的药品疗效好"、"这件事情被我拒绝了"、"因为这不符合我做人的原则"。

他就是钟南山。

"我对自己所从事的事业越来越热爱，对提高专业水平的渴望也越来越强烈。这个动力来自对病人求生愿望的理解，来自对解除病人痛苦的责任感……"钟南山如是说。

思维悟语

真正成功的人，都是有高度责任感的人。有责任感，才能得到别人的信任和尊重。责任感不仅体现着一个人的能力，更体现着一个人的素质。我们一定要脚踏实地地学好专业知识，因为有能力，才能对自己对别人负起责任。

(采 露)

不因事小而不为

"一屋不扫，何以扫天下。"一个人有没有责任感，并不仅仅体现在大是大非面前，而是更多体现于小事当中。

1965 年，我在西雅图景岭学校图书馆担任管理员。一天，有同事推荐一个四年级学生来图书馆帮忙，并说这个孩子聪颖好学。

不久，一个瘦小的男孩来了，我先给他讲了图书分类法，然后让他把已归还图书馆却放错了位置的图书放回原处。

小男孩问："像是当侦探吗？"我回答："那当然。"接着，男孩不遗余力地在书架的迷宫中穿来插去。小休时，他已找出了3本放错地方的图书。

第二天他来得更早，而且更不遗余力。干完一天的活后，他正式请求我让他担任图书管理员。又过了两个星期，他突然邀请我上他家做客。吃晚餐时，孩子母亲告诉我他们要搬家了，搬到附近一个住宅区。孩子听说要转校担心地说："我走了谁来整理那些站错队的书呢？"

之后，我一直记挂着他。但没过多久，他又在我的图书馆门口出现了，并欣喜地告诉我，那边的图书馆不让学生干，妈妈又把他转回我们这边来上学，由他爸爸用车接送。"如果爸爸不带我，我就走路来。"

其实，我当时心里便已经有数，这小家伙决心如此坚定，内心充满责任感，则天下无不可为之事。不过，我可没想到他会成为信息时代的天才、微软公司巨头、美国首富——比尔·盖茨。

这是卡菲瑞先生回忆起比尔·盖茨小时候写下的文字。从中我们看出，许多伟大或杰出人物身上，总有优于常人之处。比尔·盖茨对待图书馆工作这样的小事，就已经表现出一种超乎同龄人的责任感，难怪他能在信息时代叱咤风云。

"一屋不扫，何以扫天下。"一个人有没有责任感，并不仅仅体现在大是大非面前，而是更多体现于小事当中。一个连小事都不能负责任的人，又怎能在大事面前担当重任呢？

恰科年轻的时候，到一家很有名的银行去求职。他找到董事长，请求被雇用，然而没说几句话就被拒绝了。当他沮丧地走出董事长办公室宽敞的大门时，发现大门前的地面上有一个图钉。他弯腰把图钉拾了起来，以免图钉伤害别人。

第二天，恰科出乎意料地接到银行录用的通知书。原来，就在他弯腰拾图钉的时候，被董事长看到了。董事长见微知著，认为如此精细小心、不因善小而不为的人，必定是个有责任心而能担当重任的人，这样的人十分适合在银行工作，于是录用了他。

果然不出所料，恰科在银行里样样工作都干得非常出色。后来，他成为法国的银行大王。

思维悟语

并不是伟大人物小时候便有异乎常人的禀赋，只是从小开始，他们便牢记自己的责任，把每一件小事都做得尽善尽美。正是这一件件小事的累积，才成就了他们后来的伟业。　　（朱小华）

坚守责任的力量

责任不仅让人勇敢，责任还能战胜死亡和恐惧。面对责任，我们无从逃避，只有勇敢地迎上前去。

这是一个民间登山队，他们要对世界第一峰——珠穆朗玛峰发起进攻。虽然人类攀登珠峰已经不止一次了，但这是他们第一次攀登世界最高峰。队员们既激动又信心十足，他们有决心征服珠穆朗玛峰。

经过考察后，他们选择自己状态很好、天气也很好的一天出发了。攀登一直很顺利，队员们彼此互相照应，没有出现什么问题，高原缺氧的情况也基本能够适应，在预定时间，他们到达了1号营地。大家都很高兴，因为有了一个良好的开始，就等于成功了一半。

第二天，天气突然发生了变化，风很大，还下着雪。登山队长征求大家的意见，要不要回去，因为要确保大家的生命安全。生命只有一次，登山却还有机会。但是大家都建议继续攀登，登山本来就是对生命极限的一种挑战。

　　于是，登山队继续向上攀登。尽管环境很恶劣，但是队员们征服自然、征服珠穆朗玛峰的信心却十足，大家小心翼翼地向上攀登。"队长，你看！"一个队员大喊，大家寻声望去，在离他们很远的地方发生了雪崩。虽然很远，但雪崩的巨大冲击力波及了登山队，一名队员突然滑向另一边的山崖，还好，在快落下山崖的那一刻，他的冰锥紧紧地插进了雪层里，他没有滑落下去，但他随时有可能被雪崩的冲击力推下去。

　　形势严峻，如果其他队员来营救山崖边的队员，有可能雪崩的冲击力会将别的队员冲下山崖；如果不救，这名队员将在生死边缘徘徊。

　　队长说："还是我来吧，我有经验，你们帮我。大家把冰锥都死死地插进雪层里，然后用绳子绑住我。""这很危险，队长。"队员们说。"已经没有犹豫的时间了，快！"队长下了死命令。大家迅速动起手来，队长系着绳子滑向悬崖边，他死命地拉住了抱住冰锥的队员，其他队员则使劲把他俩往上拉。就在下一轮雪崩冲击到来之前，队长救出了这名队员。

　　全队沸腾了，经过了生死的考验，大家变得更坚强了。

　　最终，登山队征服了珠峰。他们把队旗插在山峰的那一刻，也把他们的荣誉和责任留在了世界上最纯净的地方。

　　后来，队长说："当时，随时可能尸骨无还，我也非常恐惧，但我知道，我有责任去救他，我必须这么做。责任的力量太大了，它战胜了死亡和恐惧。真的。"

　　责任不仅让人勇敢，责任还能战胜死亡和恐惧。面对责任，我们无从逃避，只有勇敢地迎上前去。能够这样挑战生命困难的人，他就是一个坚强的人。

思维悟语

生命是蕴涵无穷能量的深井;用真情与爱浇注的责任心,是井里源源不断的生命之泉。能汲取生命之泉的人,不仅能经受住大自然的考验,更能靠自己的力量战胜一切! (朱小华)

甩 开 借 口

美国成功学家格兰特纳说过这样一段话:"如果你有自己系鞋带的能力,你就有上天摘星的机会!'甩'开借口,我们才能与责任同行!"

巴顿将军在他的战争回忆录《我所知道的战争》中,曾写了这样一个细节:

"我要提拔人时常常把所有的候选人排到一起,给他们提一个我想要他们解决的问题。我说:'伙计们,我要在仓库后面挖一条战壕,8 英尺(约 2.4 米)长,3 英尺(约 0.9 米)宽,6 英寸(约 0.15 米)深。'我就告诉他们那么多。那是一个有窗户或有大节孔的仓库,候选人正在检查工具时,我走进仓库,通过窗户或节孔观察他们。我看到伙计们把锹和镐都放到仓库后面的地上。他们休息几分钟后开始议论我为什么要他们挖这么浅的战壕。他们有的说 6 英寸深还不够当火炮掩体。其他人争论说,这样的战壕太热或太冷。如果伙计们是军官,他们会抱怨他们不应该干'挖战壕'这样普通的体力劳动。最后,有个伙计对别人下命令：'让我们把战壕挖好后离开这里吧，那个老畜生想用战壕干什么都没关系。'"

最后，巴顿写道："那个伙计得到了提拔，我必须挑选不找任何借口地完成任务的人。"

任何借口都是推卸责任。在责任和借口之间，选择责任还是选择借口，体现了一个人的行事风格和生活态度。借口能消磨人的斗志，或让人遗忘自己的责任。借口在我们的耳畔窃窃私语，告诉我们不能做某事或做不好某事的理由，它们好像是"理智的声音"、"合情合理的解释"，冠冕堂皇，却常常让我们沉湎于令人腐化的温床，并为此付出失败的代价。

美国成功学家格兰特纳说过这样一段话："如果你有自己系鞋带的能力，你就有上天摘星的机会！'甩'开借口，我们才能与责任同行！"

西点军校的莱瑞·杜瑞松上校在第一次赴外地服役的时候，有一天连长派他到营部去，交代给他 7 项任务：要去见一些人；要请示上级一些事；还有些东西要申请，包括地图和醋酸盐（当时醋酸盐严重缺货）。杜瑞松下定决心把 7 项任务都完成，虽然他并没有想好要怎么去做。果然，事情并不顺利，问题就出在醋酸盐上。他滔滔不绝地向负责补给的中士说明理由，希望他能从仅有的存货中拨出一点儿。杜瑞松一直缠着他，到最后不知道是被杜瑞松说服了，还是被他缠得没有办法了，中士终于给了他一些醋酸盐。

杜瑞松上校的举动给我们提供了一个责任的范本。杜瑞松回去向连长复命的时候，连长并没有多说话，但是很显然他有些意外，因为要在短时间里完成 7 项任务确实非常不容易；或者换句话说，即使杜瑞松不能完成任务，也是可以找到借口的。但是杜瑞松根本就没有想去找借口，他心里根本就没有过推脱责任的念头。

拿破仑·希尔说："制造托词来解释自己的行为，这已是世界性的问题。这种习惯与人类的历史同样古老，这是成功的致命伤！"哲学家艾乐勃·赫巴德说："我对自己一向是个谜，为何人们用这么多的时间制造借口以掩饰他们的弱点，并且故意愚弄自己。如果用在正确的地方，这些时间足够矫正这些弱点，那时便不需要借口了。"富兰克林·罗斯福因患小儿麻痹症而下身瘫痪，他是最有资格找借口的。可是他从来不找任何借口，而是以十足的信心、勇气和顽强的意志向一切困难挑战，成为了美国总统。他以病残之躯在美国历史上，也在人类历史上写下了辉煌的篇章。

当你为自己寻找借口的时候，你要想到做任何事情都没有借口和抱怨可言，责任就是一切行动的准则。

思维悟语

对于所负的责任，我们无权寻找任何借口，因为那是在消极地推卸责任。责任和借口之间永远都需要我们来选择，积极的生活态度，雷厉风行的行事风格，是我们行动的标尺。让消磨我们斗志的借口永远被责任所覆盖吧。

（王 蕴）

受制于人，还是操之在我

"操之在我"与"受制于人"这两种不同的人生态度，有如南辕北辙，如果再加上聪明才智上的差距和作用，两者之间简直是云泥之隔。如果说前者之中半是英雄半是狂夫的话，那么后者则是清一色的平庸之辈。

你有没有想过，这两者之间的差距其实仅仅在于思维方式的不同呢？

例如：

受制于人	操之在我
我已经无能为力	让我再试试看有没有别的可能
我就是这样一个人	我可以让自己做出一些改变
他使我怒不可遏	我应该学会控制自己的情绪
他们不会接受的	我可以找到一种有效的表达方式
我不能这样做！	我应该怎样做？
有怎样的条件，我将会怎样去做	我将会怎样去做，因为有怎样的条件

通过这种积极的思维方式，你就能像孙悟空一样，源源不断地获得菩提祖师的秘诀中"都来总是精气神，谨固牢藏休漏泄"的精气神。而在聚精会神之后，也就有了操之在我的力量。

——摘自成君忆《孙悟空是个好员工》